范天地一醉翁

苍茫天地一醉翁

费勤 著

图书在版编目（CIP）数据

苍茫天地一醉翁/费勤著. —北京：人民文学出版社，2017
ISBN 978-7-02-013314-7

I. ①苍… Ⅱ. ①费… Ⅲ.①长篇历史小说—中国—当代 Ⅳ. ①I247.5

中国版本图书馆 CIP 数据核字(2017)第 213498 号

责任编辑　付如初　刘　健
装帧设计　崔欣晔
责任印制　苏文强

出版发行　人民文学出版社
社　　址　北京市朝内大街 166 号
邮政编码　100705
网　　址　http://www.rw-cn.com

印　　刷　三河市鑫金马印装有限公司
经　　销　全国新华书店等

字　　数　213 千字
开　　本　880 毫米×1230 毫米　1/32
印　　张　9.125　插页 3
版　　次　2018 年 2 月北京第 1 版
印　　次　2018 年 2 月第 1 次印刷

书　　号　978-7-02-013314-7
定　　价　32.00 元

如有印装质量问题,请与本社图书销售中心调换。电话:010-65233595

第一章

一

景德四年六月二十一日(公元1007年8月1日)凌晨,月明星稀,天刚泛白。扯破嗓子喊了一宿的夏蝉终于停歇下来,让人感受到黎明前的短暂安静。没有一丝风,连树叶也懒得动一下,一切那么死寂。只有绵州军事推官厅廨内,欧阳观一家正为迎接一个新生命的到来忙碌着。

接生婆是欧阳观唤守门的衙役请来的。

来到郑氏床前,一看情景,接生婆就噘着嘴巴,埋怨主人喊得太迟。站在一旁的欧阳观十分尴尬,咧了咧嘴,想说点什么,没发出声音。倒是郑氏,脸上挂着笑容,说,别慌,恐怕还有半个时辰呢。听过郑氏的话,接生婆安下心来,有条不紊地去洗面盆、烧沸水、熏烤剪刀。欧阳观如释重负,找来一根细竹签拨着灯芯。火苗腾腾往上蹿,屋子顿时亮堂了许多。扭头看一眼妻子,欧阳观心想刚才还疼得龇牙咧嘴,怎么就闷声不吭了呢。共同生活了四五年,欧阳观常常惊讶这个小他三十岁的女人,遇到风波总是那么淡定从容。

其实,疼痛并不是一下子就雷霆万钧的。开始的时候,郑氏只有一点小小的感觉，接着疼痛就一波接一波地扩散了，先疏后密。欧阳观往油碗里倒了一点油，点亮灯，忙去取挂在门背后的对襟开衫。郑氏连忙按着欧阳观的手，说："夫君不必过早去喊人。白日里暑热，劳乏，趁这会儿凉快些，快躺下眯一会儿。"欧阳观看拗不过她，便一口吹熄油灯，叮嘱说娘子随时唤我。黑暗中，欧阳观睁着双眼，借着透进屋的月光，瞅着郑氏像口锅似的肚皮。最后一刻，欧阳观还是沉沉睡去，直到郑氏伸手摇醒他，他才一骨碌从床上爬起来，以百米冲刺的速度，边穿衣服边朝推官厅大门跑去。

协助接生婆拾掇完毕，欧阳观趿着鞋，来到屋外窗台下。他的心咚咚跳着，像要冲出腔子。他尖起耳朵，聆听着屋里的动静，除了偶尔传出的哼哼，欧阳观没有听到他臆想的尖锐、凄惨的喊叫声。欧阳观心想，若不是剧疼难忍，恐怕连闷哼她也不会。这个女子啊，欧阳观心里感叹。一袭凉风从背后吹过来，他听见院子里银杏树发出飒飒的声音。一丝光若有若无地从身后射过来，打在窗棂对面墙壁上的七贤图上。

那是他晚饭前才挂上去的。七贤图上的贤士全是巴蜀一带的文化名士。欧阳观请人画好后，一直没时间张挂，直到傍晚回家听郑氏说肚皮有点隐疼，他才找来木梯，叮叮当当，一股脑儿挂上去。孩子都要钻出来了，榜样还没上墙，欧阳观笑呵呵地和郑氏调侃。其中，李白那幅画看上去有点偏。郑氏瞟一眼忙得满头大汗的夫君，便说算了，反正不一定看得出来。欧阳观不依，说："我给孩子寻的楷模，个个行为端庄、才华横溢，岂容偏斜?"说完，欧阳观硬是爬上木梯，把歪斜的那幅图重新挂正。

正当欧阳观端详着窗棂对面墙壁上的七贤图时，婴儿哇的一声啼哭，把欧阳观拉回到现实世界中。

婴儿清脆嘹亮的啼哭，像闪电击穿黑暗。欧阳观倏地一抬头，望见一道朝霞从东至西闪过。欧阳观心里一热,望着那道朝霞惊呼:天呀! 我有后了!

"恭喜欧阳大人,是个男孩! 全身还长着白毫呢。"接生婆把裹好褓裸的婴儿递到欧阳观手中。欧阳观凝视着婴儿,呆呆的,连眼睛都舍不得眨一下。过了很长时间,他才反应过来,急忙把婴儿放回床头,拿出几十文钱谢过接生婆。

欧阳观跨进门槛,笑嘻嘻地看着郑氏说:"夫人辛苦了!"说毕,拿一条洗脸帕给郑氏擦汗。除了额头上针眼大小的汗珠,欧阳观看见郑氏早已泪流满面了。

刚才,郑氏望着两鬓斑白的夫君目不转睛地瞧着婴儿,不停地喃喃自语,乐得疯癫一般,眼泪就啪嗒啪嗒地滚下来。郑氏凝视着婴儿毛茸茸的脸蛋,心想原来自己身上的白毛移到儿子身上了。有了孩子,心事终究可以卸下了。欧阳观伸手摸了摸郑氏的额头。由于失血过多,郑氏看上去脸惨白。欧阳观说,娘子不要太感伤。

四年前,郑氏生下一个儿子,不满周岁就生病夭折了。夫妻俩伤心欲绝,抱头痛哭。尤其郑氏,人像呆掉了一样,常常盯着孩子穿过的小衣服小袜子发呆,思念孩子心切如渊。一天半夜,刮着大风,郑氏做了一个稀奇古怪的梦。梦见一位白衣仙人,驾着五彩云霞,来到她面前,将一个浑身白毫的男婴交给她。她看了一眼,欣喜若狂,立马抢过来,眼眶里顿时噙满感激的泪水。她动了动嘴唇,发不出声。仙人莞尔一笑,摆摆手,衣袂蹁跹地飘走了。郑氏一激灵,醒了,摸一下枕头,泪水早已洇湿一片。果然,不久郑氏又怀孕了。奇怪的是,妊娠期间她身上长出许多白色的细毫。

"夫君给孩子取个名字吧。"郑氏说。

"欧阳修吧。"欧阳观脱口而出,早已想好的样子。

"修者,修身齐家治国平天下。"欧阳观进一步解释,脸上洋溢着得意。

郑氏会心一笑,深知老来得子的夫君,是把自己的人生理想寄托在儿子身上了。

"字呢?"郑氏望着欧阳观问。

欧阳观正沉思着。郑氏偏着头,略作思索,问欧阳观:"欧阳永叔如何?"

欧阳观立即说:"好啊,父母共祝儿子福寿绵长吧。"

二

绵州青山迤逦,像一颗绿宝石镶嵌在川西北山野之中。东据三国刘备、刘璋饮酒时,刘备曾慨叹过的"富哉!今日之乐乎"的富乐山,西临蜿蜒东流的涪江,与东北而至的芙蓉溪,西边而来的安昌河,于东南汇合,形成冲积小平原。绵州城就建在这个小平原上。

从绵州军事推官厅出来,拐过两条小街,出南门,跨过一大片农田和河滩地,欧阳修母子便来到南河岸边。微风吹拂着杨柳,一簇簇荻秆摇曳着,随风飘荡。一到秋天,荻花或紫或白,纷纷扬扬,似麦浪起伏。女人们沿着河岸蹲成一排,捣衣的声音响彻青山绿水间。大家有说有笑,难免东家长西家短。这样的时候,郑氏总是不搭腔,默默听着,埋头洗自己的衣服。孩子们便在河滩地里荻花丛中嬉戏、奔跑,捕捉蚂蚱或蜻蜓。累了的时候,便用河沙垒砌尖顶房子或平板大船。洗完衣服,郑氏便端起脸盆来到儿子身边,坐在光溜溜的鹅卵石上歇息,和欧阳修一起听河边潺潺流水声,观赏河对岸风景绮丽的富乐山和遐迩闻名的越王楼。更多的时候,郑氏摘一根荻秆,以沙地为纸,荻秆当笔,写下"天、地、山、川、日、月"等字,教儿子读写。很快,欧阳修悟出一个规律,告诉郑氏,"山"字像一座山,"月"字看上去像天上的月亮。欧阳修照着郑氏的样子,一点一横,一撇一捺,像模像样地学起来。郑氏惊喜地发现儿子很聪明,几乎一学就会。母子俩的行为引来路人的注目。很长一段时间,绵州人都难以忘怀那个穿着蓝底碎花衣衫,头插鲜花,透着大家闺秀气质的少妇,和那个看上去苍白瘦弱却透着一股机灵劲儿的孩子在沙地上用荻秆写字的情景。

初夏傍晚,阳光薄纱般倾泻下来,在土城墙壁上形成一层耀眼的橘黄。欧阳观深吸一口气,全是新鲜的泥土味儿。他自西向东巡视一周,落实好第二天搬运沙石的地点。拿起镐又干了一阵,便爬上城东头绵州城的至高处。欧阳观喜欢来这里,尤其心里有事的时候,他会站在上面,俯瞰一会儿这座城邑。看上一会儿,心胸便开阔许多。擦黑的时候,他才离开。

扛着一把镐,欧阳观往家走。连接城南门的是一条细窄的青石板铺筑的小路,有野草从石缝里探出头来,晚风吹拂着他的身体。看见自己组织老百姓快要修起的土城墙,像一条蜿蜒的青蛇横亘眼前,他的心情很好。心想再遇夏季洪水泛滥,老百姓也可高枕无忧。他踩着轻快的脚步,嘴里时不时吹着口哨。欧阳观的性格不似他的职业严肃凝重,浑身上下洋溢着耿直、率真、诙谐的天性。

快进南门时,欧阳观遇上了出城回家的小焦。四目相对,小伙子脸上泛起一层绯红。欧阳观看小伙子不好意思,便上前主动招呼。小伙子以为欧阳大人即使认出了他,也不一定记得他的名字,便慌慌张张卸下肩上的箩筐,上前打躬作揖,然后,俯下身子去捞箩筐里的青玉米棒子。小伙子很贪心,恨不得把箩筐里剩下的玉米棒子全搂在肘弯里。扒拉一下,十几根玉米棒子散落一地。欧阳观便放下镐,蹲下身子,帮小伙子拾地上的玉米棒子。小伙子把拾起来的交给欧阳观,欧阳观顺手放进箩筐里。小伙子看欧阳观不收,急得满头大汗,战战兢兢说,欧阳大人不要嫌弃,卖剩下的而已,我的一点心意。欧阳观便笑嘻嘻地问,玉米是不是他自己种的?小伙子撩起一角衣衫擦擦脸上的汗珠,回答说:"报告大人,小的再也不敢了。自从大人明察秋毫,从求生堂放小的回家后,勤苦劳作,去年娶上了媳妇,今年刚生下一个大胖小子。托欧阳大人的福啊。"小伙子说完,扑通一声跪在欧阳观面前。欧阳观忙拉起小伙子,说小焦不必客气,据实办案是本官之职责。洗心革面,除掉恶习,珍视生活就是对本官的至高报答。说完,欧阳观头也不回地走了。

回到家,郑氏正在做晚饭。欧阳观洗过脸,背着手踱到厨房。见他进来,郑氏忙把早已晾好的茶水递过去。欧阳观仰起脖子一饮而尽,咕嘟嘟灌了个透心凉快。

郑氏正往锅里舀一小勺油,准备炒青菜。灶台上放着的是她做好的一小碟酸萝卜和一碗五花肉炖粉条。回头看欧阳观正像馋猫一样瞅着她做的菜品,便临时决定增加一个荤菜。她忙唤他去房梁取腊肉来煮。欧阳观扭头朝房梁上黑乎乎的腊肉望了一眼,看只有一块了,有些不舍,便笑着说:"还是等有朋友来再拿出来吃。"郑氏心疼欧阳观这段常去土城墙铲土,耗体力,便执意说:"我们自己也要吃啊。"其实,本来房梁上挂有七八块腊肉的,硬是被欧阳观左一块右一块地招待了客人。见郑氏不甘心,欧阳观脸上立即堆满笑容说:"吾不吃,但若是娘子和修儿要吃,就煮。"话都说到这地步了,郑氏便把伸出去的手缩回来。郑氏知道欧阳观生性豪爽,喜欢交朋结友,又乐善好施,家里好吃好喝的,全用来招待了客人,微薄的薪酬,常常接不上趟。

晚饭仍然在官廨后院银杏树下。蝉歇在银杏树上,聒噪一阵后终于停下来。晚饭常常是一家人其乐融融的时光,三个人围成一桌,欧阳修常常缠着父亲讲故事,欧阳观便三口两口扒拉完饭,一边摇着蒲扇,一边给儿子讲故事。孔融让梨啦,三顾茅庐啦,等等。欧阳修常常眨着一双小眼睛盯着欧阳观微微隆起的肚皮想,长大后也要像父亲样,肚子里藏着好听的故事。临睡前,郑氏会叫儿子把听来的故事重复一遍。夫妻俩常常会很惊讶,没想到三岁的孩子会复述得那么生动完整。欧阳观听后,对郑氏说要好好培养这个孩子。

儿子睡后,安静下来,欧阳观从布囊里取出带回家的案卷读起来。突然,有个案卷,颇让他踌躇。他把案卷读了好几遍,拿起又放下,放下又拿起,总觉得上面的囚犯不该判死刑,但又找不出不判死刑的理由。油灯快燃到底了,嗞嗞作响。欧阳观合上卷宗,耷拉着脑袋,一声不响地坐在桌边,脑子里尽是下午小焦那张脸,晃来晃去。当初要不是发现小焦案件的漏洞,真不知道他现在在哪里,更说不上生胖儿子。想到这几年不少判重判错的案子,欧阳观就长声叹气。灯油不亮,油灯下缝衣服的郑氏,眼睛都快凑到布上了,缝几针,就把缝衣针伸进头发磨磨。郑氏听欧阳观一声接一声地叹气,抬头说:"肠子都快让你叹断了。"欧阳观指了指桌上的卷宗,说:"这是一个判死刑的案子,我想替死刑犯找出一条活路,就是不行。"郑氏放下手中的衣服,满脸惊讶,问:"犯了死罪的人还可以替他找活路?"欧阳观解释说:"首先要替他找到免死的可能性,这样,如果找不到,死者和我都没遗憾。有时候,还真能在死因中找到不该判死刑的人。"郑氏明白过来,想起欧阳观在推官厅门口修建的"求生堂",越发觉得欧阳观的慈悲善良。

三

大中祥符三年（公元 1010 年），欧阳观调任泰州（今江苏泰州）任军事判官，身染重疾，卒于住所，享年五十九岁。丈夫的去世犹如晴天霹雳，令无"一瓦之覆，一垄之植"的家天塌地陷般，年仅二十九岁的郑氏无可奈何，只好拖儿带女投奔随州（今湖北随州）任职的小叔子欧阳晔。

家计窘迫，无钱给儿子聘请塾师，母亲、叔叔便充当起欧阳修的启蒙老师来，边养边教。

随州城南涸水两岸，水草茂盛，荻秆丛生。郑氏便像在绵州一样，荻秆当笔，沙地为纸，继续教欧阳修认字写字。郑氏非常用心，常常从涸水河滩带回沙土、荻秆，画荻教子。很快，完成了习字的欧阳修熟读了《论语》《孟子》《春秋左氏传》等一批经典著作，背诵李白、杜甫等诗篇，练就一身"童子功"。

一天，欧阳修和几个孩子在城南李员外家正玩捉迷藏的游戏。欧阳修跑进李家废弃的书房里，正找地方东躲西藏，他拉开一扇破壁柜，准备钻进去，不巧里面塞着一个破笋筐，一股灰尘的味道迎面扑来。欧阳修瞟了一眼，笋筐里满当当装了一笋书。欧阳修立即扑上去，像饿狼捕食，翻看起来。他的心快跳到嗓子眼儿了，完全忘记了游戏，一路奔跑着去找李员外的儿子李尧辅。孩子们正是读书的年龄，听说欧阳修发现一笋筐书，个个欢呼雀跃，来到壁柜前，齐心协力，硬是把一筐书拖到了李家院坝里。孩子们扒拉着，寻找自己感兴趣的书。欧阳修一下子就看见那套六卷本《昌黎文集》。即使破破烂烂，残缺不齐，有的页码甚至次序颠倒，但它还是一下就吸引住了欧阳修的眼球。欧阳修心想，我知道韩愈是唐代大文豪,但我还一直没读过他的书呢。欧阳修站在明晃晃的阳光下,一页接一页地读着。他太喜欢它了。过了一会儿,他拉上李尧辅,一道向东园内堂正在读书的李员外借书。李员外抬起头来,打量眼前这个八九岁的男孩。他认识这个孩子,因为欧阳晔已经带这个孩子向他借过几次书了。欧阳修说明来意后,勾下头,一双长长的眼睫毛盖住眼睛,有点成人似的羞怯。李员外突然十分爱怜眼前这个少年,他伸出手,摸了摸欧阳修的头,然后又摸摸李尧辅的头。他很高兴,儿子和这个嗜书如命的孩子交往。他脸上堆满笑,朝欧阳修点点头,指着那摞书说,既然少年郎如此喜欢,它们就属于你了。欧阳修没想到说的是借,却变成了送,还这么爽快。他高兴得连话都说不出来了,鸡啄米似的直点头。

与《昌黎文集》的邂逅,当然是欧阳修人生的大事。

其实,连欧阳修自己也没想到,这次与《昌黎文集》的邂逅,成就了他后来的诗文革新运动。

《昌黎文集》,让欧阳修如获至宝。他一遍一遍地咀嚼韩愈的文字,触摸他的灵魂,揣摩他的文章技法,感悟他的风骨内涵。犹如春风中吹来的一粒种子,在欧阳修幼小心里悄悄萌发。当他知道韩愈和他一样,三岁而孤,父母双双身亡,靠表哥表嫂拉扯成人,欧阳修的内心像利剑击透一般。他立志像韩愈一样,业精于勤,行成于思,自知孤子,奋力砥砺。

时光倏忽而去,欧阳修阅读、抄录、背诵的诗文越来越多。十岁左右,他就开始依照前人的文章体例,写起诗赋文章来。叔叔欧阳晔一有闲暇,便给他辅导。正是欧阳晔,第一个发现欧阳修的文学天赋。

一天,欧阳修写了一首叫《仙草》的诗,交给叔叔指导。欧阳晔读后,瞪大眼睛看着欧阳修。他没想到欧阳修把古书上说的仙

·9·

草和市井贩卖仙草行骗,描写得这么入木三分。他迟疑了一会儿,说:"简直没想到,才十岁的你就能写出这样的诗。"叔叔的话传入郑氏的耳朵,她正蹲在厨房忙不迭地腌青菜,听叔叔如此说,忙撩起围裙擦了一把手从厨房出来。见郑氏过来,欧阳晔抑制不住内心的喜悦,把诗稿递给郑氏,说:"此奇童也,他日必有重名,我们当尽力养育之。"郑氏接过,默读起来:

> 世说有仙草,得之能隐身。
>
> 仙书已怪妄,此事况无文。
>
> 嗟尔得从谁,不辨伪与真。
>
> 持行入都市,自谓术通神。
>
> 白日攫黄金,磊落拣奇珍。
>
> 旁人掩口笑,纵汝暂欢欣。
>
> 汝方矜所得,谓世尽盲昏。
>
> 非人不见汝,乃汝不见人。

　　一天傍晚,黑云在天边骤然而至。空中划过几道闪电,只要一声惊雷,大雨可能就会倾盆而下。欧阳修匆匆来到随州城下,便拱手施礼朝老兵高喊:"烦请老伯开门放学生进城行吗?"老兵本来不愿破例开门,但听是个懂礼貌的少年。探头一看,果然,城门之下站着一个身背行囊读书郎模样的少年,便顿生爱怜之心,大声朝城门下吆喝:"既然是个读书郎,我出一联,若能对出,放你进城;对不出,明晨再进。"城门下闹哄哄的人群一下子安静下来。于是老兵说出上联:开关早,关关迟,放书生过关。说完,老兵仰头望一眼天边的黑云,又瞥一眼城门下的书生。欧阳修站在那里,略加思索,仰头朝城门上老兵大声说道:"出对子容易,对对子难,请先生先对吧。"老兵一听,讪讪一笑,不屑地说:"我是喊你对的。"欧阳修咳嗽了一声,对老兵说:"学生已经对过了。"老兵愣了愣,这才恍然大悟,立即下城楼开门。原来欧阳修的下联是:出对易,对对难,请先生先对。

春节前一天早晨,北风呜呜刮着,天还没大亮,欧阳修就被母亲唤起来,趿着鞋,懵懵懂懂地跟在郑氏身后,来到堂屋。

只见四四方方的几案上摆着一个神龛,旁边堆着几筒画卷。郑氏朝画卷指指,又朝神龛上方的墙壁指指,说儿子你把它们挂上去。

只瞄一眼,欧阳修就知道那是家里的七贤图。每年春节,母亲都会郑重其事将它们挂上墙,让他和妹妹祭拜一番。当然,还有一些特殊的日子,如中秋和中元。

欧阳修揉着惺忪的睡眼,不大情愿地走上前,将其中一幅图双手举起,使劲儿一抖,丝帛断裂的声音传出来。

欧阳修的心扑扑乱跳。

还好,只坏了一个角。

这可是你们欧阳家的传家宝。郑氏皱着眉告诫儿子说。

欧阳修知道,在他的记忆中,这七贤图须臾也没离开过他家。父亲死后,他们从泰州投奔叔叔,除了少许衣服,七贤图,是他们随身携带的唯一物品。

看儿子面带愧意,一双长眼睫毛耷拉下来,盖住了眼睛,郑氏说:"从绵州到泰州任上,你爹没带任何蜀中之物,唯独七贤图,视若珍宝。你知道为什么?"郑氏觉得有必要和儿子聊聊七贤图了。

设席祭祀,就是要你们不忘家父,不忘先世清风,像先贤一样品格端庄,智慧超群。郑氏一字一顿,她希望她的话像烙铁嵌进儿子的心里。

后来,黄昏来临,天下起了鹅毛大雪。茫茫大雪顿时把天地拉近一层。郑氏搬出一条板凳坐在门槛边,看着一对儿女在神龛前摆好酒肉、瓜果等祭品,跪在地上,一板一眼地行三拜九叩之礼。郑氏见儿女们做得如此投入,嘴角牵起一线笑纹,望着门外白雪茫茫,心说,夫君我尽心了。

四

斗转星移,春去秋来,沙地写字的孩子眨眼长成了十七岁的少年郎。

天圣元年(公元 1023 年)秋天,欧阳修参加了他人生第一次科举考试。

一大清早,天刚露出鱼肚白,欧阳修便拎着一个装满烧饼的漆盒和一罐水、三支蜡烛来到随州考棚前。他被眼前的景象怔住了,考棚前人头攒动,黑压压一片。其中有头发花白的四五十岁的男人,有稚气未脱的十六七岁少年郎,居多的要数二三十岁的年轻男子,还有送儿送夫参加科举考试的老太太小媳妇。欧阳修排在队伍的尾巴上,半晌才往前蠕动一下,直到太阳的影子从他身前移到身后,队伍才大步动起来。欧阳修发现参加科举考试的除少数官宦子弟外,大多属寒门青襟。过了中堂,到了室内,人群一下子安静下来,连同鸟鸣蝉叫全被关在门外。欧阳修感到浑身燥热,便脱下前身长后身短的夹衣,露出里面的圆领白布汗衫。他的脚都站麻了,歪斜着身子,扫一眼前头弯弯扭扭的长龙阵。跨进内堂,从一截高门槛开始,气氛完全不一样了。四周帷幕低垂,摆着一张香案,案台上灯火通明,香烟缭绕。学子们个个屏气凝神。监考官黑着脸膛搜查学子们携带的衣服、食品,如遇可疑者,连内衣内裤也要翻个遍。发过考牌,学子们便根据考牌上的号码,堂堂正正步入笼子似的考位:格子间。

　　欧阳修是最后一批进入格子间的人。坐下来,他好奇地环视了一圈听人多次说起过的考棚,觉得比别人说过的还逼仄。气都还没喘匀,就听见监考官唤他的名字。欧阳修的心突突跳着,颤颤巍巍地与监考官行礼之后,从他手中接过试卷。他屏住呼吸,将试卷先浏览了一遍,很快平息下来。还好,先考的策论,要求考生从《春秋左氏传》中荒诞之处进行论述,他有一种得心应手的感觉。一阵蚕子吃叶般的沙沙声后,欧阳修一气呵成,写下令世人叹为观止的策论文章。其中"石言于晋,神降于莘;外蛇斗而内蛇伤。新鬼大而故鬼小"两句,更属奇思妙想,为天下传诵。

　　但接下来,诗赋考试就有点令欧阳修气短了。由于不太熟悉骈文,不能完全按照韵脚押韵的要求,年轻的欧阳修第一次品尝到失败的苦涩。

　　从考棚看榜回家,欧阳修一路上走得很慢。都看见家门口那棵歪脖子香椿树了,他的脑袋还木木的,想了半天,也没想出如何向母亲和叔叔交代。对他来说,落榜无法面对含辛茹苦养育他的母亲。曾经通宵达旦寒窗苦读不就是想尽早考取功名,赡养母亲吗?

　　走进院子,郑氏正在树下纳鞋底。郑氏的针线活很好,鞋底的针脚密密匝匝,即使鞋帮子穿烂了,鞋底还好好的。欧阳修喊一声娘,喉咙就哽了。郑氏转过头,正好与泪眼婆娑的儿子四目相视。郑氏一下子就明白了,她咳嗽一声,心里滑过一丝疼痛,嘴巴动了动,想说点什么,却发不出声。等了一会儿郑氏终于说出来了:"你饿了吗?锅里还有一碗羊肉烧萝卜汤。"说完往厨房走。欧阳修盯着她微驼的后背说:"娘,我不饿,我不想吃。"然后径直朝自己的房间走。郑氏转过身跟了两三步,停住,说你歇会儿吃。

当天夜里,欧阳修始终睡不着,人在床上像烙饼似的。三更后,他披衣下床,来到院子里坐到香椿树下,望着天边一轮孤月和远处嶙峋的秋山。月光透过树丫,有气无力地投射到他的脸上、身上,一团灰白。没有蝉虫鸟鸣,天地间一片死寂。飒飒的秋风,吹散白天的热气,拂来一丝丝凉意。那一刻,欧阳修感到寒意爬上脊背,直钻心底。

福不双降,祸不单行。天圣五年(公元1027年),二十一岁的欧阳修,经过天圣四年秋天的随州乡试后,赴东京汴梁(今河南开封),春应试礼部,仍名落孙山。

五

天圣六年(公元1028年)暮春的一天,欧阳修起了个大早,踏上去汉阳(今湖北汉阳)的求学之路。

决定是在一瞬间做出的。欧阳修汴梁落榜后,内心一阵酸楚。离别时,他黯然神伤地写道:"楚天风雪犯征裘,误拂京尘事远游。"回望京城,百尺高楼令他难忘,结识的才俊学士更让他大开眼界。随州距京城不过千里,文化氛围却贫瘠寡淡,几百年都未出一士。欧阳修忽然茅塞顿开,离开随州外出求学或是一条打开眼界的通途。一番深思熟虑后,他将目光投向大宋著名学者,正任汉阳知军的胥偃。用了整整一个通宵,欧阳修煞费苦心地给胥偃写了封信,倾诉他投拜门下的渴望,为确保万无一失,欧阳修还附上了自己创作的诗词歌赋。很快得到回复,胥偃要求欧阳修速去汉阳,当面议定。

临行前的晚上,下了一夜的春雨。欧阳修一大早起来,心情格外好。外出求学像一缕春风,驱散他内心的阴霾。放眼望去,天地间一片葱葱茏茏。欧阳修慨叹了一阵眼前的景色,满脸堆笑,在他心里,眼前的景色兆示着好运的开始。

第七个黄昏,欧阳修疲惫地来到胥偃所在的街道。从灰布囊里摸出一张皱巴巴的黄纸,瞅着上面写的门牌号。天色向晚,街坊油灯还未点亮,欧阳修只好顺着街沿,挨家挨户地仰头寻找。

欧阳修,学子欧阳修乎? 一个温和的声音从门边传出。随即,一团黑影朝他移来。

后生正是,后生正是。欧阳修一阵惊喜,循声望去,只见一位五十开外的男人正笑吟吟地站在他面前。

长辈胥偃先生乎? 欧阳修看着男人腋下夹着的一沓宣纸问。

老夫正是。老夫想,可能是你呢。老夫恰逢购纸归来,正欲踏门,一扭头,见汝正四处探望,呵呵。男人嘴里发出快意的笑声。

欧阳修用手抹了一下额头上密密麻麻的汗珠,立马上前几步,正欲屈膝跪地,行稽首礼。胥偃忙把他拉起来,说,走了不少路吧,快进屋歇息。两个男人一前一后进了胥府大门。

卸下书籍布囊,洗过脸,欧阳修便跟着胥偃来到胥府书房。一进屋,欧阳修就被屋里浓厚的文化氛围吸引住了。房里的家私摆设全是清一色木制的,给人厚重文雅的感觉;书柜上书卷层层叠叠,雅致的屏风,上面山山水水,昭示着主人的人文情怀;官帽椅、方几端庄肃穆,透着威仪庄严;书案上笔墨纸砚随意散放着,残留下主人才书写阅读过的痕迹。

舟车劳累,歇会儿,边喝茶边聊天。胥偃把茶盏放在几案上,招呼欧阳修坐下说。

欧阳修在胥偃对面的官帽椅上坐下,半边屁股挂在椅子上,身子向前倾着,双脚并拢,连脸皮都绷紧了。一时半会儿,他紧张得都有些语塞了。

胥偃端起茶盏,喝了一小口,然后站起身,拉开书案抽屉,取出欧阳修写给他的信和诗文,放在茶几上,说:"吾感学子文学资质极高,他日必将有名于世。老生乐于授道解惑。"

欧阳修悬起的心顿时落了地,脸颊由青色变成了酡红。

话也渐渐多起来。欧阳修说起母亲画荻教他识字,三岁而孤,叔叔怜子赐教;还说起随州城南李员外家巧遇《昌黎文集》爱不释手。他很动情,滔滔不绝。胥偃坐在他对面,隔着茶几悉心倾听,一种又爱又怜的情愫爬上内心。在他看来,眼前的学子不仅文采斐然,还性情开朗,儒雅俊秀中透着睿智机趣。尤其欧阳修讲到好玩的地方,胥偃情不自禁地发出朗朗的笑声。

唤夫人来见过学子。胥偃对进屋倒茶的家佣吩咐。

很快,从外面走进来一个妇人,绾着高高的发髻,身穿雪青色长袍,里面长裙到脚背,透着一股贤淑富贵的气息。

夫人看谁来了?胥偃朝女人点点头。

欧阳修忙起身,施礼,说,书生见过夫人。

不必客气。妇人眯缝着一双笑眯眯的眼睛说。

先生早就赞美过你的文学才华。妇人心想,前些门生来也不见夫君如此郑重。刚才路过书房,就听夫君朗朗笑声,现又被唤来郑重相识,足见夫君器重。

寒暄一阵后,妇人告辞说,你们聊着,我去厨房备酒备菜,好给欧阳书生接风洗尘。

欧阳修一直被一团浓浓的暖意包裹着,自从进入胥府,从先生到夫人都让他有一种归家的感觉。

胥偃娓娓道来,他的教学计划,他的施教方式,以及对欧阳修未来科举中第的期许。

突然,屏风后面传来窸窸窣窣的声音。胥偃和欧阳修同时朝屏风望去,一双红色缎面绣花鞋从屏风底下露出来。胥偃嘴角立即牵起一线笑容,他心里明白了个大概。

小女子出来见过你欧阳哥哥! 胥偃朝红色绣花鞋喊。

先是一张鬼脸从屏风后面探出来,接着一个十二三岁的小姑娘蹦跳着出来,踟向客人和父亲,忸怩地"嗯"了一声,斜依在胥偃身旁。

胥姑娘一张细皮嫩肉的脸,眼睛又黑又亮,仿佛一汪流淌的池水。

欧阳修僵在那里,愣愣的,满是喜欢。但很快,他打住了自己的念头。

学子搬来家住,老夫方便抽挤时间辅导。胥偃迟疑了一下说。

书生受宠若惊,欧阳修感激涕零地望着胥偃。胥偃从柜中拿出一套崭新的青瓷餐具款待欧阳修。欧阳修心想,要是再考不中,连这套餐具都对不起,何况胥偃一家。不一会儿,八仙桌上摆满了酒菜。胥偃夫妇不停地给欧阳修搛菜。一会儿,酱牛肉、冬瓜虾仁和水芹菜在他碗里堆成了小山。欧阳修起初拘谨,渐渐地像在家里一样,饿痨鬼似地吃起来。

一抬头,胥姑娘正看他。

四目相对,胥姑娘朝他扮了鬼脸,然后一扭身,跟她的哥哥姐姐嬉戏着离开了。欧阳修赶紧埋下头,扒拉着碗里的饭。

六

以后,一有空,胥偃便见缝插针地辅导,果然,欧阳修是个读书的料子,不久他就能够举一反三,自如地写骈文了。

这年冬天,胥偃受命调往京城,任判三司度支勾院,负责管理朝廷财政支出。欧阳修受胥偃邀请跟胥家人一起前往。在京城，欧阳修结识了一大批文人名士。

一天，雨后初霁，大地一片湿答答的。胥偃在庭院里摆置酒宴，请来几个文人喝酒吟诗。酒过三巡，文人们便开怀吟哦，以助酒兴。一开始，欧阳修只站一旁，没吱声，时不时起身给大家斟酒。但此情此景，太让他情不自禁：他看见雨水洗涤过的叶片上仍有水珠滑落，雨后的阳光照射在新叶的水珠上，兰花桂树闪闪发光；小翠鸟在枝头跳来跳去，欢天喜地的样子；鹅黄浅粉淡紫的花儿恣肆开放，招来一群群蜂蝶萦绕。春光令人心醉哦，像饮浓酒。但是紧接着，一股伤春的情怀随即涌上年轻才俊的心头。欧阳修感慨万千，诗句在心头呼之欲出，他立马踱步来到庭园摆放的书案前，埋头写下一首诗歌《小圃》：

> 桂树鸳鸯起，兰苕翡翠翔。
>
> 风高丝引絮，雨罢叶生光。
>
> 蝶粉花沾紫，蜂茸露湿黄。
>
> 愁醒与消渴，容易为春伤。

刚落笔，文人们便一阵惊呼，仿佛压根儿没想到其貌不扬的年轻人，却写出一手好诗。胥偃更是翻来覆去咀嚼、掂量，典故、对仗他都十分看好。刚刚还牛哄哄的几个文人，现在都鸦雀无声，争相传阅起欧阳修的诗作来。

此时，欧阳修独自站在一棵桂树下，朝这边张望。他注视着在场文人的一举一动，看他们正传阅他的诗。他的内心很不平静，像江河之水汹涌澎湃。他知道大家认可的正是这种西昆体诗歌，他为自己在短暂时间内掌握这种写作技巧而自豪；但另一面，他又心有不甘，似有一种声音在他内心鼓噪。每当夜深人静，他常常展卷夜读随身携带的《昌黎文集》。一种渴望与冲动撞击着他的心扉，似一波强一波的潮水，他多么渴望有朝一日，春风吹入文坛，一扫浮艳守旧的文风诗风。

一个夏日中午，欧阳修从胥府出来。刚刚还艳阳高照，不一会儿，欧阳修就看见头顶上一团黑云压过来，刹那，雨哗哗地下起来。他一路小跑，来到京城虹桥附近的王氏酒楼等石延年。

脱下外面的长衫，欧阳修抖了抖上面的雨滴，把它搭在椅背上，找了个靠窗的位置坐下。他望着窗外的瓢泼大雨，眉头紧锁，怎么就千挑万选了一个如此糟糕的天气呢。欧阳修心里责备自己，希望石延年先生被雨水住脚，最好还没出门，以免淋成落汤鸡。

正当欧阳修惴惴不安时，窗外一个熟悉的身影在雨中朝酒楼跑来。欧阳修定睛一看，此人正是石延年。很快，他听到石延年噔噔噔爬楼梯的声音。眨眼间，一个身材高大、仪表堂堂的中年男人喘着粗气站在欧阳修跟前。

欧阳修腾的一声站起来，露出不安的神情，连连责怪自己挑了一个鬼天气，让石延年受罪了。

没想到石延年却说，书生只管人间事，岂能管得老天爷！何况贤弟心细，连酒楼都择在老生喜欢的地方。说完，石延年哈哈大笑，一屁股坐在椅子上。

当然，对石延年的诙谐风趣，欧阳修早有耳闻。

一天，石延年乘马游览报宁寺。牵马的小厮粗心大意，不慎让马惊跑起来。哐当一声，石延年从马上坠落地下。周围的人见有人从马上摔下来，立即上前围观。小厮吓得脸唰的一下白了，心想石先生肯定大发雷霆，臭骂他一顿。不料，重新坐上马鞍的石延年悠悠地扬起马鞭，笑嘻嘻说，幸亏我是石学士，如果是瓦学士，不早被摔碎啦。石延年一番话逗乐了在场的所有人。

当然欧阳修还知道发生在王氏酒楼的故事。

一天，石延年邀请好友刘潜去新开张的王氏酒楼喝酒。两人进店后，找了个二楼临窗的位置坐下，点了酒菜，便闷声不响地豪饮起来。从早上酒楼开业直到晚霞红满天空，一点没有走的意思。老板上楼看见桌上一堆空酒罐，心里大喜，心想开张第一天就遇见两位酒仙，必是好兆头。老板一高兴，便喊小二抱出一坛最好的陈年老酿，免费请酒仙喝。接着，又炒上两盘小菜奉上佑酒。后来，人们才知道酒仙是石延年和刘潜。他俩在王氏酒楼畅饮的消息一传出，酒楼生意爆好。

听石延年朗朗的笑声，欧阳修紧绷的脸一下子松弛下来。早就听说过石延年生性豪爽耿直，上次匆匆一见，没多少感觉，这次上来几句话，欧阳修感到果真如此。此刻，欧阳修似乎看见了他涌动在胸腔里海浪般的力量。点了一只黄焖鸡、一盘杂烩菜和四个炊饼，还要了两罐石延年和刘潜上次喝过的陈酿。欧阳修知道石延年的酒量，便不停地给他斟酒，接二连三，不让石延年的酒杯空着。欧阳修一斟上，石延年便端起酒杯一口吞下。说了一会儿话，喝过酒，欧阳修的话也渐渐多起来。最后，石延年问起欧阳修的读书情况。欧阳修直截了当地说，除了准备科举考试的书，读得最多的数《昌黎文集》。石延年听后眼睛一亮，一团红晕掠过他的脸颊。他端起酒杯和欧阳修碰了一下，凝视着欧阳修说，贤弟他日必才华盖世！欧阳修翘了翘嘴角，露出两颗兔牙。欧阳修发觉一提韩愈，石延年整个人像被点亮了一样，滔滔不绝地说，天下好诗好文，必是不啰唆，不堆砌，不拘泥，不空洞，所谓大道至简也。欧阳修觉得自己和前辈的想法简直如出一辙，心咯噔一下，不禁想到石延年早年的经历。

石延年早年科举考试屡试不中。一次好不容易进士及第，却偏偏遇告状,说本次考试有人作弊。朝廷便下令复考。结果,一些中榜之人重新落第,石延年便在其中。当时,这些人已被朝廷认定为进士,敕牒已拿手上,官服已穿身上,正欢聚一堂,朝廷突然命令追回复试落榜者的一切证件和官服。当朝廷使者追来时,在场唏嘘一片,有的呜咽掉泪,有的号啕大哭,唯独石延年二话不说,脱下靴袍交还使者,穿着内衣,头戴幞头,若无其事地坐回原地喝酒吃菜,什么也没发生过似的。过了一会儿,他还模仿李白即兴写下《偶成》一诗,调侃一番:

> 年去年来来去忙,为他人作嫁衣裳。
>
> 仰天大笑出门去,独对春风舞一场。

第二天,落榜者全授三班借职。石延年不以为然,以耻不任,又写下绝句,讽刺科举制度,蔑视官职仕进:

> 天才且作三班借,请俸争如录事参。
>
> 从此罢称乡贡进,直须走马东西南。

吃着喝着聊着,眨眼已到黄昏。雨停风住,夜色从窗口漾进来。石延年和欧阳修站起身准备离去时,一个熟悉的声音从楼梯口传来。他俩一转头,便看见苏舜元、苏舜钦两兄弟一前一后站在楼梯口。

嘿,说子美子美到。石延年大声喊。两分钟前,他和欧阳修还提到过他和穆修。

那曼卿兄和永叔兄说苏子是还是非呢?说着,苏舜钦已阔步踱到饭桌前。

来,来,坐下一起畅饮。欧阳修起身拉出桌子底下的椅子,让苏家两兄弟坐下。

此前,欧阳修在胥偃的一次家宴上见过苏舜钦一面。知道他出身书香门第,祖父苏易简系绵州人,曾任参知政事,父亲苏耆也颇有建树,升任朝奉大夫,苏舜钦便随父进入汴京。当晚,欧阳修和苏舜钦就聊得很投机,大有一见如故之感。用欧阳修的话说,他跟半个老乡说了一车辘轳话,把瞌睡虫都撵跑了。

脚板擦油了。石延年边说边探头伸出窗外,唤店小二上楼来打酒。

小二抱着一坛酒放在桌上,问客官要不要添菜。欧阳修迟疑,不知道添何菜是好。忽然,石延年笑问欧阳修,永叔带书来否?欧阳修瞅着石延年不知其意。石延年哈哈笑起来,说,永叔不知,子美喝酒与别人不同,不需菜肴,只需书卷,就能喝上一斗。在座的人除欧阳修外都听说过苏舜钦读书佐酒的故事,于是个个乐得嘴都合不拢,说,曼卿兄言之有理,言之有理。

苏舜钦酒量惊人,每天至少要喝一斗酒。岳父杜衍觉得一个读书人,酒量也忒大了点。喝酒也就罢了,怎么读书佐酒呢。杜祁公疑惑,便暗中派人盯梢。回来后,盯梢的人说,当我去的时候,他正读《汉书·张良传》。当他读到张良与刺客行刺秦始皇,抛出大铁锤,砸在秦始皇的随从车上,而没砸到秦始皇时,我听他连连叹息说,真可惜啊,没有打中。说完,他仰起脖子咕咚咕咚灌下几大口,继续读书。过了一会儿,当他读到张良说,自从在下邳起义后,与皇上在陈留相遇,这是天意让我遇见陛下。他便拍案惊呼:君臣相遇,如此艰难!说后,我听他一声叹息,接着端起酒坛猛喝几口。小的看他像神经病,时而叹息,时而嘀咕。动情之处,必将猛喝。杜祁公听完笑得前仰后合,说有这样的下酒物,一斗不算多啊。这之后,杜祁公非但不抱怨苏舜钦酗酒,反而,每天叫人在苏舜钦读书的时候,奉酒一斗佐他读书。

小二端来一荤一素。四人聊得热热闹闹,很投机。当然,聊得最多的是当下骈文和诗歌的写作。苏舜钦人最年轻,说话也耿直。他说,当下文风浮靡、空洞、毫无生气,若不改革,大宋文坛毫无希望。欧阳修注视着眼前这位小他一岁的半个绵州老乡。苏舜钦也直直地看着他,两三分钟的四目交会,简直让欧阳修一下子热血沸腾。欧阳修收起笑容,一字一顿地说,各位名士,吾辈相互砥砺前行吧。桌上的四个人,你看我,我看你,一股无声的力量让他们心潮澎湃。

真是无巧不成书。从酒楼出来,在相国寺门口,他们又遇见一个悖俗的文化名人穆修。

苏舜钦的眼睛很尖,一眼就发现蹲在书摊前卖书的穆修。当苏舜钦看见他时,穆修也正好扭头看他们,目光交会,躲闪已来不及了。苏舜钦只好迎上去,把走在他们兄弟俩后头的欧阳修介绍给穆修。欧阳修看见穆修的一瞬,他正蜷缩着身体蹲在一溜书前。一块方方正正的蓝色花布铺在书下。除书外,布上还零星地放着十几杆毫笔,七八个砚台、几支墨锭和一卷宣纸。听说是穆修,欧阳修一阵激动,忙上前,抱拳、拱手,行见面礼。穆修立马从书摊前起身还礼。他身穿一件皱巴巴的青布长衫,人瘦得像一根竹竿,风都吹得倒似的。"适才还听子美、曼卿提起,今日立马相见,幸会幸会!"欧阳修脸上挂着笑说。"前一阵,吾也听子美说永叔喜读韩愈之书,同道同道也。"欧阳修看眼前这个瘦高个男人,不说话的时候,很颓然,一旦发声,人就变了样。书,易售否?苏舜钦瞟一眼书摊问穆修。一旁的欧阳修连忙蹲下去翻地上的书。不看不知道,一看吓一跳。欧阳修发现穆修所售之书全是刻印的《柳宗元文集》。欧阳修顿时涌起一般酸楚,眼神里多了一丝同情。穆修摇摇头说,实属不易。是啊,欧阳修心想,这年头,四六骈文和西昆体诗歌盛行,连科举考试都不考古文,谁还读它们?但过了一会儿,欧阳修看见穆修望着眼前杂乱蜂拥的人群,嘴里咕噜咕噜说开了。他说,有人买就售,哪怕天下仅一人呢?欧阳修看见他说这话时,一双眼睛在昏暗的灯光下闪着黑亮亮的光。

若干年后,欧阳修都不能忘记王氏酒楼,石延年和苏舜钦对他说过的话,以及穆修的眼神。

七

家境贫困、寄人篱下,两次落榜重压之下的欧阳修只好暂时将自己的梦想收起来,头悬梁锥刺股地苦读,迎接即将到来的新的一场科举考试。

皇天不负苦心人。天圣七年(公元 1029 年)春天,欧阳修在广文馆考试中,力压群英,荣登榜首。后又在国学解试中再登榜首,获得礼部贡考的资格。

天圣八年(公元 1030 年)正月的一天,早春的气息开始萌动,欧阳修拎着蜡烛、水、炊饼来到京城考棚。排了半天队,才进入内堂。宣布下来,主考官居然是大名鼎鼎的晏殊。欧阳修十分好奇,从小就听母亲讲过神童晏殊的故事,压根儿没想到会在如此特殊场合见到心中崇拜的人物。欧阳修伸长脖子打量一番,直到试卷发下来,才收敛住自己的好奇心,埋头阅卷。欧阳修对眼前的题目疑惑不解,按规矩上前询问主考官晏殊。欧阳修站在晏殊面前,深深弯下腰鞠了一躬说:"据汉代学者郑玄注释,汉代司空掌管舆地之图,而周代司空则不仅仅掌管舆地之图。请问,此文章应赋周代司空还是汉代司空?"晏殊眼前一亮,按捺不住喜悦地想,此举子能从细微处发现问题,必是读书的好苗子。晏殊立即领首微笑说:"考题所意正是汉代司空。"欧阳修听后刚转身,晏殊声音又跟上来:"此考场唯汝读懂了题目。"欧阳修立即转身,晏殊说完意味深长地看了一眼他。他发现欧阳修看上去愣头愣脑,个头又瘦又小。晏殊嘴角牵起一线笑意,心想,还正是这个愣头青读懂了题目。就在刚才,作为主考官,他还十分沮丧,觉得满堂举子提的问题不是不着边际,就是不得要领。

欧阳修再次夺魁。当他作为门生前去答谢晏殊时,晏殊愣愣地看着他,心想夺魁者果然是那天前来提问的愣头少年呢。

一年里,由监元、解元至省元,三登榜首。欧阳修信心爆棚,就连广文馆的举子们都以为即将到来的殿试状元郎非欧阳修莫属。

为此,欧阳修专门为自己置办了一件新衣服。一天晚上,欧阳修正和广文馆同学高谈阔论,王拱辰踱着方步进来。他一来,大家就愣住了,齐刷刷把目光投向他。他穿着一件又短又小的袍子,活像一只怪兽。在场的人便掩口哂笑,唯独他自己不笑,站在屋子中央,边转圈边说,吾穿状元袍子啦!吾穿状元袍子啦!大家这才反应过来,把目光投向欧阳修。其实,他一进来,欧阳修就发现他的这个大个子同学,穿的正是他为自己殿试准备的新衣服。命运给欧阳修开了个不大不小的玩笑。三月,仁宗皇帝殿试崇政殿,王拱辰一语中的。果然穿状元袍子的王拱辰位居榜首,成为状元郎,而欧阳修却屈居十四名。

屈居十四名,留下一丝遗憾,但朝廷庆贺新科进士的情景还是令欧阳修终生难忘。几乎整夜没睡,欧阳修一大早起来,把自己从头到脚拾掇一番,刮了胡子,露出一张清瘦洁净的脸。穿上新袍子,戴上新幞头的欧阳修,开始嘲笑自己,又不是新郎官穿这么一身新干啥?但转念一想,还是不舍得脱下。那天欧阳修胃口很好,一口气吞下四个炊饼和一碗稀粥。等赶到新郑门外的琼林苑时,天还没亮透。欧阳修站在早晨潮湿的空气里,吸了吸鼻子,似乎要把空气中的花香吸尽。三月的汴梁,桃红柳翠,芍药牡丹次第绽放,一派国色天香。不一会儿,太阳像一枚黄澄澄的柿饼浮在天上。站在闹哄哄的人群中,欧阳修看见的全是春风得意的面孔。吉时一到,皇帝的六骏龙辇循路而来。一阵嘚嘚嘚的马蹄声后,人群簇拥起来。过了好一阵,穿着龙袍的仁宗皇帝从龙辇中走出来,开始举行"闻喜宴"的各项仪式。赐官服、出题吟诗、赏酒,皇帝竭力表现着对新科进士的恩宠。尤其对状元,欧阳修看见,皇帝的目光在王拱辰身上足足停留了两三分钟。欧阳修凝视着站在他前排的王拱辰,看不见他的脸庞,但发现他的肩膀一直在颤抖。他仿佛看见他眼角挂着一颗泪珠,那是喜极而泣的泪珠。

接下来便是耀扬的打马游街活动。新科进士们披戴着红花,从琼林苑出发,拐过东华门,直奔繁荣热闹的虹桥大街。前有仪仗队开道,后有侍从断后,汴京城内一时万人空巷,一睹新科进士风采。而达官贵人富贾人家,却驾着宝马香车前来挑选女婿。

正当民间"榜下捉婿"风生水起时,欧阳修把目光投向恩师胥偃的小女儿。

汉阳初识,欧阳修深得胥偃倚重,殷殷教诲,不分昼夜;胥夫人更是生活上无微不至,温暖如春。看到胥姑娘的第一眼,欧阳修就被小姑娘的天真活泼所吸引,尤其那对亮闪闪的眼睛,黑葡萄似的,令欧阳修一见倾心。多少次相望,欧阳修心跳加速,想起来都脸红筋涨。即使胥姑娘的碎碎话,欧阳修也会一句不落地装进脑子里。

几乎不用思忖,欧阳修便向恩师表明心迹;几乎不费周折,胥偃便爽快地答应了欧阳修的求婚。其实,从欧阳修走进胥府的第一天起,胥偃就认定了这个博学多才的年轻人,只是女儿年龄尚小,欧阳修又功名未遂,胥偃只好将自己的想法压在心底。

天圣八年,对欧阳修来说,真是不平凡的一年。洞房花烛夜,金榜题名时,人生四大幸事,就被他遇上了两件。

五月,朝廷任命下来,欧阳修被授予将仕郎、试秘书省校书郎、充西京留守推官。

第　二　章

一

　　天圣九年(公元 1031 年)三月,欧阳修携妻带母来到洛阳,一下就被伊川龙门的胜景吸引住了。洛阳地处河南西部、黄河南岸,北宋的陪都。不说它自古地势险峻,层峦叠嶂,自古都是兵家倚重的要冲之地,更加之经济繁荣,文化发达,成为南北文人聚会的要所。仅司马迁来此考察,左思赋曾使"洛阳纸贵",白居易、刘禹锡晚年退隐诗酒唱和,就给欧阳修带来无限的想象空间。

　　站在洛阳城下,目光所及之处,欧阳修看到的不是连绵起伏郁郁葱葱的龙门山,就是碧波荡漾流水潺潺的伊水河。无论洛邑古城的市井生活,还是寂寞荒凉的前朝宫阙,仿佛约好似的,齐齐扑进他的视野。正如他后来诗中写道:

> 三月入洛阳,春深花未残。
>
> 龙门翠郁郁,伊水清潺潺。
>
> ……
>
> 洛阳古郡邑,万户美风烟。
>
> 荒凉见宫阙,表里壮河山。　　　《书怀感事寄梅圣俞》

卸下行囊,换上官服,欧阳修马不停蹄地前往西京留守推官厅拜谒上级长官。晌午时分,他来到伊水河畔的午桥庄。中午的阳光很慵懒,细细碎碎的光斑驳落在绿野堂上,使这座唐朝宰相裴度修建的著名别墅看上去有些老旧。欧阳修跃身下马,来到绿野堂前,正准备努力还原或想象一番当年裴度与白居易、刘禹锡以诗酒为乐宴谈诗书的情景。流连之际,倏然,堂前一片茂盛的竹子中间,飘出几句诗来:

> 修禊洛之滨,湍流得素鳞。
>
> 多惭折腰吏,来作食鱼人。
>
> 水发粘篙绿,溪毛映渚春。　　　　《上巳午桥石濑中得
>
> 风沙暂时远,紫线忆江莼。　　　　双鳜鱼》

欧阳修站住了,他怔在那里,竖起耳朵,一直听完吟哦。然后,他情不自禁地拍起手来。稍一品味,他觉得这正是他喜欢的诗歌风格:不雕琢,不艳浮,清新朴拙,叙事抒怀。欧阳修心头一喜,循声朝竹林望去。过了一会儿,才见一个穿灰布长衫的年轻男人背着手从竹林中一步一步踱出。他高挑个儿,眉清目秀,气宇轩昂,似乎还沉浸在刚才的诗意中。

妙哉!妙哉!欧阳修傻愣愣地瞧着充满诗人气质的年轻男子,啧啧称道。

贤俊见笑了!年轻男子看一眼清清瘦瘦书生模样的欧阳修说。

二人凝视着,你看我,我看你,足足两三分钟,直到彼此不好意思起来。

施过拱手礼,道过姓名,欧阳修的心还扑扑跳着,脸上掠过一

丝羞赧的表情。

欧阳修没想到一来洛阳,就遇见这位名噪一时、在大宋文坛崭露头角的著名诗人梅尧臣。

没有过多的寒暄,由诗结缘,由诗谈起。

梅尧臣把欧阳修带到一棵树下休息。说起刚刚吟哦的诗,聊到各自喜欢的名篇佳作,继而议论起眼下的文坛诗风。欧阳修眼睛都不愿眨一下地和梅尧臣说话。他被梅尧臣深厚的学养和飘逸的诗人气质吸引住了。梅尧臣春风似的淡雅,让欧阳修的血立马热起来。他嘴巴动了动,抛出一句话:恨不早相逢。梅尧臣听后呼啦一下站起身,立即邀请他去游香山。

得遇知交,欧阳修压根儿就忘了当天出行的目的。两人漫步山林,敞开心扉,边走边谈。欧阳修觉得自己快活得像只融入大自然怀抱的猿猴。黄昏时分,梅尧臣又邀请欧阳修去他家烹鱼饮酒。早就饿得肚皮贴背脊骨了,一听有鱼吃有酒喝,欧阳修二话不说,跟着梅尧臣就往梅家赶。

没料到梅尧臣不仅诗写得好,做饭烧菜还是把好手。欧阳修瞅着梅尧臣的那双手,皮肤白皙、手指细长,指关节不大,一看就是一双读书人的手。欧阳修吃着他做的糟鲫鱼和卤蹄髈,喝酒吟诗,直到黑夜降临才意犹未尽地离去。

当夜,欧阳修便记录下他与梅尧臣这场戏剧性的相会。给梅尧臣的诗中,他写道:

> 逢君伊水上,一见已开颜。
> 不暇谒大尹,相携步香山。
> 自兹惬所适,恰若投山猿。　　　《书怀感事寄梅圣俞》

从这首诗开始,欧阳修开始了和梅尧臣一生中的书信往来和诗歌唱和。后来,欧阳修又写道:"文会忝予盟,诗坛推子将。"欧阳修和梅尧臣,一个诗文革新运动的主盟,一个推行诗体革新的主将,相互慰藉、砥砺,成为宋代文人交往的一段佳话。欧阳修自己都没意识到,午桥庄相会奏响了北宋诗文革新运动的前奏,一个崭新的文学时代在他俩的诗歌酬唱中拉开了序幕。

午桥庄与梅尧臣相识的惊喜还没褪去,推官厅署衙的"文人汇"又让欧阳修眼界大开。

行过拜谒礼,钱惟演就将欧阳修一家安排到署衙东园居住。钱惟演笑吟吟地对欧阳修说,不知欧阳永叔对老夫的安排有无意见?本来,欧阳修心里一直七上八下,因前一天去香山游玩耽误了报到时间,担心挨批评。但很快,他的心平息下来。从钱惟演的眼睛里,他没有发现一星半点责备的意思。望着眼前这位膀大腰圆,浓眉大眼的顶头上司,欧阳修有一种莫名其妙的踏实感。

接着,钱惟演召集幕僚们开了一个短会。三言两语,钱惟演开宗明义讲明了各自的职责。然后,他开始给欧阳修介绍推官厅的幕僚们。说到谢绛,他指指谢绛,又指指梅尧臣说,希深君推官厅副官,河南通判,梅诗人内兄也,人称"文中虎",诗词文兼精。欧阳修扭过脸来,拱手一揖说,长官多关照。谢绛便起身朝欧阳修颔首点头。欧阳修一看,果然像个长官,只是堂堂仪表中多了一份超凡脱俗的气质。接着,钱惟演走到一个中等个儿、五官端正的男子身边,拍拍那人的肩膀说,此尹师鲁也,通古知今,古文作品流传四方,喜谈历史、军事。欧阳修心想这大概就是梅尧臣给他说起过的崇尚孟子、韩愈的尹洙了。今一相见,果真有股含而不露的隽永之气。随后,钱惟演还给欧阳修介绍了具有政治见识、卓尔不群的富弼,温文尔雅、擅长诗书的张汝士,文思敏捷不修边幅的杨愈,嗜书如命性格豪放的张谷,潇洒风流处事果断的张先。最后,钱惟演朝梅尧臣努努嘴巴说，梅诗人，诗歌翘楚，永叔已知悉，吾不必多说。倒是永叔之情况，圣俞需叙之。话音刚落，梅尧臣立马站起来，凭着前一天对欧阳修的观察了解，慷慨激昂地将欧阳修诗、词、文，以及经学、史学、金石考古、文学评论等兴趣说了一大堆，说得欧阳修脸上顿时起了一层羞怯的红晕。欧阳修起身说，吾初出茅庐，才疏学浅，须多向诸位才兄学习。最后，钱惟演话锋一转，索性谈起文学与诗歌来。欧阳修发现，钱惟演一说诗歌，就打开了话匣子，口若悬河，连嘴角都泛起泡沫来。绕了半天，钱惟演聊起《西昆酬唱集》。大家斜睨着他，知道那是一部朝野上下十分流行的诗歌。最后，说累了，他深情地喊一嗓子："政务闲暇，吾辈当书锦绣文章，灿烂大宋文化也。"

掌声立时响起，一刹那，欧阳修感到钱惟演的话犹如窗外射来的暖阳，把他照得热烘烘的。

下班回家的路上，幕僚们鱼贯而出。梅尧臣、尹洙、欧阳修走成一排，边走边聊。提起刚才钱惟演热捧的西昆体诗歌，梅尧臣眼里明显掠过一丝怨艾，长吁一口气说：时下之诗，浮华流弊，空洞无物。

站在梅尧臣身边的尹洙早就按捺不住了，听他说到当下文风诗风，脖子一梗说："时下文风浮靡且烦冗，繁而无道，为何不似古人，简古有序，简而有道乎！"

欧阳修刚听了钱惟演介绍尹洙知古通今，一开口，果真不凡。

王复、张太素、张汝士和杨愈走在后头，欧阳修停下脚步，等他们。

四个人大步流星跟了上来。

署衙的后院有一个碧绿清澈的水潭，旁边有一个八角翘檐的木亭子，闲暇的时候，推官们常常去那里坐坐。

来到亭子里，他们围成一圈，聊着刚才的话题。

刚才没开腔的四个人也纷纷发表了看法，意见惊人地相似。看来，大宋文坛真该改改了。欧阳修心里不可遏制地蹦出这个念头。

如何改呢？欧阳修不说弊端，他更关心未来怎么办。

同僚们看看梅尧臣，又看看尹洙，最后把目光落在小个子的欧阳修身上。

二

傍晚时分，门吱呀一声，欧阳修跨了进去。听屋子里没动静，欧阳修朝里间的厨房喊一嗓子："娘，夫人，吾回家了！"然后，欧阳修拐进卧房脱官服去了。

厨房里，郑氏正用勺子从锅里舀出酱好的蹄髈放进瓦钵里，胥姑娘蹲着正清洗那口上了釉的腌菜缸。听见喊声，胥姑娘回头和郑氏相视一笑，她们听出欧阳修心里的喜悦。果然，穿着布衣出来的欧阳修满脸堆笑地来到她们面前。胥姑娘立即站起来，将事先泡好的茶递给他。欧阳修接过，一仰脖子就喝光了。"可好？"胥姑娘问。"好，不凉不热。"郑氏听着小夫妻的对话，嘴角牵起一丝笑意。"咦——好香！"欧阳修吸了吸鼻子，仿佛要把香气全吸进鼻子似的。回头看娘正在案板上切蹄髈肉，便靠过来，伸手去抓案板上的肉吃。郑氏一看，扬手在儿子的脑门上弹了一下。"长不大呀！"郑氏看着脸上长出胡子的儿子面带愠色地说。欧阳修便呲着嘴，嚼出声音，还故意横着袖子去抹嘴角残留的肉渣。郑氏一看，不依，又准备伸手去教训儿子。胥姑娘走过来，撇着嘴笑笑，对郑氏说："娘，修故意呢。"三个人便嘿嘿笑起来。

其实，真到了桌上，欧阳修总是坐在郑氏和胥姑娘中间，将荤菜和好吃的一个劲儿地往母亲和妻子碗里搛。郑氏常常笑着说："人老了，不想吃荤菜，年轻人多吃。"然后等儿子、儿媳不注意的时候搛回他们碗底子里。

晚饭后，欧阳修坐在几案前，眼鼓鼓地望着窗外繁星闪烁的夜空，心潮起伏。胥姑娘坐在油灯下，做着女红。她的刺绣功夫很好，用的针头发丝一般细，绣出的布针脚细密，不现边缝。此时，她正绣一条小孩的肚兜，在赭色的肚兜上绣一朵银色的牡丹花。欧阳修收回目光，扭头看胥姑娘说："夫人有所不知，吾感受实在太妙，今日报到，一日内认识如此众多的文人雅士，令吾如登幽兰之室也。"胥姑娘一听，笑嘻嘻说："看来西京留守推官厅，藏龙卧虎之地也，夫君福地也。"欧阳修颔首点头说："吾不可枉费呀。"

当夜，欧阳修趴在几案前，用诗歌的形式把推官厅七个人的样貌和才华抱负记录下来，写成七首《七交诗》。

翌日清晨，阳光透过窗格漫进屋子，淌下一地的橘黄。欧阳修一觉醒来，揉揉惺忪的睡眼，便穿衣起床，来到几案前，拿起笔来，改昨天夜里写就的《七交诗》。忽然，胥姑娘从背后探出半颗脑袋来，把欧阳修吓了一个激灵。"冒失鬼啊！"欧阳修回头面带愠色地说。"哦哟，又写诗，一大早。"胥姑娘噘起肉嘟嘟的小嘴娇嗔道。好漂亮的娘子！欧阳修眼睛一亮，发现胥姑娘一副精心打扮过的样子，尤其发式，跟以前大不一样。他放下笔，仔细打量起胥姑娘的发式来。如云的乌发用镏金的发带系着，发髻盘得高高的，凤形样，髻上插有一把掌形玉梳，上面刻有龙纹。瞧欧阳修只盯头发看，胥姑娘便故意在屋子里扭捏着走路。到窗前，猛一回头，见欧阳修还痴痴地瞅她的头发，便娇滴滴地扭到欧阳修跟前，笑说："吾的头发弄好了，但不知眉毛画得好不好看？深浅合适不？你倒是说说嘛。"欧阳修这才发现胥姑娘今天弄了头发还化了淡妆。脸上涂了一层淡淡的胭脂,一双黛眉飞入鬓间,尤其那对深潭似的眼睛一闪一闪的,煞是好看。他的脑子里闪过在胥府刚认识胥姑娘的情景。欧阳修一把搂过娇小玲珑的妻子,捧着她的脸庞,深深地吻着她的额头、眼睛和嘴。夫妻俩温存了好一会儿。胥姑娘被欧阳修吻得喘不过气来,便打岔说:"亲热一早晨了,耽误吾刺绣了。绣完了牡丹,吾就该绣鸳鸯了。"说着,胥姑娘想起什么似的一笑,身子往丈夫身上偎过来,问欧阳修"鸳鸯"两个字咋写呢。欧阳修心知胥姑娘故意逗他,但他不说破,装着不知道的样子,握着胥姑娘的手在几案上写下"鸳鸯"两个字。

更有趣的是,深情而风趣的欧阳修几乎不费功夫,一首《南歌子》一挥而就:

> 凤髻金泥带,龙纹玉掌梳。走来窗下笑相扶。爱道画眉深浅入时无。　　弄笔偎人久,描花试手初。等闲妨了绣功夫。笑问鸳鸯两字怎生书?

很快,欧阳修发现留守推官不过是个闲散官职,并无多少实质性事务。加上长官钱惟演礼贤下士、奖掖后辈,洛阳文人士大夫生活在一个宽松浪漫的人文环境中。

钱惟演是吴越王钱俶的儿子,年轻时就有政治抱负,曾感慨如果能在黄纸上签字,此生足矣。宋真宗年间,刘娥皇后受宠。钱惟演为攀附刘娥,将自己的妹妹嫁给刘娥的哥哥刘美。真宗去世后,十二岁的仁宗即位,刘皇太后垂帘听政,处理军政要务。钱惟演便依仗太后,官至枢密使。但另一面,钱惟演又是一位"坐则读经史,卧则读小说,上厕所阅小辞"的名臣,手不释卷,博学多才,与杨亿、刘筠并称西昆三魁,著《西昆酬唱集》。

一天晚上,钱惟演在官邸召集文人雅士聚会。一个多时辰后,欧阳修才姗姗赶到,屁股后面还跟着一个长着狐狸眼睛的歌伎。一看这架势,在场的人便嘀嘀咕咕议论开了。本来,欧阳修是可以不跟歌伎一起来的,可他偏偏任性,两个人手牵手步入官邸。宾客们嘴上虽不说什么,但眼睛里明显流露出不屑。众目睽睽下,钱惟演憋着一股气,不好跟欧阳修发作,便只好拿狐狸眼歌伎开刀。"为甚迟来如此之久?"钱惟演斜睨一眼歌伎问。歌伎佯装咳一声,抬头看欧阳修一副淡定从容的样子,便平静下来,耷拉着脑袋小声说:"暑天太热,在凉棚睡着了,醒来发现丢了金钗,寻了半天也未寻着。"钱惟演听后,哈哈一笑,盯着歌伎说:"如果汝能使欧阳推官就此赋词一首,金钗,吾偿汝便是。"话一出口,大家将目光齐刷刷投向欧阳修。欧阳修一下蒙了,但很快镇定下来,他心里清楚钱惟演是想当众出他洋相。欧阳修二话不说,径直走到几案前,提笔略加思索,一首《临江仙》便跃然纸上。

柳外轻雷池上雨,雨声滴碎荷声。小楼西角断虹明。阑干倚处,待得月华生。　　燕子飞来窥画栋,玉钩垂下帘旌。凉波不动簟纹平。水精双枕,傍有堕钗横。

好一幅美人慵眠图!官邸里顿时响起了呼哨声。"取酒来!取酒来!"钱惟演忘记了初衷似的,朝那个狐狸眼歌伎连呼二遍。歌伎端起酒杯迈着碎步,走到欧阳修面前。欧阳修呵呵地笑着,两颗兔牙在灯光下闪了一下,仰起脖子,喝干了酒。钱惟演只好叫人取出一支金钗来送给狐狸眼歌伎。

一到洛阳,欧阳修就进入一个崭新的文学天地。这是一个由梦想、文学、青春、欢乐构成的天地。他觉得人生像一条蜿蜒的小溪,在这里拐进开阔宽广的河床,大有澎湃之势。除少量公干外,欧阳修把大量时间花在呼朋结伴、品茶赏花、纵情山水、饮酒赋诗上。正是这些颇具现场感的文学活动,催生欧阳修的文学创作,使欧阳修文学创作进入一个新的时期。

转眼三个月过去,欧阳修和梅尧臣、尹洙等洛阳才俊混得烂熟起来。

六月的一天下午,他们相邀来到普明寺后园的一条小溪旁。普明寺后院是唐代诗人白居易的故园,也是白居易退隐洛阳创"九老会"文人雅聚的地方。一阵哗哗的雨后,院中植物被雨水冲刷一新,满眼翠绿,连竹叶上都湿嗒嗒地淌着水。酷暑被丢在身后,凉爽被雨水洒了进来。初霁的阳光散淡,细碎的光斑透过竹林洒落在才俊们的脸上身上。穿梭在斑驳的阳光下,欧阳修望着眼前的竹林、溪水、宅院,脑子里还原或想象着白居易他们在园子里临园吟竹,清波上把酒谈诗的情景。欧阳修眼睛里闪动着波光。

铺开席子,摆好酒菜、器皿,围坐溪边,才俊们学着古人样,在酒杯里斟满酒,然后将酒杯放在一片绿油油的荷叶上面,顺水漂流。酒杯流到谁面前,谁就喝酒赋诗。小溪曲曲拐拐,大有九曲回肠之势,是文人们玩"流觞曲水"的好地方。酒杯在荷叶上走起来,才俊们个个目不转睛地盯着酒杯看,不管酒杯漂向谁,人群中都会传出一两声尖锐的呼哨,然后爆发出哈哈的大笑声。之后,便有人潇洒地擎起杯子一饮而尽,或慢腾腾端起酒杯一小口一小口地抿着,像咽苦药。随后,人群中便有人要求饮酒者吟哦或赋诗。才思敏捷者往往咧嘴一笑,跟着口吐莲花的句子便脱口而出,像小溪流水;思维迟钝者只好抓耳挠腮,满脸通红,也憋不出一个词句来。这时,林间悦耳的鸟鸣似乎停止了,只有叮叮咚咚的流水声和才俊们欢腾的笑声,响彻水边。

所谓流觞曲水不过是文人们在水边吟哦饮酒的一种游戏罢

了,结局是大家尽了兴,留下了好诗好字。

欧阳修一着《普明院避暑》,张太素、梅尧臣、王复等也各自吟哦一首,最后,他们挥毫泼墨写在大院墙上,任后世之人评说。

洛阳期间,欧阳修读得最多的还是那套《昌黎文集》。他爱不释手,一边仔细研读,一边按照旧本校订补缀。如此反复阅读,欧阳修清醒地意识到,是时候了,摒弃骈文效仿古文!

"三人行,必有我师。"古文写作上除了受韩愈影响外,欧阳修还深受尹洙和谢绛的影响,尹洙简直算得上欧阳修的引路人。

明道元年(公元 1032 年)的一天,钱惟演率下属幕僚参加新修的驿站"双桂楼"和"临辕阁"竣工仪式。到达后,看到气势恢宏的驿站在阳光下熠熠生辉,钱惟演煞是激动,当场下令谢绛、尹洙和欧阳修各写一篇文章,以此纪念,三天之内完成。受命后,三个人冥思苦想,写完后,便私下交流,互相点评。欧阳修写得最长,五百多字;谢绛居中,刚好写了五百字;只有尹洙最简洁,仅三百八十字。欧阳修不服气,心想短未必就是好。拿来一读,就发现文章格调高雅,语言洗练,叙述有新意。欧阳修脸上泛起一层红晕,急忙将自己的文稿收起来,看一眼尹洙和谢绛说:"届时只需将师鲁之作呈交相公即可,我俩就免了吧。"谢绛咧咧嘴,略带羞涩地笑了笑,没说话。三天后,钱惟演把谢绛和欧阳修唤到衙署,问他们为什么没把稿子交上来。

谢绛抿起的嘴唇往后一咧,露出一口白牙,羞赧地小声说:"这几日,吾妻染疾,无法静心写作。"

钱惟演轻轻哼一声,斜着眼睛看了看欧阳修问:"汝呢? 汝不会也家妻染疾?"

不料,欧阳修嘿嘿干笑两声,说:"吾的确忘了。"

钱惟演一听,立即板起脸说:"二位岂能如此轻视? 老夫可是说话算数之人。"

不得已,二人只好将所作之文交出去。

当晚,不甘落后的欧阳修便带上一壶老酒去尹洙家讨教。

尹洙不愧曾师从穆修,且青出于蓝胜于蓝。他古文成就比穆修还高出一头,三言两语就指出欧阳修古文写作上的问题。

尹洙看欧阳修一副真诚的态度,便直截了当地说:"写文章最忌讳格调卑弱,文字冗长。"

欧阳修听后琢磨半天,又问尹洙如何才能做到文字简练。

尹洙便一一作答,直到欧阳修的脑袋像鸡啄米似的频频点头。

第二天一大早,欧阳修跑到"双桂楼"和"临辕阁"重新观察了半天,回家后又重新构思,重写一遍。这一次,欧阳修的文章比尹洙还短。尹洙读后,赞叹不已,说永叔真是一日千里啊。

置身这样的环境、这样的人群,欧阳修的创作热情一下子被激发出来。一件小事、一个情景、一个细节、一抹思绪、蚯蚓的叫声都可能触动他的神经,引发他冥思苦想。他利用"马上""枕上""厨上"一切闲暇,挤出时间,记录下来,全身心地投入到创作中,看到什么写什么,想到什么写什么。洛阳期间,他写出长长短短文章三十多篇,文字洗练,意味隽永。虽属练笔阶段,但文学大家的格局已初现端倪。

三

一个酷热难挨的夜晚,晚饭后,欧阳修拾掇完碗筷,被母亲轰出厨房,搬出一根板凳来到院坝里一棵老榆树下乘凉。

欧阳修不安,担心闷得蒸笼样的屋子热着母亲和妻子,便长声唤了两嗓子。直到郑氏和胥姑娘探出头来,说就好,他才心安理得地坐下乘凉。

没有一丝风,连树叶都懒得动一下。只有地下的蚯蚓发出叽叽喳喳的聒噪之声。欧阳修坐在那里,尖起耳朵聆听一阵,浮想联翩,心有所感。他不知道如此炎热之时,蚯蚓为啥还使劲鸣叫,是自有所求,还是自鸣其乐,还是自悲不幸?或者寻找同类应和发声,或者只是出于一种本能。

于是,欧阳修回到屋里,提笔写下自己的疑惑。等郑氏洗完碗刷完锅,胥姑娘搓洗完木盆里的衣服,欧阳修的《杂说三首》其中一篇已摆在书案上了:

> 蚓食土而饮泉,其为生也,简而易足。然仰其穴而鸣,若号若呼,若啸若歌,其亦有所求邪?抑其求易足而自鸣其乐邪?苦其生之陋而自悲其不幸邪?将自喜其声而鸣其类邪?岂其时至气作,不自知其所以然而不能自止者邪?何其聒然不止也!吾于是乎有感。

推官厅官廨东侧有一个废弃的园子。一天,欧阳修偶然路过,发现里面蛮大,但荆棘丛生,杂草疯长,连脚都伸不进去。他便喊来几个杂役帮忙铲除杂草,开垦荒地,种植蔬菜和经济林木。只是里面有两棵乔木着实让欧阳修很纠结,一棵杏树和一棵臭椿树,两棵树都长得遮天蔽日,像撑开的两把绿伞,铺满园子的中央。杂役建议欧阳修砍掉其中一棵。欧阳修想了好一阵,也不知砍哪棵,于是问杂役。其中一个杂役想也不想地回答,当然是臭椿啦。欧阳修问其原因,杂役翻了翻白眼说:"这还用问吗?因为它无用嘛,废物一个,还根壮叶大妨碍园子其他植物的生长。"于是欧阳修点点头,答应杂役砍掉那棵木质疏松,大而无用的臭椿,留下那棵木质坚实,即将开花挂果的杏树。

由此，善于思考的欧阳修联想到战国时期思想家庄子的故事。

一天，庄子和学生行走于山中，看到一帮伐木工人在山林中砍伐树木。随着斧头嚓嚓的声音，一棵棵桂树和漆树轰然倒下。但有一棵枝繁叶茂的大树却孤零零矗立在那里。庄子很奇怪，看了半天，百思不得其解，只好问伐木工人原因。伐木工人答道："别看它长得茂盛，却是一棵不成材的树，砍伐了，也没啥用，随它自生自灭吧。"于是，庄子告诉学生说："看到了吗？这棵树就是因为不成材才得以终享天年啊。"

欧阳修发现，眼前的事情恰好与"材者死，不材者生"相反。杏树有用而幸存，臭椿无用而遭砍伐。欧阳修心想其实生存死亡并不完全取决于事物本身的有用无用，而是由当时所处的环境和与其他事物的关系所决定。杏树之所以幸存，是因为它能开花结果，而伐木工人眼里桂树和漆树不能免于被伐，是因为砍伐才使它们有价值。而臭椿不仅自己不材，还根壮叶大妨碍了别的植物生长。

想清楚这层道理，欧阳修奋笔写下《伐树记》一文：

……夫以无用处无用，庄周之贵也。以无用而贼有用，乌能免哉？彼杏之有华实也，以有生之具而庇其根，幸矣。若桂、漆之不能逃乎斤斧者，盖有利之者在死，势不得以生也。与乎杏实异矣。今樗之臃肿不材，而以壮大害物，其见伐诚宜尔。与夫"才者死，不才者生"之说，又异矣。……

明道元年（公元 1032 年）夏天，河南府重建官署后，又在官署西侧扩建了一片房子，成为欧阳修和他的同僚们日常办公读书的地方。欧阳修将房子命名为"非非堂"，他认为，用秤称物，处于动态就难免有差错，如果处于静态便连最小的差错也不会发生；用水照物,动荡就什么都看不清楚,而如果风平浪静就连发丝也可分辨;那么对人来讲,耳朵管听觉,眼睛管视觉,心里动荡不安就会搅乱视听,心里安静所闻所见才会清楚。为人处世如果能做到不为外界的名利所迷惑所动摇,他的心必然会安静,心里安静对外界是非判断才清楚明白。那么,在是非问题上,批评错误比表扬正确更重要,暴露比歌颂更有益。一味肯定和歌颂近似于谄媚,一味否定和批评又难免有讪谤的嫌疑。但是,如果做不到适宜中庸,那么"宁讪无谄"。因为言行正确是君子做人的本分,肯定他又有什么用呢?纠正错误才能扶植人间正气!经过一番思考,欧阳修写道:

> 权衡之平物,动则轻重差,其于静也,锱铢不失。水之鉴物,动则不能有睹,其于静也,毫发可辨。在乎人,耳司听,目司视,动则乱于聪明,其于静也,闻见必审。处身者不为外物眩晃而动,则其心静,心静则智识明,是是非非,无所施而不中。

> 夫是是近乎谄,非非近乎讪,不幸而过,宁讪无谄。是者,君子之常,是之何加?一以观之,未若非非之为正也。……

此番议论当然不是空穴来风,是对宋真宗以来朝廷文官武将贪图安逸、阿谀奉承的社会风气的批评,犹如一帖清醒剂,鞭挞现实生活中的趋炎附势。事实上,在以后几十年的人生道路上,欧阳修正是坚守"宁讪无谄"的是非原则,不随波逐流,不人云亦云,多次谏言,刚直不阿,遭受贬谪,也无怨无悔。

还记得欧阳修和梅尧臣、尹洙等七个才俊在水潭边木亭子里第一次聊到文坛乱象吗?欧阳修觉得这个水潭四周空地太宽,利用得不好,便请人按原地形拓宽水潭,挖成一个不大不小的水塘,然后,引水灌满,于是一方"水景"脱颖而出。无论早上晚上,晴天雨天，欧阳修都喜欢去那里走走看看，闷了累了的时候，干脆就在水塘边木亭里坐下来，玩味一番。

拓宽的水塘，清澈浩荡，晶莹闪亮，微风一吹，波光粼粼。风平浪静时，平静似镜。到夜晚，水里全是星星和月亮，灿若银河，美不胜收。

一天，欧阳修从市场买回十几尾鱼，叫书童养在池中。过了一会儿，欧阳修来到水塘边，发现书童已将小鱼投入池中，大鱼却丢弃一旁，不管不顾。欧阳修十分愕然，便喊来书童询问。书童一脸漠然地说："池中水少，只够养活小鱼无法养活大鱼。"欧阳修听后心里咯噔一下，瞅着眼前见识短浅又糊涂愚顽的少年，哭笑不得，说："这是什么话？谁叫你做的?"回头瞪圆眼睛去看，几条大鱼正噗噗地在岸边蹦跶，垂死挣扎，而小鱼却在池塘活蹦乱跳地打挺。欧阳修若有所思，悻悻回到书房，文思泉涌，写下富有寓言色彩的短文《养鱼记》，影射对现实的不满，抒发内心的苦闷和不甘。

与尹洙的切磋砥砺，使欧阳修迈出古文写作的一大步，也为宋代散文的繁荣奠定了基础。

在《七交七首·梅主簿》中，欧阳修写道：

圣俞翘楚才，乃是东南秀。

玉山高岑岑，映我觉形陋。

《离骚》喻草香，诗人识鸟兽。

城中争拥鼻，欲学不能就。

平日礼文贤，宁久滞奔走。

午桥庄相会，欧阳修和梅尧臣一见如故，形影不离，诗歌成为他们永不厌倦的话题。欧阳修总是很谦虚，和梅尧臣在一起，常常有种自惭形秽的感觉。就诗歌的内容、语言、声律等，常常向梅尧臣请教。比他年长五岁的梅尧臣总是和盘托出。梅尧臣认为诗歌要意新语工,道前人之所未道;状难写之景,犹如眼前一般;会不尽之意,意在言外。关于诗学的理论,欧阳修听后总是仔细琢磨,尽可能运用在创作实践中。而每当欧阳修得到梅尧臣写的诗歌时,又总是第一时间加以评论,这鼓励,使梅尧臣全身心投入诗歌写作中。

正是这般相互激励和浸润,成就了他们诗歌艺术的臻熟。

形影不离的日子很快就结束了。梅尧臣由于是谢绛的内兄,按照朝廷的回避制,天圣九年秋天调任河阳县(今河南孟县)主簿。河阳县虽然距洛阳不远,但在欧阳修心里仍有咫尺天涯的感觉。"圣俞志高而行洁,气秀而色和,崭然独出于众人中。"这样的人,欧阳修觉得相处再久也不会厌倦。秋风细雨中,送走挚友,欧阳修有一种怅然若失的感觉。

四

日子转眼到了明道元年(公元 1032 年)春天,好友陈经前往关中一带游学,途经洛阳,欧阳修便邀请杨愈、张谷陪同前往龙门山游玩。

天气很好,不冷不热,一看就是出门游山玩水的好天气。四个人心一下就灿烂起来。本可以一天来回,为了尽兴,决定两日游。刚下过两场透雨,伊河春水猛涨,正好泛舟前往。

从城南边的长夏门出来,到伊河边,乘舟而行,不过十七八里便到龙门山脚下。年轻人当然明白游玩的终点并不是目的,愉悦尽在这一路的过程。一上船,四个人就被眼前的美景惊呆了。太阳像一颗浑圆的火球从东边的山坳里跃起后,山腰的氤氲看上去似一根五彩的带子。站在船头，四人并排成行，侧脸望着东边连绵起伏的山峦，很诗意地仰望着那轮红日，竟然失语了。更出彩的是，水面上有一群灰白色的水鸟正朝山腰那条彩带俯冲过去，嘴里发出嘎嘎的鸣叫。它们的声音尖锐、高亢，振奋人心。四个人朝那轮红日、那群水鸟尖叫着，打着呼哨，不由自主地伸出手挥动着，热血沸腾。

过了一会儿，陈经眼尖，看见两岸山麓间有一大一小两眼泉水叮咚流出，忙指给欧阳修看。正这时，张谷又在东岸看见一股泉水淌进伊河里。于是，他们便一路数着泉眼，一路观赏两岸风景。

很快，来到山脚下。龙门山上刚落过几滴雨，雨水冲刷过的植物泛着绿莹莹的光，肥嫩的树叶上滚动着晶莹的水珠，最终落进土里。正是葱茏季节，一片片野花开放，红的像在燃烧，黄的紫的星星点点，看上去生机蓬勃。山路十八弯，信步山林，连呼吸都顺畅了不少。不赶路，不忙时间，累了，靠着树根休息；渴了，掬一捧山泉水喝；饿了啃两个炊饼就好。傍晚时分，夕阳返照，山林里的鸟儿也啁啾着飞回鸟巢。吃过晚饭，他们便来到广化寺投宿。没有一点倦意，四个人又兴致勃勃地赶往菩提寺的上方阁玩。上方阁里暮鼓阵阵，木鱼声声，僧人们正诵经。站在上方阁的最高处，欧阳修朝洛阳方向望去，暮色苍茫中，只隐隐约约看到一条通往都门的山路，一丝淡淡的惆怅涌上来，欧阳修脱口吟道：

野色混晴岚，苍茫辨烟树。

行人下山道，犹向都门去。

四个人在林间小路上走着，喊喊喳喳。刚才还黑黝黝的山路一下子变得白亮反光，像块毛玻璃。不知不觉月亮上来了，四个人同时仰望着那轮银盘似的月亮。

山里的月色比平常所见不知要美多少,宛如一个妖娆的妇人把她喜欢的银色光辉抛媚眼似的洒向大地。天地之间万籁俱寂,没有了蛙鸣虫吟,唯一能听到的就是山泉潺潺流淌的声音。如华的月色照在松林上,一尘不染。欧阳修愣愣地看着,渐渐进入一个物我两忘的境界。回到广化寺,在《游龙门分题十五首·白菩提步月归广化寺》诗中,欧阳修写道:

　　春岩瀑泉响,夜久山已寂。

　　明月净松林,千峰同一色。

第二天,一行人直奔香山。香山是白居易退居洛阳与香山僧人结香火社,自称香山居士的地方。白居易曾在香山修建石楼,开凿八节滩,成为香山一景。

黄昏时分,他们登上香山石楼,聆听八节滩汩汩的流水声。远远望去,水里鸳鸯成对,沙鸥点点,他们俯仰古今,凭吊白居易当初凿滩排险的功劳。石楼上他们饮酒赋诗,直到夜色来临,才下到山脚,来到渡口边。

正是渡口也,他们遇见那个打鱼的老头儿。

老头儿坐在一把小竹凳上,月光笼罩着他的脸庞和他佝偻的背。欧阳修看他没有走的意思,便上去和他攀谈。老头儿又老又黑,面上的皮肤皱成一根老丝瓜瓢,卷起的裤腿露出爆绽的青筋,像几条蚯蚓在爬。欧阳修问他如此晚了为什么还不回家。他表情悲戚地指指鱼篓,嘴里发出含糊不清的呜呜声。欧阳修便伸出脖子去看鱼篓,里面只有三尾小鱼和七八只虾米。欧阳修问他在八节滩打鱼多少年了。他咧咧嘴,伸出三根手指头来。欧阳修的心刺痛了一下。当晚回到洛阳,夜深人静时,他伏在书案前把晚上在八节滩默诵的诗句在纸上抄下来:

乱石泻溪流，跳波溅如雪。

往来川上人，朝暮愁滩阔。

更待浮云散，孤舟弄明月。

几天后，欧阳修写下《送陈经秀才序》，叙述了龙门之行的欢愉，抒发了游玩的感言。他真诚地写道，达官贵人不轻易出远门。一旦出游被人鞍前马后地簇拥着伺候着，虚张声势。还没出游，游兴就索然了。只有具有闲情逸致的普通人，才会感受到大自然中与鱼鸟相伴的乐趣，获得徒步出游的舒服快乐。

在洛阳最初的两年里，欧阳修广交幕府内外文友，游遍洛阳山水名胜。他自称作"徜徉嵩洛"。

陈经走后不久，梅尧臣因公事回到洛阳。欧阳修喜出望外，除上班外，两人成天泡在一起，白天游览名胜，夜晚饮酒对歌，一路吟哦，一路游览，留下不少诗篇。

三月底，二人又邀约杨愈同游嵩山。

嵩山位于洛阳东南百余里之外，为五岳之中，由太室和少室二山组成，两山相距十余里，崔嵬相对。

一人背着一壶酒，一人穿着一双木屐，说走就走了。来到山脚下，走了不一会儿，便来到一个三岔路口。正不知往哪条路去，忽然，见一个穿青布长衫，头戴幞头，打着绑腿，背上背着一个竹筐的老翁沿路过来。梅尧臣便上前问路。

老翁看上去七十岁上下，身轻体健，有点仙风道骨的味道。

怔了怔，老翁抿起嘴唇往后一咧，露出一口白牙说："西路宽，但风景平平；东路陡，却风景俊秀。不知才俊们愿意走哪条路？"

说完，老翁嘴巴轻轻抿着，注视着三个年轻人。

三个人齐刷刷将头转向东边，望着太阳下陡峭的羊肠小路，眯缝着眼睛看了一会儿。收回目光的时候，脸上明显多了一丝犹豫和胆怯。

"老伯,汝意如何?"欧阳修瞅着老翁,心想,路陡,陡到何种程度,我们哪里知道。

老翁不紧不慢,微笑着,嘴角挂着一丝嘲讽,不动声色地打量着年轻人脚上的木屐。

看老翁半晌不答,杨愈按捺不住,努努嘴问:"老伯平素行何路呢?"

老翁用手一指东路说:"当然那条。"语气里满满的自豪。

老翁耸耸肩膀,梅尧臣和欧阳修这才反应过来,忙上前搭手去卸老翁背上的竹筐。竹筐很重,起码二三十斤。欧阳修和梅尧臣用双手去托。竹筐落地后,欧阳修看里面装满了笋子、菌子和灵芝等山货。

"圣俞、子聪,勿说了,走东路吧。"欧阳修一脸坚定的表情。

老翁和欧阳修对视一眼,会心一笑。

走出几步,欧阳修回头去看老翁,老翁一缕风似的无影无踪了。

果然路陡风景秀。险难处三个人手牵手互相搀扶,踩平路便有一搭无一搭地神聊,走险路却必须专心致志。仲春的太阳毕竟与夏季不同,看上去气势大,照在人身上却没有热辣辣的感觉。山坡被植物覆盖着,严严实实的,像裹着一层绿地毯,葱茏蓬勃。一条山涧从两座山岭之间漫出,弯弯曲曲流入丛林中,一路发出叮叮咚咚的脆响。

这是一次快乐的游玩。伴随着蛙鸣鸟叫,空气中弥漫着野花和植物的芳香。这也是一次真正的文学之旅,一路聊文学,一路聊诗歌,乐此不疲。即使登上嵩顶峻极寺,三个人还共同拟出十二个题目互相唱和,互相点评。

从嵩顶俯瞰四野,周围的山峰像小土堆似的匍匐在地,欧阳修腾起杜甫"会当凌绝顶,一览众山小"的感觉。在《嵩山十二首·中峰》诗中,欧阳修吟哦道:

> 望望不可到,行行何屈盘。
>
> 一径林杪出,千岩云下看。
>
> 烟岚半明灭,落照在峰端。

返回的路上,天色忽然阴沉下来,开始只落了点零星小雨,落着落着,就开始变大了。顿时,天地一片混沌,雨越下越大,路面变得泥泞不堪,坑坑洼洼曲里拐弯的山路比来时更难走了。人生一世不知要走多少路,但这段路却是欧阳修不能忘记的路,因为它的险峻,更因为它沿途旖旎的风景。

五

光阴荏苒,时间到了明道元年(公元 1032 年)的夏天。一天晚上,欧阳修和母亲、妻子在榆树下纳凉。郑氏跟欧阳修聊起他父亲欧阳观。郑氏说你想知道你爹长啥样,看看你叔叔就知道了,他们两兄弟太像了,简直一块模板刻下来似的,长相、表情、说话的声音,包括走路的姿势都像。说完,郑氏长长地叹了一口气,说:"不知道你叔和你婶现在咋样了。"欧阳修立马接过话茬说:"娘,放心吧,吾将寻机会去看望他们。"娘儿俩正说着,一个小厮朝他们走来,小厮交给欧阳修一封梅尧臣的信。欧阳修一看,立即起身回屋,点上油灯读起来。

先是一喜。没听文友们说起过取雅号的事,欧阳修感到很新鲜。但当他读到文友们给他取名"逸老"时,他蹙蹙眉,一阵惊愕,心想,自己虽有粗犷放逸的一面,但也不能把雅号取成这样,这未免太过分,如果传到社会上,就太糟糕了。他越想越生气,越想心里越憋屈得慌,他决定自己取雅号。思索半天,他认为没有比"达老"更适合他的,通透、旷达,不正是他追求的人生理想和人生境界吗?好,就是它了,他抿嘴一笑。于是,立即提笔给梅尧臣回信。

信中他坦率地赞扬了这件事,同时也指出他对"逸老"雅号的不满意。他唠唠叨叨,反反复复说,他承认自己有放逸的一面,但"逸老"这个名号并不像他,且传到社会上影响不好。最后,他果断地写道:希望尊重他的意见,把他的雅号改为"达老"。

信写好送出去后,欧阳修心里仍然忐忑不安。半夜三更,他又趴在书案前,给梅尧臣写信。这次,他更激动,字里行间透出一种不满的情绪。最后,他硬邦邦地甩出一句话:"此举动有点欺负吾这个'乡下人'的意思。"

梅尧臣觉得欧阳修误会了。后来,除书信解释外,梅尧臣还当面把那晚的事对欧阳修说了一遍。

那天晚上,梅尧臣、尹洙、杨愈、王复、张先、王顾、张汝士一帮文人在推官厅后院的亭子里纳凉,偏偏欧阳修有事没去。话题扯到白居易在香山创"九老会"以雅名传世。梅尧臣突发奇想地说:"我们何不效仿古人,相互取雅号称谓呢?"话音一落,满座惊呼。文士们便根据各自的性格特点取起雅号来。最后,他们给梅尧臣取名"懿老"、尹洙"辩老"、杨愈"俊老"、王顾"慧老"、王复"循老"、张汝士"晦老"、张先"默老"。当然他们也没忘记欧阳修,给他取下"逸老"这个雅号。梅尧臣很有成就感,觉得自己组织大家做了一件很棒的事。当晚回家就给欧阳修写信说起这件事。只是压根儿没想到欧阳修把这件事看得如此之重,"逸老"之名在他心中掀起的波澜又是如此之大。

春去秋来,梅尧臣在洛阳的公务即将结束,回到河阳。送君千里终有一别。临行前,欧阳修邀请了几个文朋诗友给梅尧臣饯行。

春赏牡丹秋观竹,基本是洛阳人的生活方式。经过一番千挑万选,欧阳修把地址设在既有自然景观又有历史文化景观的会隐园。秋天的会隐园,一片片竹林泛着青幽幽的光,浓阴密布满眼翠绿。竹林掩映下,一条自西向东的小溪缓缓流淌着。小溪的深处,园子里奇石峻峭突兀,像一尊怪兽平地凸立。除此外,会隐园也是白居易的旧园,徜徉其间,文学想象的空间自然不会少。

正是那天的饯行宴,欧阳修忽然悟到:魏晋时期的"竹林七贤",东晋王羲之的"曲水流觞",白居易的"九老会",离开了诗歌文学,这些茶肆酒宴,观赏游玩也就是一桩普通事情而已,早就淹没在历史的烟云中。

于是,在欧阳修的倡导下,大家按照抽取的好诗好句,字字为韵,吟哦一番,以此纪念此次聚会。欧阳修抽得一句:亭皋木叶下,梅尧臣抽得一句:高树早凉归,各自写绝句五首。欧阳修在绝句其三中吟咏:

> 野水竹间清,秋山酒中绿。
>
> 送子此酬歌,淮南应落木。

梅尧臣在绝句其三中吟咏:

> 池上暑风吹,竹间秋气早。
>
> 回塘莫苦留,已变王孙草。

正是竹子进入他们的创作视野,启发他们的创作灵感。他们反复吟哦、提炼、延伸,使竹成为宋代理想人格的最高典范。以致后来,梅尧臣的"爱此孤生竹,碧叶琅玕柯",欧阳修的"虚心高自擢,劲节晚愈瘦"等有关竹的描写,都是吟竹的再次升华。

六

欧阳修再次踏上嵩山之旅。

农历九月十二日,谢绛率领欧阳修、杨愈、尹洙、王复代表朝廷赴嵩山祭告嵩岳山神,祈求人间风调雨顺。一路人马浩浩荡荡,一大早从建春门出发,向嵩山跋涉。郊外树木凋零,农田收割得干干净净;天空似乎离大地又远了一层,南飞的雁群嘎嘎长鸣,在空中排列成人字形。放眼望去,偶尔能看见一两个打柴的樵夫和锄地的农民,嘴里一边哼着乡间小调一边劳作;空气中飘着家家户户酒酿的醇香。欧阳修望着郊外的秋景,涌动着一番感慨:

> 寒郊桑柘稀,秋色晓依依。
> 野烧侵河断,山鸦向日飞。
> 行歌采樵去,荷锸刈田归。
> 秫酒家家熟,相邀白竹扉。

紧赶慢赶,一行人晚上才到达十八里河住下来。第二天,他们忙里偷闲游览了历代文人游嵩山的诗碑,接着又登上缑氏山岭寻找仙人王子晋足迹,然后回到寺庙斋戒沐浴更衣一番忙活。第三天早晨,天将亮未亮时,谢绛便率领大家举行祭告嵩岳山神的仪式。之后,又带人马奔赴新建宫拜谒真宗像。走完程序,他们换下朝服,来到峻极院。谢绛下令解散人马返回洛阳,留下数十名随从轻车简从游览嵩山。

与春天欧阳修的嵩山之行相比,这时的嵩山多了一份苍凉。一行人全是青壮年,又有相同的文学爱好,游兴丝毫不减。步入其中,仍有登仙境超凡脱俗之感。他们一爬上嵩山,就游览了玉女窗、捣衣石、八仙坛、三醉石等名胜,中午时分就登上峻极寺。嵩顶在欧阳修眼中与上次的感觉完全一样。联想到的仍是杜甫那首《望岳》诗,四野的群峰仍像小土堆似的匍匐在地,感觉一点没变,而人在茫茫苍苍的山中,又像小蚂蚁般微不足道。

午饭后,谢绛提议去拜访一位汪姓僧人,却遭到欧阳修反对。欧阳修撇撇嘴不屑地说:"此人见识粗俗,不须一访。"谢绛抿嘴一笑,沉静地说:"如果永叔不愿去访,可以略等时辰。"欧阳修只好耷拉下眼皮,跟着前往。几里路的工夫,他们来到僧人居住的石洞前。

"有人吗?"杨愈上前几步,探头朝石洞里喊。

看来石洞不浅,传出回音。

过了一会儿,从石洞中走出一个僧人模样的中年男子,高挑个儿,红润脸皮,气宇轩昂。

僧人双手合十,念道:"阿弥陀佛,各位施主驾到,老衲有失远迎,实在失礼。"然后,一趔身子,继续说:"老衲已在内堂备好香茶,请各位施主随老衲进去一品。"

一行人便颔首跟僧人进入洞中。

里面的空间比想象的大。整个下午,僧人侃侃而谈,说佛讲经,从容自然。欧阳修顿时一惊,非常后悔自己刚才的冒失莽撞。整个下午,他的心灵像开启了一条缝隙似的,僧人讲的佛理似一缕春风吹入他的心田。无疑,这是他人生第一次接受佛理。

当天晚上,他们投宿山顶的寺庙。由于一连几天的阴天,空气潮湿,一钻进被窝,就感觉潮气升腾。欧阳修半天睡不着,便发动大家说笑话,讲鬼故事、俚歌,王复在他的恳求下也抱起洞箫吹了几曲,说说笑笑闹到半夜方才散去。

几天后的一个黄昏,风呼呼地刮着,天上飘起鹅毛大雪。五个人来到嵩山八节滩附近。他们又冷又饿,忽然而至的暮雪令他们游兴顿无。正当一个个垂头丧气时,远远地看见一行人马渡过伊水河朝他们奔来。过了一会儿,"吁"的一声,几匹马停在他们面前,七八个人从马上跳下来,说他们是厨子歌伎,受长官钱惟演之命前来犒劳推官们。顿时,一行人高兴得跳起来。他们原以为趁代表朝廷祭告嵩岳山神来嵩山游玩会遭到上司钱惟演的呵斥,不料,非但如此,钱惟演还派厨子、歌伎前来慰问。他们个个受宠若惊,跳着跳着,竟乐得在雪地上打起滚来。

嵩山归来,欧阳修立即投身到置办建筑材料的政务中。由于一场大火,汴京宫殿被烧毁,朝廷需修新宫殿,向各地征集材料,不得闲暇,足足忙了一个冬天。

七

明道二年(公元 1033 年)正月,欧阳修受钱惟演委托去汴京面呈右司谏范仲淹言事札子。那天,汴京城刮着呜呜的西风。欧阳修一大早起床,看见客栈外面一棵粗壮的榆树上歇满了黑乎乎的乌鸦。小东西哑哑地叫唤着,像带着满腔幽怨。欧阳修心想即将去见倾慕已久的范大人,觉得乌鸦的叫声不吉利。于是欧阳修站在榆树旁边,呼啦着,想把落满枝丫的一群乌鸦赶走。

怀抱着言事札子,欧阳修在侍吏的带领下走进范仲淹的官邸内堂。范仲淹正低头写什么,连头也没抬一下。欧阳修站在书案旁等着,一声不吭地打量着正奋笔疾书的范仲淹,方脸浓眉,高鼻阔口,尽管埋着头,欧阳修还是觉察出他眉宇间透出的那股英武之气,而且,这股英武之气很逼人,他一下子就感受到了。

过了一会儿,范仲淹抬头朝欧阳修笑笑说:"汝不把札子呈上来?"

欧阳修以为范仲淹不知道他来了,赶紧上前双手将札子呈上去。

范仲淹接过札子,看一眼,目光再次回到欧阳修身上,问:"才俊有事吗?"

欧阳修羞赧得耳根都红了,不知道该怎么说,也不知道自己该不该坐下。

范仲淹似乎看穿他心思似的,咧嘴一笑说:"才俊不必拘谨,年轻人要开朗些,落座慢慢言事。"

欧阳修这才发现范仲淹笑起来的样子宛若稚子,跟刚才严肃的表情判若两人。范仲淹的眼睛很清澈,目光如炬。以后欧阳修正是这样给好友尹洙描述范仲淹的。

其实,欧阳修对范仲淹的人生经历和他的励志故事早有耳闻。其中,划粥断齑,五年不解衣不挨枕的故事更是了如指掌。欧阳修知道,范仲淹和他一样,幼年丧父,母亲改嫁长山朱氏,一度随养父更名朱说。为磨炼自己,范仲淹放弃优越的生活条件,寄宿寺庙,每天只煮一碗稠粥,待凉后划成四块,早晚各取两块就着几根腌菜吃下。而夜晚睡觉,从不解衣挨枕。科考及第入仕后,才迎母归,改回原名。欧阳修还知道,范仲淹无论担任小官小吏还是朝廷重臣,都怀揣兼济天下苍生的抱负。无论泰州治堰,还是执教兴学,都干得风生水起,百姓称赞。尤其在执掌应天府教学期间,勤勉督学,倡导士大夫齐家治国平天下的精神。多次上书,不畏权贵,敢于谏政。他的这些气节,令欧阳修崇拜备至。

在佩服得五体投地的人面前,欧阳修坐下来简短地陈述了自己幼时丧父,偶读韩愈,苦学入仕的经历和一些改革文风诗风的主张。说到此,欧阳修看见范仲淹黑亮的眸子闪了一下,不苟言笑的他眼角明显地挂着微笑,仰起脑袋,望着欧阳修,掷地有声地说:"才俊文才大略,大宋文化之幸也。"

正是这一次见面,欧阳修对范仲淹更加敬慕。虽然年龄相差十八岁,但士大夫共同的志向和报国的理想,使他们一见如故,在今后成为政治改革的同盟军。

八

见过范仲淹,欧阳修便前往随州看望叔叔一家。叔侄相见备感亲切。欧阳修这辈子都没想到这竟是他和叔叔的最后一面,分别竟是诀别。本来打算多待几天,但不知为什么,欧阳修候忽有一种不踏实的感觉,匆忙间,他又急忙上路往家赶。

其实,从汴京出发随州途中,欧阳修就莫名其妙地感到忐忑,像有什么重大事情发生似的,一种浓浓的思家之情绕住了他,排遣不开。他在《早春南征寄洛中诸友》诗中写道:

楚色穷千里,行人何苦赊。
芳林逢旅雁,候馆噪山鸦。
春入河边草,花开水上槎。
东风一樽酒,新岁独思家。

寒食节那天,到达花山,冷雨一直滴滴答答,到处湿漉漉一片。欧阳修独自一人住在客店里,备感孤独,恨不能像北归的鸿雁,疾归家中。在《花山寒食》诗中,他深情款款地写道:

客路逢寒食,花山不见花。
归心随北雁,先向洛阳家。

欧阳修刚走到洛阳推官厅大门口,见娘趔趔趄趄一路小跑朝他奔来。他立即迎上去,问娘怎么啦。郑氏双目浮肿,像几天没合眼。郑氏咧了咧嘴,仿佛被唾沫堵住了半天发不出声。长这么大欧阳修第一次见母亲这样,他的心咚咚猛跳。过了半晌,他才从娘一堆杂乱无章的述说中明白胥姑娘快不行了,产后大出血。欧阳修眼前一黑,人一下软得像根面条倒了下去。郑氏忙上前架住儿子的胳膊,急促地说:"修儿,现在不是倒下时候!"

欧阳修和母亲一路小跑回到家。一推门,欧阳修完全惊呆了。他看见胥姑娘闭着眼睛躺在床上,像一尊蜡像似的。唤了半天,胥姑娘才睁开眼睛,看见夫君,她的嘴唇哆嗦着,喉咙里咕噜咕噜翻滚着,想要说什么却又没说出来。她的眼睛闪了一下光,随即一滴眼泪憋在眼眶里,最后滚落到眼角。欧阳修喉咙哽咽地说:"娘子快快好起来!"接着,什么话也说不出来了。他抓住她的手,牢牢地攥在自己的掌心里。

他看见妻子的脸像抽干了血似的煞白,眼泪夺眶而出,他不想让妻子看见,立即用手背抹了抹眼睛。他紧紧地抱着她,直到胥姑娘的身体完全冷下去。

他无法相信十七岁的妻子就这样骤然离开,他的心像被掏空似的。很长时间,他都不愿意接受胥姑娘离开人世的事实,他想念她,白天夜晚,寝食难安。他拾掇着妻子留下的衣物,把脸久久地埋在一堆衣服里,他哭了,先是呜咽,然后是号啕。在《述梦赋》中他无可奈何地写道:"死不可复惟可以哭。"他多么希望再看见她光洁的脸庞和那双黑葡萄似的眼睛。他甚至不能忘怀他第一次打量她时,她斜依在父亲胥偃身旁的小女儿神态。白天不见人影,便把希望寄托梦中。他想,只有在缥缈的梦里,他才有可能见到她。他多么希望长梦不醒啊,他想念她,快到发疯的程度。

明道二年(公元 1033 年)的春天和夏天,对欧阳修无疑是最黑暗和漫长的时光。上班回到家中，他就钻进绿竹掩映的书房里，一待就是几个小时。他闷声不响地枯坐在绿竹堂，喝着闷酒，直到夜深人静。他一遍遍地沉溺在回忆中，追忆夫妻二人相依相偎，尤其胥姑娘有身孕后，二人期盼孩子降生为孩子取名的情景。而眼下，阴阳相隔。春天里看不见一点春的颜色，杨树当风，也凄风萧萧，各色牡丹花次第开放后凋零成泥，像妻子年轻宝贵的生命陨灭。凝望着窗前的石榴红花，让人联想到妻子穿着红绿点缀的衫裙的身影。泪水不知不觉盈满欧阳修的眼眶。这样的时候，母亲郑氏总是默默地坐在绿竹堂外，一声不响地陪伴着儿子。直到一天，儿子睡下后，她走进书房打扫卫生，读到儿子放在几案上的《绿竹堂独饮》诗：

> 忆予驱马别家去，去时柳陌东风高。
>
> 楚乡留滞一千里，归来落尽李与桃。
>
> 残花不共一日看，东风送哭声嗷嗷。
>
> 洛池不见青春色，白杨但有风萧萧。
>
> 姚黄魏紫开次第，不觉成恨俱零凋。
>
> 榴花最晚今又拆，红绿点缀如裙腰。

好不容易被母亲说服去园中散心的欧阳修，又一头栽进无限的惆怅中。似乎任何时辰、任何场景，欧阳修都会触景生情，寻找到胥姑娘的踪迹。欧阳修清楚地记得去年秋天，鲜花丛中与妻子手拉手游玩的情景，但那携手的人儿却永远地逝去了。悲伤宛如潮水向欧阳修一波一波袭来，令他不能自拔，不知不觉《少年游》一词从他嘴里吟诵出来：

> 去年秋晚此园中，携手玩芳丛。拈花嗅蕊，恼烟撩雾，拼醉倚西风。　　今年重对芳丛处，追往事、又成空。敲遍阑

干,向人无语,惆怅满枝红。

九

秋天来临,欧阳修第一次见到波澜壮阔的黄河,他才从悲伤中走出来。

是年十月,欧阳修受命前往河南巩县送仁宗嫡母章献刘太后、生母章懿李太后祔葬真宗永定陵。欧阳修来到黄河边上,刹那,一种前所未有的感受,撞击着他的心灵。眼前的黄河正从三门峡奔涌而出,与伊水、洛水等四条支流汇合,浩浩荡荡东流入海。水天一色处,欧阳修觉得黄河水都不是流下来的而是从莽莽苍苍天际处,以排山倒海之势压下来的,轰鸣着冲击河岸,卷起簇簇浪花。欧阳修顿感心胸宽阔了许多,一扫几个月来忧伤沉郁的心绪。他脱掉麻鞋,忘情地奔跑在河畔,追逐着朵朵浪花,把手指放进嘴里,发出尖锐的呼哨声。

欧阳修久久不能平静,当晚他挥毫写下长达 70 句近 500 字的《巩县初见黄河》长诗。诗风酷肖韩愈,俨然韩诗笔墨。

围绕黄河,欧阳修和梅尧臣曾经有过一番唱和。当年梅尧臣调往河阳主簿时,就吟诵过黄河汹涌澎湃的气势。当时,欧阳修还惊讶梅尧臣一改过去隽永婉转的诗风,觉得梅尧臣笔下的黄河像山峦雄立,奇崛硬凸,颇似韩愈风格。现在,自己看见黄河,欧阳修一下子理解梅尧臣诗风的突变,他倏忽意识到不似韩愈,他可能就描述不出来黄河的雄伟壮丽。

正是黄河,开启了欧阳修宽阔的胸襟,同时也成就了他的瑰丽雄诗。

腊月的一天,晌午时分,寒风呼啸,天空飘起了冻雨。西京留守府内幕僚们汇聚一堂,给推官厅长官钱惟演钱行。

不过十几天时间,钱惟演憔悴了许多,眼睛下面耷拉着两泡乌青青的眼袋,皮泡眼肿的样子,头发也白了不少,原来胖乎乎的脸庞似乎小了一圈。

明道二年三月底,刘太后辞世后,朝廷形势急遽变化。钱惟演遭到御史中丞范讽的弹劾,调往偏僻落后的随州。按理,大部分官僚都是先远后近,从小做大,先去偏僻小县为官,年老后再回到中心城市。而他恰恰相反,已经任职繁荣富足的西京洛阳却遭贬至随州小县,心理落差自不消说。

宴席上,都很伤感。欧阳修给钱惟演斟完酒,站起身,凝视着两鬓斑白的钱惟演,拱手一揖吟诗道:"路识青山在,人今白首行。"刚一句,喉咙就发哽,说不下去了。欧阳修愣怔在那里,脑子里闪过一幅幅画面:钱惟演为他家人安排住宿;身为西昆三魁的钱惟演,对才俊们倡导的诗风文风改革网开一面;官邸聚会,自己与歌伎厮混迟到,钱惟演看重才华,拿出金钗奖赏歌伎;嵩山暮雪,钱惟演非但不责令幕僚,反而派出厨师、歌伎前来犒劳慰问。欧阳修十分清楚,洛阳几年正是他文学创作的发轫期,没有钱惟演的奖掖扶持,就没有他的文学创作。拱手相望,泪水模糊了欧阳修的双眼。欧阳修哽咽着,压抑着发不出声。看欧阳修如此动情,钱惟演更是憋不住了,感情的洪水汹涌而出,一串老泪夺眶而出,纵揣千言万语,也说不出一句话。幕僚们全都触景生情,目光在欧阳修和钱惟演之间穿梭,响起一片唏嘘声。

细雨霏霏中,幕僚们把钱惟演送至洛阳城外几十里远的彭婆镇。走出几十米远,钱惟演猛一回头,看见幕僚们还站在原地频频朝他挥手。他的心颤了一下,一行热泪再次打湿了眼眶。

多情自古伤别离。送走了钱惟演,王顾、杨愈、谢绛也先后任满离开了洛阳。梅尧臣、王复等又离开洛阳,前往汴梁准备翌年的礼部大考。一时鸟兽散。本来就天寒地冻的季节,欧阳修更感寒气逼人,惆怅、孤独一股脑儿朝他袭来,他顿时写下《别圣俞》,抒发自己对朋友的眷眷之情:

> 岁暮寒云多,野旷阴风积。
>
> 征蹄践严霜,别酒临长陌。
>
> 应念同时人,独为未归客。

十

接替钱惟演上任的是宰相寇准的女婿王曙。王曙的行事风格与钱惟演迥然不同,这令推官厅幕僚们很不习惯。

一天上午,上班了好一阵子,人都还没来齐,几乎半个时辰过去,幕僚们才三三两两赶到。王曙坐在大堂书案后面的官帽椅上,板起脸,横眉冷眼地看着这一切。有人像从被窝里刚爬出来似的,胡子拉碴不修边幅;有的坐在书案前还呵欠连天一副无精打采的样子;有的干脆蹲进茅房半天出不来。王曙气不过,把幕僚们唤拢来训斥了一顿。

王曙噘起嘴巴气呼呼说:"看看寇莱公这样的人,都因为沉溺享乐而遭贬官,何况你们本事赶得上寇莱公吗?岂敢如此!"

一片沉默,谁也不敢吱声。

出门看天色,进门看脸色。脚跨进推官厅大门,欧阳修就发现王曙的脸色不对,他已经预感到王曙要给他们一个下马威了。

但是,王曙万万没想到,他的这番话正好撞到博学多才的欧阳修的枪口上了。

欧阳修初生牛犊不怕虎。他站起身,脖子一梗,回嘴说:"寇莱公后来之所以被贬,并非耽于享乐,而是一把年纪还不知道退隐。"

话音一落,幕僚们齐刷刷盯着王曙。

王曙一下子愣住了,半天憋不出一句话来。因为他自己就是一个年逾古稀还在位上的"老干部"。王曙的脸完全挂不住了,红一块白一块,像一只花猫。

但是,后来发生的一件事改变了王曙对欧阳修的看法。

一天,一个从服役地逃回洛阳的士兵被扭送到推官厅处置,按规定逃兵将被斩首。欧阳修询问士兵后发觉事情蹊跷,觉得不能草率行事,打算进一步调查核实后再处理。王曙知道后,认为欧阳修办事拖拉不果断,便埋怨说:"为何不判决?"王曙的语气里充满训斥和不屑。欧阳修略作思忖,理直气壮地回答:"我认为应送回服役地复审。"王曙用鼻子哼一声,说:"没那么复杂,这类案子我见得多了。"欧阳修心想这可不是儿戏,便不管不顾地说:"王曙大人,恕我不能从命!"又是这个愣头青,一点不给面子。王曙气得瞪了欧阳修一眼,悻悻离开了。几天后,王曙收到一封那个士兵服役地的公函,他满心慌乱地读完信,连忙跑去找欧阳修。当他得知士兵尚在狱中毫发未损时,王曙连连说:"天啊!差点就酿成大错!差点就酿成大错!"他激动得胡须直打抖,上前拍着欧阳修的背,庆幸在欧阳修的坚持下挽回了过错。

晚饭后,和母亲在堂屋喝茶时,欧阳修兴致勃勃地把白天发生的事向娘说了一遍。郑氏听后,笑眯眯地对欧阳修说:"吾儿像爹呀。这跟汝爹当年建'求生堂'有何两样?"欧阳修抿嘴笑着,给郑氏茶碗斟满茶,点点头说:"娘说的正是。儿所以这样,正是娘的教诲,爹的榜样。从小至大,娘对修讲的有关爹的故事,犹如一面镜子,照着修的言行,使修不敢丝毫懈怠也。"

十一

春节一过,省试放榜的消息就传到欧阳修耳朵里了。王复、王尚恭、王尚喆等几个参加科举考试的文士全部金榜题名了,偏偏梅尧臣意外落第。欧阳修听说后,心里一颤,一连几天难以平复,走到哪里都唉声叹气,实在感到匪夷所思。出类拔萃的梅尧臣怎么会名落孙山?而那些平庸的文士都中榜了,实在觉得太憋屈,他差点就写信去质问主考官,他的岳父胥偃大人。

透过梅尧臣落榜的事情,他开始质疑科举考试选拔人才的科学性:科举考试就真的那么神圣,那么不可一世吗?深夜里,他反复思考。写信给朋友谢绛,述说内心的疑惑:"科场果得士乎?登进士第者果可贵乎?"同时,他还写信给梅尧臣,表达对挚友实力的深信不疑。他以为梅尧臣落榜,像折翅徘徊的鸟儿,等待秋风送爽时,定会展翅高飞。他把想法写成诗,鼓励朋友,在《赠梅圣俞·时闻败举》诗中写道:

> 黄鹄刷金衣,自言能远飞。
> 择侣异栖息,终年修羽仪。
> 朝下玉池饮,暮宿霜桐枝。
> 徘徊且垂翼,会有秋风时。

此次落榜对梅尧臣的确非同小可,此时的他已经三十二岁,屡次落榜的打击使他身心疲惫,饱受痛苦。未来的几十年里,梅尧臣再没参加过科举考试,直到五十岁,仁宗皇帝赐进士出身。

宋朝就是这么一个时代,读书、科举考试、入仕是文人士大夫唯一的追求和至高无上的出路。在重文轻武君臣共治的环境中，文人士大夫都是以读书为业，以仕途为目标。欧阳修的同僚、馆阁校勘、书法家蔡襄曾总结："今世用人，大率以文辞进。大臣，文士也；近侍之臣，文士也；钱谷之司，文士也；边防大帅，文士也；天下转运使，文士也；知州，文士也。"而文臣的主要渠道来源于科举考试进士及第，即使门荫入仕，也只能做一名并无实职的低级官吏。

十二

景祐元年（公元 1034 年）早春的一天上午，欧阳修信步来到东郊一处园子里。稀疏的光斑从几棵高大的杨槐树缝隙漏出来，地上泛着碎金般的光影。甬道两旁的芍药、牡丹花在风中摇曳，看上去比往年更鲜艳迷人，叶子在阳光的照射下泛着璀璨的光芒。欧阳修的心颤了一下，他觉得眼前的春景太不可思议，花红叶绿的景色多么不解人意。人呢？人在何方？抚今追昔，娇妻逝去，朋友离散，挚友落榜，一连串的人生不如意纷至沓来。顿时，惆怅、孤寂笼罩着欧阳修，使他喘不过气来，幻灭感骤然而至，欧阳修深情地吟诵出《浪淘沙》：

> 把酒祝东风，且共从容。垂杨紫陌洛城东。总是当时携手处，游遍芳丛。　　聚散苦匆匆，此恨无穷。今年花胜去年红。可惜明年花更好，知与谁同？

转眼三年，欧阳修西京任满，即将离开洛阳。洛阳成为欧阳修一生魂牵梦萦的地方，对洛阳和洛阳文人朋友的频频追忆成为欧阳修一生重要的精神活动和创作源泉。

惜别之情化成滔滔不绝的诗词歌赋，奔涌而出，离别惜别赠别

忆别恨别,一系列"别歌"连绵不断,一首首《玉楼春》缠绵悱恻,令人黯然神伤:

> 春山敛黛低歌扇,暂解吴钩登祖宴。画楼钟动已魂销,何况马嘶芳草岸。　　青门柳色随人远,望欲断时肠已断。洛城春色待君来,莫到落花飞似霰。

> 尊前拟把归期说,未语春容先惨咽。人生自是有情痴,此恨不关风与月。　　离歌且莫翻新阕,一曲能教肠寸结。直须看尽洛城花,始共春风容易别。

> 洛阳正值芳菲节,秾艳清香相间发。游丝有意苦相萦,垂柳无端争赠别。　　杏花红处青山缺,山畔行人山下歇。今宵谁肯远相随,惟有寂寥孤馆月。

十三

景祐元年三月,欧阳修离开洛阳,去襄城(今河南襄城)寄居妹夫张龟正家,享受着一生中不可多得的闲适时光。天气好的时候,他便出去逛逛,田边地头,山林土坡,遇上渔民樵夫随随便便拉拉家常,说说话。阴天下雨的时候,他便邀约附近几个农人到家里喝酒聊天,或者索性抽条板凳坐在屋檐下看孩子们嬉戏打闹。

春天快过完的时候,欧阳修从朋友处得知朝廷即将选拔人才充实馆阁的消息,随即他还知道担任枢密使的王曙推荐了他。欧阳修十分惊讶,他做梦也没想到那个长着酒糟鼻子看上去温文尔雅待人却十分严苛的老头儿会举荐他,但转念一想,又觉得是情理之中的事。四月底,欧阳修便打点行李,前往汴京应试。

路上，欧阳修遇上两件事。

　　路经许州(今河南许昌)时，欧阳修收到新任西京留守推官王曾的来信。王曾在信中说到去西京后的一些公差事务，欧阳修对此十分感兴趣，立即回复王曾说："善为政者，一定要关注百姓的经济生活，使百姓安居乐业。灾荒年头，定要节约用度，赈灾民，防变故；丰收年景，要休养生息，简政安民。"最后，欧阳修还在信尾概括地说，一国如此，一地也如此哉。寥寥数言，欧阳修毫无保留地把自己三年来在洛阳积累的施政观念说了个透彻，形成了日后宽简政治的思想雏形。

　　另一件事是，一天中午，一场狂风冰雹后，欧阳修骑马途经郑州，看见一群乡人将官道围堵得水泄不通。欧阳修只好"吁"的一声，拽住缰绳，跳下马背，牵着马来到人群跟前。他耸耸斜挎在肩膀上的褡裢，让褡裢移到自己的视线范围内，怕宵小偷走盘缠。然后，欧阳修踮起脚尖，伸长脖子看个究竟。人群中，他看见一个衣衫褴褛的老妪蹲在路边上，一边扯起衣角抹眼泪，一边叽里呱啦地说着。听了好一阵，欧阳修才从她呜呜的哭诉中知道了个大概。老太婆有两个儿子，都被拉去当兵了，老伴去年也死了，屋里只剩下她一个人守着两亩麦地过活。眼看麦子快要收割了，却被一场冰雹糟蹋了。老太婆招架不住，一看被冰雹砸得七零八落的麦子，立马痛哭起来。人群开始骚动，纷纷议论开了。倏忽，一个身穿烟灰色衣服的老头儿从人群中站出来，说，大家要怪就怪前几天那伙盗贼吧。老头儿抱着胳膊伸出舌头舔了舔他焦干的嘴唇，继续说，那伙闯入樊侯庙的盗贼，掏取了樊哙神像的内脏。樊哙发怒了，刮起大风和冰雹。老头满脸悲戚。人群一下子炸开了，有的直接跟在老头后面说是，有的甚至把直接原因归结到樊哙身上，说大风和冰雹是樊哙对人的报复。欧阳修简直听不下去了。他取下褡裢，捏了捏里面的铜板,倒出几枚,想了想又倒出几枚,数了数。他把数好的铜板揣进衣服口袋里,然后对身边的一个年轻小伙子说,哥老倌,帮忙牵下马。欧阳修走出人群,箭步跨到老太婆身边,扶起老太婆说,婆婆请起身,听小辈说说话。欧阳修朝四周扫视一眼,站在一块石头上,朝人群大声武气地说,余以为,樊哙本来以杀狗屠夫建立功勋,辅佐沛公当上皇帝。大家知道,樊哙将军勇猛正直,不可能把怒气牵发到百姓身上。如果是他死后显灵,为何强盗用刀剖开他脏腹他不发怒?难道他的神灵不能防止盗贼,却能用来恫吓百姓?!欧阳修听见人群里传来七嘴八舌的声音。他咳了一声,清了清嗓子继续说,风、雷、雨、雹是自然失调而成,非鬼神的报复行为。这时,欧阳修看见乡人脸上的表情不那么凝重了,人群里开始有了稀稀拉拉的说笑声。欧阳修长长地松了一口气,顿了顿,又朝老太婆努努嘴说,余想请几个年轻小哥和余一起帮大娘抢收麦子。欧阳修望着半天不动的人群,大家散了吧,赶快回去,把沤在地头的麦子收割了,晒干。收一穗是一穗,收一粒是一粒。说完,欧阳修来到老太婆面前,拉过她的手,将包里的几个铜板摸出来,放在老妪的手里,说不要太难过,拿去买些米,度过春荒。

于是,欧阳修和七八个年轻人一起把老太婆的麦地清理了一遍。他们把沤在泥水里东倒西歪的麦穗捞起来,晒在老太婆家的天井里,将砸散的麦穗归拢来堆成一堆,又将好的麦穗堆成一堆。望着小山包似的麦子,老太婆终于咧开豁牙的嘴,牵起一线笑意。

黄昏时分,欧阳修告别乡人,跃上马,消失在人们恋恋不舍的目光中。

翌日,欧阳修在油灯下写下短文《樊侯庙灾记》。

十四

五月的汴京,已是初夏的光景,几场春雨后,阳光一天比一天炽热,直到最后一轮热风将残存的凉爽完全吞噬掉。欧阳修到的时候,很多朋友早就聚集在汴京了。苏舜钦、陈经、王复、王尚恭、王尚喆刚刚进士及第,朝廷才授予了官职,正要离京赴任,将行未行;谢绛、石延年、杨愈在汴京朝廷任职;而此时,富弼、梅尧臣又正好在汴京等候新的任命。一时间,几拨朋友像约好了似的在京城相会。一连几天朋友聚会,大家把酒言欢,彻夜长谈,把欧阳修的时间填得满满当当。

转眼六月,朋友们陆续离开了,欧阳修才静下心来准备即将到来的学士院考试。偏不巧,他的脚上突然长出鹅蛋大一个毒疮来,疼痛难忍,二十多天不能行走。他像一头困兽卧在客舍里,哪里都不能去。梅尧臣像看穿了他心思似的,常常跑来陪他,一待就是半天。一天,梅尧臣拿来王复新写的诗作给欧阳修看。梅尧臣指着王复的诗,呵呵笑说:"我们的事业越来越兴旺了,又多一位豪迈的诗人,只是略略有点过了。"欧阳修一听哈哈大笑,忙点头说:"不过落笔清远,还有韵味。"事后,欧阳修硬是给王复回了一封信,把王复的诗句细致地评价了一番。欧阳修用开玩笑的口吻说:"几道未尝为此诗,落意便尔清远,自古善吟者益精益穷,何不戒也?"

很快,学士院考试结束,朝廷授欧阳修宣德郎,试太理评事,兼监察御史,充镇南军节度掌书记,馆阁校勘,从事崇文院藏书的编辑整理事务。从此,欧阳修从地方州县调入朝廷,走入文学侍从行列。

欧阳修以为这次调动有两点值得庆幸,一是可以与很多社会名流、学士切磋交流;二是方便读到朝廷收藏的书籍。对于嗜书如命的欧阳修,自然是一份美差。

宋建朝以来,历代皇帝都很重视书籍的收集整理事务。不幸的是,宋真宗大中祥符八年(公元1015年),宫廷失火,烧至崇文院,藏书遭到损失。宋仁宗即位,立即重建崇文院。鉴于当时藏书杂乱,缺乏甄别、勘误、整理、分类,仁宗皇帝很不满,便下令仿照唐朝《开元四部录》体例,除馆阁外,调集众多知名学者,参与整理、编纂《崇文总目》。

初来乍到,欧阳修总有忙不完的公务,但一到夜晚,他便感到一丝萧索。此时,母亲和幼子远在襄城和妹夫一家居住,京城只有欧阳修孤身一人住在租来的屋子里,落寞之情时时朝欧阳修袭来。

傍晚时分,天将黑未黑之际,欧阳修漫步郊外。北风吹过,撩起一阵响动。欧阳修一抬头,便看见树上的花朵飘飘忽忽地往下落。他呆呆地盯着地上的落花,恍惚起来。正在这时,传来少女咯咯的笑声。他猛地一惊,扭头看见墙院里一群小姑娘正在那里荡秋千。姑娘们有说有笑,快活得像神仙。绿绳上系着的丝绸子看上去像一只火红的凤凰鸟,在风中翻飞着优美的弧线。欧阳修不禁走过去,踮起脚尖朝里张望,看着看着,欧阳修咧开嘴笑了。但是,当他看完眼前这一幕,埋头朝自己一瞥时,鳏居的落寞像一枚子弹顿时就击中了他。他顾影自怜起来,脱口一占,一首《渔家傲》吟出来:

> 红粉墙头花几树,落花片片和惊絮。墙外有楼花有主,寻花去。隔墙遥见秋千侣。　　绿索红旗双彩柱,行人只得偷回顾。肠断楼南金锁户。天欲暮。流莺飞到秋千处。

当然更多的时候,欧阳修喜欢约上梅尧臣、尹洙等文友,携上歌伎带上美酒,要么登船环湖游,要么去酒楼闲坐,一边喝酒一边听歌伎哼唱小曲。但无论怎样,欧阳修常常会感到莫名的惆怅,心里空荡荡的,像一江秋水,仿佛歌伎们低吟浅唱惊起的一对鸳鸯也会把他的心搅得乱乱的。孤鸾寡凤的幽怨更是与他如影随行,未吟愁肠断。一首《蝶恋花》恰似他心境的写照:

> 永日环堤乘彩舫。烟草萧疏,恰似晴江上。水浸碧天风皱浪。菱花荇蔓随双桨。　　红粉佳人翻丽唱。惊起鸳鸯,两两飞相向。且把金尊倾美酿。休思往事成惆怅。

其实,到汴京后,有好几户官宦人家看中了才华横溢的欧阳修,并托媒人前去说媒,欧阳修一拖再拖,打算母亲来京后再考虑。

中秋刚过,梅尧臣收到新的任命,离开了京城。

母亲郑氏带着孙子到达京城,欧阳修顿时感到家的温暖。

十五

考虑到已故谏议大夫杨大雅德高望重,文采斐然,欧阳修将目光锁定在杨大雅的女儿身上。

一天中午,欧阳修和母亲按约去虹桥桥头一家饭馆和杨家人见面。刚出门,小风就嗖嗖地吹,片刻后旋起细雨,冷得欧阳修母子浑身发抖。当欧阳修和母亲缩着脖子进去的时候,杨家人已经要了涮羊肉烧红锅子等他们了。这一幕让欧阳修感觉特别舒服,当他看见烧得旺旺的那一炉炭火时,他心里一凛,一下子同意了这桩婚事。其实,他之所以选择杨家,就是认定贤德家庭培养的女子不会差到哪里去。欧阳修明白他的情况跟别人略有不同,他是一个有孩子的男人,他的唯一条件就是不让幼子和母亲受委屈。

　　还好两家人坐在一起一点不别扭,像老熟人似的,没有生疏感,尤其两家母亲,一直坐在那里拉家常。杨老夫人很热络,人又直爽,不停地给欧阳修母子搛菜,还喊女儿给郑氏搛菜。本来,来的路上欧阳修心里还揣着一丝担心,怕杨家嫌弃自己有个孩子。现在看来纯属多余,欧阳修暗暗地长出一口气。放松下来的欧阳修便拿眼睛偷偷去瞧坐在他对面的杨姑娘,不料杨姑娘也目光灼灼地盯着他。四目相视,杨姑娘脸上掠过一层红晕。杨姑娘瓜子脸,细白肉皮子,嘴角微微上翘,总是给人微笑的感觉,穿着一件宝蓝色的棉袍子,鬓上戴了一朵猩红色的花朵,端庄中略显俏丽。欧阳修愣愣地瞄姑娘看,说不出的满意,心想没料到会遇见如此好看的姑娘。

　　随后的日子,欧阳修惊讶的不仅是杨姑娘的美貌,更是她的孝顺和勤勉。没有一点官宦小姐的做派,对婆婆、幼子、丈夫悉心照料。经济宽泛一点的时候,她便常常去买些瓜果小食给婆婆、幼子打牙祭;见丈夫读书著文,她总是一脸满足,常常抿嘴笑着对欧阳修说,余观余夫读书的模样,便想起当年余父的情景。欧阳修听后心里涌起一股暖流。

　　腊月里,欧阳修忽然感到日子很不禁过。公务之外,他不再为一家人的吃喝拉撒睡操心了。早晨一起床,杨姑娘已经把他喜欢吃的甜酒糟、糖果子端上了桌。咻溜一大碗热气腾腾的甜酒糟喝下肚,欧阳修一整天都神清气爽。晚上一回屋,欧阳修看到的总是灶膛里呼呼燃烧的火苗和杨姑娘映在灶房墙上忙碌的身影。

　　喝过腊八粥,离年的日子就近了。杨姑娘把全家大小盖的垫的铺的和身上穿的夹衣夹袄统统拆洗了一遍,被子、褥子、衣服晾了一天井,连天井树枝上都挂满了鞋子、袜子。屋里屋外每个角落都被杨姑娘打扫得干干净净。腌肉、做年糕、酿甜酒、磨豆腐、贴窗花、燃红烛，忙得不亦乐乎，屋子里犄角旮旯都充满了年味。忙碌一天后，郑氏和幼子围坐在烧得通红的炭火旁，欧阳修膝下则拢着一个竹火拢子，坐在书案前静静读书。欧阳修的心里一下子感到前所未有的温暖和踏实。

这是欧阳修在京城过的第一个年，也是最令他欢愉的一个年。

元宵节的傍晚，天还没黑透，欧阳修约了妻子出去观灯。当欧阳修从崇文院走到彩楼时，杨姑娘已经等在那里了。欧阳修上前一把拉住杨姑娘往附近的一家花铺奔。

夫君要干什么？被欧阳修拽着走的杨姑娘气喘吁吁问。

今夜，吾将给夫人购花。欧阳修怕花铺关门，心急地说。

还好，花铺的幌子还飘着，欧阳修才放慢了脚步。

一进店门，欧阳修从装花的筐里径直取出一朵猩红色的牡丹花，在杨姑娘鬓前比画一下，问杨姑娘可好？

看欧阳修满脸堆笑地凝视着手里的牡丹花，杨姑娘心里猜出了七八分。她伸出舌头俏皮地舔舔嘴唇，学着欧阳修的腔调说："好可！好可！"

知道吾为何挑此朵乎？欧阳修瞧着杨姑娘，偏头问。

杨姑娘故意不说，她要等欧阳修自己说。于是，她摆摆头说："夫君之意，小女子哪里知道。"

小傻瓜！欧阳修咧嘴一笑说。

紧接着，欧阳修挨着杨姑娘的耳边说："吾见汝第一次戴的花不是此颜色乎？"

杨姑娘抿嘴笑了。她想果真如此，继续逗欧阳修说："那夫君可记得第一次小女子穿的雪青色棉袍？"

欧阳修听后，愣怔一下，立即龇牙纠正："傻丫又错了，那是宝蓝色不是雪青色。"

杨姑娘听后,大笑。这次不是抿嘴笑,而是朗声大笑。

从花铺出来,天全黑了,天幕上星星点点,一弯月亮挂上了天边。略一会儿,彩楼上灯全亮了,炫丽无比。欧阳修站在那里,一下子惊呆了,各色灯盏和五色彩带像华丽的霓裳羽衣,披在彩楼上,映衬得像一片仙境似的。欧阳修从后面揽着杨姑娘的细腰,徜徉在彩楼到宣德楼的大街上。当然,除了五彩灯盏和欢乐的人群外,街上还有许许多多的乐队、舞队、杂耍队。夫妻俩陶醉其间,一直玩到天将拂晓。

十六

到朝廷任馆阁后,欧阳修坚持与朋友书信往来,诗歌唱和。欧阳修更加关注政界学术界的动态,看似细微小事都会触动他敏感的神经。强烈的参与意识和投身精神使他在大是大非面前从不疏忽。

正月刚过,时任苏州知州的范仲淹就收到欧阳修的一封来信,即史上著名的《范希文书》。

这夜,范仲淹坐在书案前,铺开信纸,一边阅读一边思索。信里,欧阳修开篇就分析了上有天堂下有苏杭的苏州的优越地理位置和富饶的物产。欧阳修写道:"南方美江山,水国富鱼稻。"接着,欧阳修提醒范仲淹不要辜负天下君子的重托,树立士大夫精神典范,身处"东南之乐"也要时时保持"忧天下之心"。最后,欧阳修怀揣一颗拳拳之心,深情写道:"窥惟希文登朝廷,与国论,每顾事是非,不顾自身安危,则虽有东南之乐,岂能为有忧天下之心者乐哉!"范仲淹思忖良久,尤其那句"岂能为有忧天下之心者乐!",

让他浮想联翩。作为一名正义之士,他深晓一日三省吾身的道理,但压根儿他没料到,自己的道德言行会如此令人关注,尤其在天下士大夫眼里,简直不可懈怠。欧阳修信写得婉转含蓄,但告诫却很及时。范仲淹心想,尽管自己出身贫寒,少年也吃过不少苦头,但身处温柔之乡富庶之地,"东南之乐"的念头也日日猛增。忽然,范仲淹扫视了一圈屋子的陈设,倒抽一口冷气。这不像一帖清醒剂吗?让余澄明。欧阳永叔君子之交也!范仲淹嘀咕道。脑子里开始搜寻起欧阳修的模样来。片刻间,范仲淹想起那个笑起来略显羞涩,嘴巴包不住牙齿的欧阳修来。

夜深了,范仲淹站起身来到天井里。月亮挂在树叶上方那片蓝天上,将夜照得如同白昼。

景祐二年春天的一个晚上,天下起了毛毛细雨。欧阳修、尹洙和蔡襄三个同僚坐在王拱辰家品茶聊天。聊着聊着,王拱辰拿出一幅石介最近写的书法《二像记》石刻本让大家欣赏。尹洙接过,眯起眼睛瞅了半天,二话不说,递给欧阳修。欧阳修又瞅了半天,也不知所以然。最后,连蒙带猜,才知道个大概。欧阳修很诧异,心想前年在洛阳时还收到过石介的来信,信上的字迹似乎也不像现在这般刁钻古怪。欧阳修满脸疑惑,将石刻本搁在几案上,推到蔡襄面前,唤着蔡襄的字号问:"君谟,汝观字迹,是石介不懂书法才如此诡异乎?"

蔡襄拿起来,凑到轩窗边,仔细研究了半天,回答说:"非也。"

欧阳修喝了一小口茶,接着问:"那是书法的规则如此吗?"

蔡襄略略思忖,摆摆头说:"那倒不是。"

欧阳修想想又问:"那是不是古代书法史上曾经有过这样的字体呢?"

蔡襄顿了顿,朗声回答:"也不是。"

欧阳修很不甘心,穷追不舍道:"那现在这样写乎?"

蔡襄一脸苦笑,摆摆脑袋。

欧阳修便嘀嘀咕咕说开了:"那守道(石介的字号)为何非要如此写呢?"

蔡襄愣了一下,毫不犹豫地说:"余观守道是故意标新立异,以显示与众不同罢了。"

坐在一旁的尹洙听欧阳修刨根问底,其意图早就猜到了几分。时下正值思想文化和文学革新之际,他理解欧阳修内心隐隐的担忧。

果然,欧阳修正翻江倒海般思索着,透过书法,他联想到最近阅读到的石介的文章,跟书法差不多,不求文学的艺术性,而盲目求奇求异。欧阳修越想越担心,他怕身为思想家、教育家的石介搞乱了思想,误导了年轻人。

当尹洙扭头再打量欧阳修时,他发现欧阳修的额头上起来了一层密密麻麻的汗粒。

当夜,欧阳修辗转难眠,三更时还披衣下床,给石介写信,即《与石推官第一书》。信中,欧阳修开门见山地批评了石介的书法:"前不师乎古,后不足以为来者法……天下皆非之。"而你自己却不以为然,反而"昂然自异,以惊世人"。写完直观感觉,欧阳修又理性分析说,追求真理当然是君子求学致道的目的,即使历史上特立独行的人,细细揣摩他们的行踪,也没有超越君子的行为规范,只是当时与庸俗之辈不合罢了。最后欧阳修得出结论:求诡求异非君子所为。

但是,性格偏执桀骜的石介根本听不进欧阳修的劝告,当即就在回欧阳修的信《答欧阳永叔》中反驳说:"不屑'特异于人以取高',申辩说书法不过是用来传播古人之道的一种工具,为何要孜孜不倦呢,更何必古有法今有法的……"

读过信,欧阳修觉得石介不但不接受自己的规劝,甚至连意图也没真正弄懂。欧阳修心想,书法固然只是一种工具,好坏也无足轻重,但是,在这个无足轻重的背后,隐藏着一种苗头,一种思想倾向。

欧阳修坐不住了,当即又给石介写第二封信,即《与石推官第二书》。这一次,欧阳修另辟蹊径,换一种笔法,他用比喻的方式和石介说理。他说这像日常生活,人们都是头戴帽子,而你偏偏将帽子套在脚上;人们通常拿碗吃饭,而你偏偏用酒杯盛饭。这种标新立异你觉得合适吗?

信虽收到,但石介仍然很不服气,又是一番唇枪舌剑。其实,石介就是如此的性格,最终他还是因为性格缺陷尝到苦头。

十月,石介由御史中丞杜衍推荐,被御史台召为主簿。还没上任,十一月,仁宗下诏录用一批五代十国的王室后裔为官。石介立即上书反对。本来,任命石介主簿,仁宗就很勉强,现看见言事札子上石介的名字,仁宗二话不说,便将石介免去。按理皇帝下诏录用五代十国后裔,无非摆摆姿态,笼络一下人心,臣子反对也仅仅表达一下对朝廷的忠心。但对石介的狂傲不羁,仁宗早就不满,便旧账新账一起算。

欧阳修得知石介被罢免的消息后,暗暗关注着御史中丞杜衍的反应。一连几天,欧阳修坐卧不安,最终他也没等来杜衍的消息。

于是,欧阳修再也按捺不住了,为石介,为他一贯尊重的杜衍,他将一吐为快。几乎想也没想,他提笔就给杜衍写信,即《上杜中丞论举官书》。信里,欧阳修洋洋洒洒说道:"石介'刚果有气节,力学,喜辨是非,真好义之士也'。上书论不该用五代十国的后裔,也不算过错,不该为此事罢免官职。"接下来,欧阳修直言不讳地批评杜衍,说:"你既然推荐石介为官,却又看皇帝的脸色行事,不敢坚持原则,不敢明辨是非,使石介遭受屈辱。而你自己,有负御史中丞的使命。"最后欧阳修还说到后果。他真切地写道:"主簿并非高官,用不用石介对朝廷也无大碍,但关键是,这样做的后果使朝廷不能举荐直言之士,只能用唯唯诺诺之辈,朝廷因循守旧的风气必然延续下去。"

读过欧阳修的来信,杜衍沮丧极了。整个人僵住了一般,他瞪大眼睛一动不动地坐在那里。说实话,他压根儿没想到欧阳修会给他写这样的信。在他看来,欧阳修自己也十分清楚他杜衍有恩于他;况且,在德政方面,欧阳修也曾经表达过对他的钦佩之情。凝视着这样的文字,杜衍忐忑不安,坐在小轩窗边,杜衍久久地眺望着远处阳光铺满的山峦,好一阵,他才缓过神来。他似乎对这个龇着一颗兔牙的欧阳修多了一层认识,打心眼儿里,也多了一层敬佩。

十七

正当欧阳修和他的同道竭力推动思想文化革新的时候,一连串的不幸魔鬼般降临到欧阳修的头上。

七月,妹夫张龟正突然病逝。欧阳修紧赶慢赶,前往襄城处理完丧事,带上遗孀妹妹和张龟正与前妻所生的孤女匆忙回到汴京。

九月,突然一场秋风连着一场秋雨横扫过来,气温骤然下降许多。不知不觉中,杨姑娘染上伤寒,伴随着一连几天的高热,杨姑娘昼夜咳嗽不断。原来身体还可以的杨姑娘一下子虚弱得要命。欧阳修十分焦急,四处寻医问药,请郎中诊治。几服汤药之后,感觉似乎好一些。但杨姑娘一点闲不住,稍好一点便下床操持起家务来。以前还好,妹妹和小侄女的到来又徒增不少事务,一家老小衣食住行吃喝拉撒,几乎全压在十八岁的年轻姑娘身上。很快,杨姑娘的病情加重了,而且这一病就再也起不了床。这一次,杨姑娘的病再也没见好。中秋刚过,杨姑娘就在一阵咳嗽中断了气。欧阳修坐在床边,瞅着这一幕,像傻了似的,回不过神,直到郑氏过来高呼儿媳的名字,欧阳修似乎才意识到爱妻的过世。他凝视着杨姑娘睁得又大又圆的眼睛和半张着的嘴唇,他不许自己哭,屏住呼吸,用手捋过妻子的眼皮盖住她不肯闭上的眼睛。当欧阳修的手触摸到杨姑娘冰冷的额头时,他真切地感到他和妻子阴阳两隔了。他的眼泪哗啦地落下来,像窗外簌簌落下的秋雨,连绵不断。

幸福为何总是短暂?!欧阳修站在天井里,仰望蓝天上那一小溜玻璃似的月亮高喊。一夜之间,不到三十岁的欧阳修,两鬓突然长出一缕白发。

欧阳修一下子病倒了。茶饭不思,彻夜难眠,一张瘦削的脸看上去憔悴了许多,嘴皮更包不住牙齿了。有时候,他一连几天不出门,不修边幅,胡子拉碴的样子,连他自己都不知道该如何安抚这颗受伤的心。

一天下午,几个朋友去看生病的欧阳修。一个叫孙道滋的会抚琴的朋友,说起抚琴的好处来。以前,欧阳修曾听人说起过丝竹琴弦可以养慰人心,分解人忧,但一直无缘学习。这天,碰巧孙道滋主动表态教他,欧阳修便一口答应,跟孙道滋学起琴来。

音乐真是一剂上好的良药。一段时间后,在音乐声中,欧阳修的心境改善了许多。后来,欧阳修在文章《送杨置序》中,深有感触地写道:"久而久之,疾病也不知不觉被音乐驱散了。"

随后的几十年里,欧阳修自己都没料到,抚琴成为他终生不倦的乐趣之一。

元宵节的下午，又遇欧阳修当值班。傍晚时分，欧阳修从崇文院出来匆忙往家赶。路经彩楼，他听见呼呼的声音，不禁抬头一望，原来是彩楼上的五色带被风吹得发出声响。灯盏和彩带跟去年一样炫丽无比。欧阳修的目光被烫了一下，转过头去，刚一扭头，他又瞥见西边柳树梢上那一弯月亮。欧阳修索性埋下头，不敢多看。走到宣德楼大街的拐角处，欧阳修听见花铺里传出阵阵喧嚣声。那是他去年元宵节给杨姑娘买花的地方。物是人非。这是别人的欢闹和喜庆，不再是我欧阳修的，他沮丧地想。忽然，他感到刺骨般寒冷，他的心在这个元宵节的黄昏里一凛一凛的。他大步走过去，泪水盈满了眼眶。当夜，他感伤地写下《生查子》一词：

> 去年元夜时，花市灯如昼。月上柳梢头，人约黄昏后。
>
> 今年元夜时，月与灯依旧。不见去年人，泪湿春衫袖。

十八

景祐三年（公元 1036 年）初春，这一年春天似乎来得特别早，汴河两岸的柳树在春风的荡漾下早早地吐着米芽。一场政治改革正在朝野上下悄悄酝酿，改革派、保守派两方都在集结力量，士大夫阵营急剧分化，朝廷上下呈现山雨欲来之势。

三月的一天，欧阳修拎着一漆盒自家晾晒的干果子和一个簇新的砚台，牵着儿子去胥偃府邸拜望岳父岳母。

听家佣禀报欧阳修父子来了，胥夫人从厢房笑眯眯走出来，拉过外孙的手，眼光一刻不停地落在他身上。吾爱孙可是贵客，好长时间都不来看外公外婆。胥夫人的话明显带有一丝怨气。欧阳修的脸煞一下红了,说一家人如何是贵客?一向雍容大度的胥夫人见欧阳修嘴上辩白,但脸上已露尴尬,便话锋一转说:"他爷爷正想孙儿呢,来了即好。"欧阳修心想这一两年和杨姑娘成婚后来胥家的确太少。岳母大人说的是理,欧阳修便莞尔一笑,承认道:"岳母大人不用责怪幼子,当然是小婿的过失,尽管批评即是。"胥夫人便随和地说:"多来就好,多来就好。"说着,转身陪欧阳修父子进了胥偃的书房。

"老爷,看谁来了!"胥夫人的声音里透着一股兴奋劲儿。胥偃从一堆书里探出半颗脑袋,朝门口张望。少顷,胥偃放下手中的笔毫,阔步走到屋子中央,迎接欧阳修父子。欧阳修忙把手中的漆盒和歙砚搁在茶几上,上前两步,施礼,嘴里说着小婿见过泰山大人,见过岳母大人。之后,欧阳修又唤幼子喊外公外婆。幼子稚嫩含混的声音在房间里响起,胥偃夫妇乐开了花。自从妻子逝世后,每次去胥家,欧阳修看岳父总是阴着脸。欧阳修心想血浓于水啊,以后还是要多带儿子来见外公外婆。礼毕,欧阳修撩起青布长袍迈开双腿坐下。胥夫人看孙子怯怯地依偎在欧阳修身旁,连忙拉过孙子,一起坐到对面的太师椅上。

欧阳修瞅着熟悉的书房,层层叠叠的诗书,画着山水图案的屏风,以及书案上一样不少的文房四宝和那盏青花瓷灯。欧阳修心里一下子涌上来在胥偃家的情景。他便十分动情地说:"小婿能有今天,全仰仗泰山大人当年的赐教。"胥偃听后,捋捋下巴颏上的长胡须,若有所思地说:"吾以为婿忘了这一切呢。"显然,胥偃话里有话。欧阳修知道胥偃一定还在为上次的争论而生气,接着说:"争论归争论,岳父岳母的恩情小婿矢志不忘。"胥夫人一听,瞥一眼胥偃又瞥一眼欧阳修,目光在胥偃和欧阳修之间来回移动,说女婿终归是女婿，一家人不说两家话。欧阳修拿眼睛盯着胥偃夫妇看，胥偃忙别过头去。胥夫人起身拉过外孙，边看胥偃边说："孙儿，我们出去，等姥爷和爹爹说话。"欧阳修望着胥夫人略微有点驼的后背，又瞄一眼茶几对面坐着的泰山大人，不知啥时起，胥偃的两鬓全白了，而且额头上还冒出两粒豆子大小的老人斑来。欧阳修聊起儿子，一连说了好几件儿子的趣事，给胥偃学了学儿子最近嘴里蹦出来的妙语。欧阳修看见胥偃静静地摸着下巴颏，专心听着，脸上荡起满足的笑容。

欧阳修知道，胥偃夫妇把对女儿的爱全部转移到幼子身上。聊过幼子，胥偃问起欧阳修的公务和创作来。欧阳修直率地回答："除了编纂《崇文总目》，最近刚刚写完一篇时论文章《原弊》。"胥偃听后收起笑容，皱了皱眉头，问他写的啥内容。本来，欧阳修是不打算和胥偃聊公务的，几次说起，他们都或大或小有分歧，尤其刚才，他突然看见岳父两鬓全白了的时候，更加坚定了他这个想法。

但欧阳修注意到岳父蹙了蹙眉，眼神看上去不那么柔和了。年轻的欧阳修不服气地想，汝并不知道余写了些什么，汝为啥皱眉呢。迟疑片刻，欧阳修展开话题说开了。话头已在路上，就是想刹也刹不住，他索性往下说。

欧阳修说："吾最近探究了一下宋朝的弊政。吾觉得主要有三大弊端。一是诱民之弊，朝廷不鼓励农民务农，而大肆招募农民入伍或当僧侣，诱使农民离开土地，饮鸩止渴，加重农民负担；二是兼并之弊，地主豪绅动辄占地百顷，拥佃户数十家至百家，吸地租、利息，致使农民贫困破产；三是力役之弊，繁重的徭役造成民力困乏，农民往往因徭役繁重而破产。当然还有很多其他原因，造成社会矛盾激化。"

欧阳修本来还想往下说，胥偃站起身，打断他说："汝的意图不就是革新吗？汝为何一议事就满脑子想着变化想着革新呢？"胥偃坐下来，嘟起嘴吹了一口茶盏里的茶汤，顿了顿，又说起来。他越说越激动，忽然就扯出范仲淹来。"还有那个范仲淹，"胥偃颤颤巍巍说，"那个范仲淹太不像话，上任开封府尹仅一个多月，就不按法律条款判案，胡乱搞，搞得到处鸡犬不宁。"

本来，欧阳修私下曾听人说起过岳父几次上书责斥范仲淹判案不守法律的事，他一直想问，每次话到嘴边都被他咽回去。此时，听岳父自己如此说，还如此不堪，这令欧阳修觉得比说自己还难受。在欧阳修心里，范仲淹一直是他们的精神领袖，是士大夫的楷模。

欧阳修到底忍不住了，他坐直身体，反驳胥偃说："泰山大人，汝说得不属实吧。"胥偃一下瞪大眼睛看着欧阳修，他简直没想到这个一口一个恩师一口一个泰山大人的欧阳修会如此驳斥他。

欧阳修的脸猛地抽搐起来，嘴巴往后一咧，露出他那两颗兔牙继续说："余知道的情况并非如汝所说，范仲淹仅上任一个多月，就把京城治理得井然有序，连老百姓都称赞他说朝廷无忧有范君，京师无事有希文。"

胥偃再也听不下去了。他腾的一声又从椅子上跳起来，高声嚷道："道听途说！汝道听途说！吾堂堂纠察刑狱，汝等后生知道什么？"

欧阳修也跟着站起身，呆呆地盯着胥偃，心想自己一向敬仰的文质彬彬的长者怎么说翻脸就翻脸。

欧阳修压低声音，一字一顿地说："泰山大人，吾说一句真话，那并非道听途说，汝是因为守旧和偏见。"

胥偃听后，气得跺了跺脚，恶狠狠吼道："汝说得好，既然认为吾因循守旧,那汝不必登此门,吾当没有这么一个女婿,大家从此各行其道。"

说完,胥偃撇下欧阳修扬长而去。

片刻后,欧阳修正准备离开,胥夫人闻声赶来,手里还捏着一块抹布。刚才还好好的,咋就吵嚷起来? 胥夫人一头雾水。欧阳修立即给胥夫人深深鞠了一躬,硬压住心里的火气,说:"小婿无奈惹恼了岳父,实属不该。还望岳母日后帮婿说道说道。"胥夫人用抹布擦擦手说,酒菜都已备好,无论如何吃过饭再走。欧阳修咧咧嘴,露出一丝无奈说:"岳母心意是好,只恐泰山大人不肯。"胥夫人便长长地叹了口气,不再坚持。

欧阳修牵着儿子的手悻悻地离开了胥府。临出门,胥夫人硬把一包花生糕塞到外孙手上。

十九

其实,任范仲淹礼部员外郎、权知开封府不过是权宜之计。明道二年春天,范仲淹就被召回右司谏,当年年底就因言事而触怒仁宗和宰相吕夷简,被贬出知睦州(今浙江建德梅城镇)。后又移知苏州。直到景祐二年三月才又被召回朝廷,任尚书礼部员外郎,天章阁待制。重回朝廷的范仲淹风格仍然不改,一有机会就上书进谏,和皇帝谈古论今,把墨守成规的吕夷简搞得脑袋痛。吕夷简费尽心机一直想说服范仲淹。

一天,吕夷简派人对范仲淹说:"天章阁待制不过是皇帝的文学侍从,不是台谏官职,汝没必要言事不休。"范仲淹一听,呵呵笑道:"给皇帝进言,乃侍从官之职,余岂敢不尽职尽责。"来人一看范仲淹一副拗根筋的派头,回头就禀告了吕夷简。吕夷简冥思苦想,不知道拿范仲淹如何是好。思来想去,最后只好把他安顿到开封府这个位置上。把你忙死,看你还有没有时间东说西说。吕夷简想。

景祐三年(公元 1036 年)五月初的一天,天黑乎乎一片,范仲淹便翻身起床,洗了一把冷水脸,套上圆领长衫紫色官服,跃上马直奔宣和殿午门外去。

卯时刚到,范仲淹便随觐见皇帝的文武百官步入宣和殿。文左武右,刚一立定,就听宫殿门外传来太监的吆喝声。随着一声声皇帝驾到的喊声,大臣们纷纷迈着小碎步,调整起队列来。范仲淹站在第一排的最左边,中间站着吕夷简、张士逊、王曾、晏殊、杜衍、高若讷等宰辅大臣们。范仲淹抓紧时间扫了一眼笏板上的文字,然后伸直双手,执好笏板。看范仲淹的笏板上写满密密麻麻的蝇头小楷,身边的侍御史韩渎斜瞟了他一眼。几分钟后,一袭龙袍在身的仁宗皇帝气宇轩昂地坐在龙椅上。仁宗白皙面皮,金鱼眼睛,鼻子不高不低,薄嘴唇,清秀五官。范仲淹静静地瞧着皇帝,心里有一丝不同寻常的异样。

"上——朝——"太监长声吆吆地唤。

"户——奏——"太监顿了顿,又唤。

"众爱卿,有何禀报?"仁宗的目光从前排巡视到后排。

范仲淹在等。他希望有大臣先站出来奏事议政,他再出来上奏。但很不凑巧,过了两三分钟都没人上前奏事。他便一步一步踱走上前去,朗朗说:"吾皇,臣有一事禀报。"

"范爱卿,请讲。"仁宗皇帝眼神柔和地凝视着范仲淹。

范仲淹从官服包里掏出一张写满密密麻麻的字的纸来,打开,朝向仁宗说:"吾皇,臣手里是一张臣画的《百官图》。"话刚落下,朝堂上下便响起一阵咕噜咕噜的议论声。范仲淹顿了顿,清了清嗓子,擎着手上的纸往下说:"在这张图里,臣罗列出近段时期朝廷官员升迁降职的名单,这里有按顺序升迁的,有越级提拔的,有徇私擢升的,还有撤职遭贬的。"

大臣们一听,大多数脸上顿时显出惊悚的表情。

接着,范仲淹直截了当说:"臣以为,朝廷大臣的提拔升迁和撤职贬官不宜全交宰相办理,而应由皇上自己定夺。"

齐刷刷的,大臣们将目光移向吕夷简。吕夷简瘦削、干瘪、脸上无肉,高鼻梁、细眼睛、个头又瘦又小。吕夷简的喉结跳了两下,咽了一口唾沫,他想忍,但终究没有忍住。他噼里啪啦说开了,他指责范仲淹越职言事,引用朋党,离间君臣。

吕夷简的话像颗颗子弹,直射范仲淹的要害处。凭着十几年当宰相的经历,他摸透了仁宗的脾气,知道仁宗最恨最忌讳的就是朋党之事。他便急中生智,倒打一耙。

安静了不过一分钟的大臣们又开始嘀嘀咕咕议论起来,目光在范仲淹和吕夷简之间来回穿梭。

皇帝和范仲淹目光交会了好几分钟。

范仲淹刚想申辩,不料,仁宗斜着眼睛看了看满堂的大臣,打断他说:"朕乏了,不想再听,退朝。"

几天后,又遇朝廷议论建都之事,范仲淹再次坦言上奏。奏章里范仲淹说汴京属四战之地,战时不宜居住;而洛阳山河险固,属宜居之地。朝廷应在洛阳加固城防,囤积粮食和物资。仁宗看后,额头上泛起一层针尖大小的汗粒,忙招吕夷简问个究竟。吕夷简正好逮住机会反戈一击。吕夷简黑着脸说:"范仲淹华而不实,实在迂腐。"范仲淹知道后,又连夜写下《旁王好尚》《选贤任能》《近名》《推诿》四篇时论,引史为例,指责时弊,提醒朝廷要防止王莽篡汉的历史重演。吕夷简阅后,跑到仁宗面前气咻咻说:"留下范仲淹,吾就不用任宰相了!"仁宗权衡再三,答应贬黜范仲淹出京。

五月九日,范仲淹被免天章阁待制和权知开封府职务,出知饶州(今江西鄱阳)。

一波未平一波又起。侍御史韩渎为讨好宰相吕夷简,上书要求严查范仲淹同党,并张榜公示,警告百官不得越职言事。韩渎的奏书迅速得到批准。

一时间,朝廷上下,风声鹤唳,暗流涌动。

满朝文武百官害怕受到牵连,惹火烧身,大都躲得远远的,不敢吱声。但仍有一批士大夫以气节自重,不畏权贵。

天章阁待制李纮、集贤校理王质带上美酒佳肴,前去范府给范仲淹饯行。不管不顾,王质还故意留宿范府,和范仲淹彻夜畅谈国事。事后有人警告他说,一旦株连,你将是第一个被治罪的人。王质听后,哈哈大笑,掷地有声地说:"范希文乃贤德之士,倘若能成为他的同党,吾三生有幸。当然,若能将吾与范公谈论之言记录下来禀报皇上,那也不失为百姓苍生之幸事也。"

随后,秘书丞、集贤校理余靖挺身而出,上书援助。他说仲淹因言触怒宰相,招致重贬,恐怕不是太平之政吧。请求朝廷收回成命。六天后,五月十五日,余靖被贬往筠州(今汇西高安),监酒税。

五月的一天晚上,天下着毛毛细雨,欧阳修和同僚们在余靖家喝茶。忽然就和右司谏高若讷聊起范仲淹被贬的事情来。高若讷指责范仲淹莽撞了宰相,理当被黜。欧阳修一听,怒发冲冠。欧阳修鄙夷地乜了高若讷一眼,看有其他幕僚在场,不便与他争辩,硬生生把话咽了回去。

回家后,欧阳修越想越气。想起余靖,想起好友尹洙,他再也坐不住了。铺开纸笔,一鼓作气写下《与高司谏书》。信里,欧阳修叙述了对高若讷人品的认识过程,给出高若讷"足下非君子也"的结论。接下来,欧阳修层层递进,谴责高若讷讨好权势乱说一通的卑鄙,由"非君子进而成为""君子之贼"。信尾,欧阳修说,退一步讲,如果是范氏不贤,而皇帝近几年一再提拔他,那为什么你高司谏不站出来揭露呢?身为谏官,失职没有?如果范氏属贤者,现招致无辜贬黜,身为谏官,该不该站出来主持公道伸张正义呢?而如今,非但不站出来说话,反而落井下石,攻击范仲淹,真是"不复知人间有羞耻事!"

像欧阳修预感到的一样,阅过书信的高若讷气得直跺脚,直接将信带到朝廷,交给宰相吕夷简,并呵斥欧阳修攻击天子贬黜贤人,谬言惑众。

二十

"现在该轮到吾被贬了。"

欧阳修一袭青布长衫软底布鞋端坐太师椅上,目光穿过门廊的纱窗落在门外天井石缸的睡莲上。朋友尹洙坐在他对面另一张太师椅上,听他说话后,发出一声悠长的叹息。

尹洙凝视着欧阳修。几天不见,赢弱的欧阳修又瘦了一圈,龇起的兔牙使嘴皮更加合不拢。隔着茶水氤氲的热气,欧阳修脸色泛青,眼袋也忽然出来了,人憔悴了不少。"同是天涯沦落人",尹洙望着饱受贬谪之虞折磨的欧阳修,心里涌出一股怜惜、凄凉的感觉。

欧阳修是下午快离开崇文院时遇见来朝廷办移交的尹洙的,一见面,尹洙说从此再不是朝廷官职了。欧阳修耸耸肩,嘴巴咧了咧,硬生生把想说的话咽回去。他们站在巍峨的德政殿前,夕阳的余晖照射到琉璃瓦上,闪烁着黄灿灿的光。欧阳修瞥一眼身边来来去去的文武百官,拍一巴掌尹洙,提议去他家呷酒。朝廷从来不是说话的地方,欧阳修心想。尹洙二话不说,跟着欧阳修出了午门。

见尹洙来家,母亲郑氏笑逐颜开。她认识这个不高不矮不胖不瘦的年轻人,知道从洛阳开始一路走来他都是儿子的好朋友。进屋后,欧阳修脱下官服,换上对襟布衫,取出自家碾制的茶饼,摆出干果子,款待尹洙。

初夏的黄昏,风从窗口吹进来,使人有些烦闷。

记起刚才尹洙说不再是朝廷官职的话,欧阳修安慰他说:"师鲁兄不必伤感,汝吾在朝在野,都非等闲之辈,江山社稷国之用也。"

尹洙收回目光,啜了口茶。喝过热茶,尹洙额头浸出一层细细密密的汗珠。欧阳修见状,便说:"天井里睡莲盛开,何不出去透风赏莲?"

他们便来到花木扶疏的天井里。

石缸上漂浮着紫色和粉色的莲花。花瓣透明,叶子肥硕,滚动着颗颗浑圆的水珠。尹洙说汝家饲养莲花一定费了不少功夫吧。欧阳修意味深长地瞧了一眼缸里的莲花,说:"汝吾这般青襟,焉有不喜欢莲的道理,正所谓物以类聚人以群分。汝吾喜莲,钟情莲,难道不是她的品质与情操乎!"

尹洙知道,欧阳修任西京留守推官时,遍访民间,收集和考察过洛阳牡丹,牡丹的栽培历史、种植技术、品种花期和赏花习俗,都被欧阳修写进《洛阳牡丹记》里,成为历史上第一部具有学术价值的牡丹专著。

此刻,欧阳修和尹洙同时将目光深情地投向水缸里的莲花,直到傍晚最后一抹蜜色从莲上消退。

其他，他们什么也没说，但他们觉得什么都说了。

欧阳修心里清楚，正是尹洙那句"义兼师友，其愿同贬"，让他下决心写出《与高若讷书》，发出他自己的声音。

喝完酒，欧阳修送尹洙走出家门。月亮出来了，月华把青石板照得像洗过一般。走在上面，发出橐橐的声响。欧阳修喜欢这种声音，喜欢步伐里踏实的感觉。他俩走了很久，直到来到汴河边听见河水嚯嚯的响声，他们才拱手道别。

很快，仁宗再次降旨，将欧阳修贬出朝廷，任夷陵（今湖北宜昌）县令。

一月之内连贬四人，消息传出，朝野上下一片哗然。同僚、馆阁校勘蔡襄慨然写下《四贤一不肖诗》，明确范仲淹、余靖、尹洙、欧阳修为四贤，高若讷为一不肖。此诗一经写出，便在市井与庙堂广为流传。时隔多年，人们在幽州客舍的墙壁上都能读到这首诗。

此时，正在长安（今陕西西安）丁忧的苏舜钦也慷慨陈词上书朝廷，对禁止越职言事的诏令提出质疑，认为范仲淹等正义之臣被贬，"使正臣夺气，鲠士咋舌，目睹时弊，口不敢论。"如此下去，恐怕指鹿为马的事，又会在朝廷死灰复燃呢。

第　三　章

一

　　景祐三年(公元 1036 年)五月二十四日,二十九岁的欧阳修踏上他人生第一次贬谪的漫漫长路。

　　夏天的早晨,刚下过一场瓢泼大雨,坑坑洼洼的道路更加泥泞不堪。街衢上行人和马匹高一脚低一脚地走着,溅得满身满脸的泥浆。欧阳修背着鼓鼓囊囊的包袱走在前头,不时停下来,等后头的母亲、儿子、妹妹和侄女。望着一家老小趔趔趄趄的样子,欧阳修的心一颤。贬谪的结局他早已料到,自从交出给高若讷的信,他的内心就萌生出壮士断腕的决心。但是,这一瞬,当他看见母亲和幼子跟着他吃苦受罪,他的心还是刀剜般疼痛。转过头去,他不敢再看,两行清泪被他憋了回去。

　　当欧阳修一家踏着泥泞来到汴河码头时,几个朋友已经候在那里了。帮忙把包裹搬上船,便站着开始说话。话没出嘴,欧阳修就哽咽了。听见艄公唤人上船的喊声,朋友们站成一排,拱手一揖;欧阳修急忙忙还礼,执手相望,泪眼模糊一片。

　　辞别朋友,欧阳修抱起儿子,亲了亲,伏在儿子耳朵边叮咛他听姑姑的话。儿子尚幼,不完全会表达,眨着一双湿漉漉的眼睛四处张望,弄不懂爹爹和奶奶为什么要撇下他去那个叫夷陵的地方。欧阳修的妹妹一直站在旁边,鼓励幼子不许哭,做个坚强男子汉。但当欧阳修放下他走进船舱的刹那,幼子嘹亮的哭声冲了出来:"我要爹爹! 我要奶奶!"欧阳修到底忍不住,猛回头,看见儿子一路小跑着朝他奔来。半路上被妹妹一把截住。汹涌澎湃的哭声响彻汴河两岸。欧阳修的眼泪唰地一下冲出来,他再也控制不住了。儿子的啼哭触痛了他一直不敢面对的另一根神经,两位年轻妻子的逝去,痛彻骨髓的感觉顿时击中了他。若干年,欧阳修都不能忘记伴随他第一次贬谪的,是儿子汴河边拼命的啼哭和自己抓心挠肺的痛。

　　告别亲人和朋友,欧阳修母子乘坐的客船慢慢驶进河里。站在船头,欧阳修看着汴河两岸人来人往,河边上几十艘船满载着粮食、布匹,停泊岸边等候卸运。欧阳修心想,百姓耕耘种出的粮食供应着京城,各地织出的布匹源源不断运往京城,繁荣的景象离不开百姓的付出。而百姓哪里知道繁荣的背后却是朝廷的陈年弊端,官吏的腐败,西夏和辽一刻都没消停,威胁着大宋的江山社稷。自己不能沉溺个人的失落和悲伤,唯有振作才能使贬谪拥有价值。看开这一切,欧阳修的情绪顿时好起来。如何改革,如何国强民富,一路上在他脑子里思考不断。

　　第二天,本来约好和几个不便在京城道别的朋友在东水门外见面的,但事不凑巧,连夜的暴雨使河水猛涨。汴河水流湍急,客船怎么也靠不拢岸。船头靠了岸,船尾又横亘河中。一船人吓得惊叫不断。客船只好在祥源东园大亭旁停下来。欧阳修倒抽一口气,忙搀扶着母亲离开了船。

　　知道欧阳修上岸的消息,朋友们立即骑马赶来见面。最先赶到的是那个穿状元袍子的王拱辰,接着是公期和教欧阳修抚琴的道滋。公期上来就烧釜烹茶,道滋鼓起琴来没完没了,剩下欧阳修和王拱辰下起棋来。一局下来,王拱辰输了不服气,拽着欧阳修又弈第二盘。过一会儿,君谟来了。再过一会儿,景纯、穆之、武平等七八个文士全赶来了。大家唤来酒菜,围成一桌,谈古论今,不亦乐乎。直到月亮挂上柳梢头,方才散去。仍有朋友依依不舍,留下来挤在客店,与欧阳修促膝长谈,通宵达旦。第二天,又有朋友赶来再叙。直到五月二十八日,洪水退去,欧阳修才告别朋友启程南下。

夷陵,地处长江中下游,蛮荒偏僻,离京城陆路一千六百多里,水路需要绕行近五千六百余里。欧阳修原本打算走水路,但天气炎热,一时半会找不到马匹车辆,台吏们又天天上门催逼,无奈欧阳修和母亲只好匆匆上路。一路上,恰逢汛期,走走停停,欧阳修一边观风景一边接待朋友,硬把一场贬谪之旅当作了不可多得的一次长途旅游。行程中,梅尧臣、谢绛、苏舜钦、石介等朋友寄来诗书勉励安慰,欧阳修自己也一路低吟浅唱,笔耕不辍。一进长江,欧阳修便兴致勃勃地写下《初出真州泛大江作》:

> 孤舟日日去无穷,行色苍茫杳霭中。
> 山浦转帆迷向背,夜江看斗辨西东。
> 澒田渐下云间雁,霜日初丹水上枫。
> 莼菜鲈鱼方有味,远来犹喜及秋风。

时光荏苒。不知不觉,秋风染红了两岸的山林,雁群翱翔蓝天碧水之间,嗷嗷叫唤朝南飞去。眼前的景观像给欧阳修做伴似的。欧阳修诗兴大发,当即吟哦起《江行赠雁》诗来:

> 云间征雁水间栖,缯缴方多羽翼微。
> 岁晚江湖同是客,莫辞伴我更南飞。

九月,欧阳修和母亲到达岳州(含湖南岳阳)。夷陵派来官吏迎接,还携来峡州军事判官丁宝臣的来信。

丁宝臣,字元珍,与欧阳修在汴京结交。丁宝臣离京赴夷陵时,欧阳修曾写诗赠送。不料两年后,与欧阳修在他乡夷陵相会。

读过信,欧阳修乐得嘴都合不拢了。当晚,一行人便驻扎在岳阳城外临江的一家客店里。

夜晚时分,天清气朗,云水苍茫一片。一轮皓月跃然水上,轻舟短楫,来去如飞。渔夫们哼着小调,月色中晚归。如此美景,欧阳修陶醉其间,脱口便吟出《晚泊岳阳》诗来:

> 卧闻岳阳城里钟,系舟岳阳城下树。
>
> 正见空江明月来,云水苍茫失江路。
>
> 夜深江月弄清辉,水上人歌月下归。
>
> 一阕声长听不尽,轻舟短楫去如飞。

旅途中,欧阳修接二连三约见朋友,乐此不疲。其中,令他最难忘的当数余靖。

六月十二日黄昏,天上下着瓢泼大雨,欧阳修早早地住进楚州(今江苏淮安)城外一家小客店躲雨。欧阳修做梦也没想到会在小客店遇见余靖。人生何处不相逢。两个命运相同的人不期而遇,让他们感慨万千。很快,像意识到什么似的,他们坐下来,烹水沏茶,下棋,然后酣畅淋漓地交谈。谈得最多的自然是如何对待贬谪。这其实也是欧阳修最近思考得最多的问题。欧阳修引经据典,说:"历史上一些名人,论政事大多慷慨激昂,深明大义,一副遭遇杀人之祸也不逃避的样子。但一到贬谪地,却开始忧戚不安,愤愤不平,为个人得失所困。"余靖涨红脸睁大眼睛看着欧阳修,颔首称是。眼前这位同僚比刚来朝廷时不知成熟了多少,余靖心想,欧阳修这番用心良苦的话,既是说给自己的,也是说给他听的。片刻后,余靖望着欧阳修,接着说,正所谓君子坦荡荡,小人长戚戚。欧阳修听后,忙点头,说即是即是。今后即使写文章,也不可写戚戚之文也。说完,两人开怀大笑。

十月二十日,欧阳修抵达江陵府(今湖北荆州),拜谒湖北路转运使。欧阳修耐着性子等了七八天,才见到辖州县长官、掌管财赋、行使监察大权的顶头上司。本来等的时间就够长了,还一套一套的烦琐礼仪,尤其那个阿谀奉承的公堂拜谒礼搞得欧阳修很不爽。而转运使大人又始终嘴唇绷得紧紧的,板起一副生硬的面孔。做过京官,见过大场面、满腹经纶、性格刚直不阿的欧阳修,尴尬可想而知。在人屋檐下,不得不低头,欧阳修尝到了做芝麻官的滋味。一种失落感油然而生。直到第二天,他都还在给朋友尹洙写信诉说他的不自在:"因参拜转运使,作庭趋,始觉身是县令矣。"

二十六日,水上漂泊了整整五个月的欧阳修终于来到峡州州所。拜谒知州朱庆基,让欧阳修一下子释然许多。作为老朋友的朱庆基对欧阳修丝毫没有嫌弃,整个拜谒礼,脸上挂着乐呵呵的笑容,之后,还和欧阳修叽里呱啦说了半天话。

后来,欧阳修把从汴京赴夷陵的一路行程,或朋友相聚,或遭遇风浪险情,或沿途景观风物,细细记载下来,列入《于役志》中。从此,一个崭新的文体——日记体,诞生了。再后来,天下宦官、文人学士都以此为范本,纷纷效仿,朝野上下广为流传。

二

拜谒朱庆基后,欧阳修和母亲跟着前来迎接他的小吏,坐着马车,沿着一条荆棘丛生的土路,拐过两道弯,来到夷陵县城边上。

街衢狭窄,他们只好把马车拴在十字路口一块野草丛生的敞坝里。下车后,欧阳修没看见一段城墙,县城和村庄没多大区别:又脏又窄的街道曲里拐弯,鸡肠子似的;街道两边的商铺没啥百货,只有一绺绺挂着的咸鱼干和堆得满地的干菜;老百姓住的房子全是清一色竹子和茅草搭建的,没有瓦房。欧阳修斜着眼睛瞥了一眼,鸡鸭猫狗屋里屋外蹿着,屋子里灶房睡房茅房乱七八糟,杂然其间。一股风来,欧阳修紧了紧鼻翼,四处弥漫着一股死鱼烂虾的腥臭味。欧阳修蹙了蹙眉,一阵恶心朝他扑来。欧阳修和母亲走在街上,两人没说话,只有山风掠过耳旁一阵呼啸声。过了一会儿,欧阳修实在忍无可忍,撇下母亲和小吏,捂着鼻子一路小跑地冲进县衙。一股哀怨和失望的情绪,全跑了出来。

夷陵地处偏僻,蛮荒之地,是个鸡鸣三省而三省都不大管得着的地方。

有那么几天,欧阳修完全沉溺在往事的回忆中,把汴京、洛阳挨个和夷陵比较,汴京雕梁画栋,百尺高楼比比皆是,洛阳勾栏瓦舍,引车卖浆者络绎不绝,而夷陵有什么? 在给好友苏舜钦的《初至夷陵答苏子美见寄》的诗中,欧阳修顾影自怜地写道:

> ……
>
> 光阴催晏岁,牢落惨惊飙。
>
> 白发新年出,朱颜异域销。
>
> 县楼朝见虎,官舍夜闻鸮。
>
> 寄信无秋雁,思归望斗杓。
>
> 须知千里梦,长绕洛川桥。

当然,贬谪生活,最让欧阳修感到内疚的是对母亲郑氏。

一天向晚时分,寒风一阵紧一阵地刮。欧阳修站在窗棂边,望着皑皑白雪和白雪覆盖的旷野,心生凄凉。收回目光,欧阳修瞥一眼正在灶房忙碌的母亲的身影。郑氏佝偻的背朝着欧阳修,欧阳修心里一凛,长长地叹了口气。

先是冒酷暑,沿汴河、淮河、长江,一路颠沛来到边陲小县,然后又跟着自己在县衙官廨东宿西住,直到知州朱庆基安排在县衙东侧为欧阳修一家搭建好房子(欧阳修后取名"至喜堂",意既至而后喜),生活才算安顿下来。

欧阳修扭头再次望着窗外,已经是二月天了。风仍然寒冷刺骨,看不见一朵盛开的鲜花,连春天的气息也嗅不到,扑入眼帘的是光秃秃的寒山和浓稠的雾气。更为恐惧的是,夜半时分,还听得见老虎的长啸和猿猴的凄鸣。抬头一望,看见的就是一排南飞的雁群。欧阳修心里有遏制不住的落寞和惆怅。

自己如此,何况年逾半百的老娘呢?欧阳修忍不住回头去看母亲,郑氏正站在灶台前将一屉格擀好的面皮往沸水里倒。过了一会儿,当郑氏把煮熟的面皮端上桌时,欧阳修瞅着郑氏头盖骨上单薄的头发,叹口气说:"娘跟儿吃苦受罪了。"郑氏看了欧阳修一眼,微笑了一下,把筷子递给欧阳修,不急不缓地说:"修不必不安,欧阳家向来贫贱,娘习惯了这样的生活;汝能心安,娘就能安心过日子。"欧阳修愣了一下,凝视着母亲。稍后,欧阳修又埋头,盯着碗里稀稀拉拉的几块面皮,皱一下眉说:"娘不要太俭省。"郑氏放下手中的筷子,抬头看着欧阳修说:"吾儿不是随便迎合他人的人。平常生活俭朴些,是为了学会在灾难中过日子,以备不时之需。"欧阳修听后,顿时睁大眼睛看着母亲,一脸惊愕的表情。其实,到夷陵后,欧阳修看见母亲总是和颜悦色,跟在洛阳、汴京没有一丝一毫的差别。

三

深秋的一天,先前浓稠的雾气被俯冲下来的阳光驱散殆尽。一大早,欧阳修就提着几根酱猪蹄和十几个炊饼,兴冲冲赶到岸边渡口至喜亭前。两天前,他就和军事判官丁宝臣、州府推官朱处仁约好去黄牛峡游玩。站在碑前,欧阳修摸了一把刚刷过油漆的碑文,发现已经干透,这是自己撰写的《峡州至喜亭记》,书法家黄庭坚的笔墨。欧阳修眯缝起眼睛,瞻仰了一番,心里涌动着一股自豪感。片刻后,丁宝臣拎着一罐米酒,来到欧阳修面前。几分钟后,小路上传来吧嗒吧嗒的脚步声,是朱处仁背着一个鼓鼓囊囊的布袋朝这边走来。已时不到,三个人就上了船。

放眼望去,浩浩荡荡的江水之上云蒸霞蔚,对面逶迤的群山笼罩在一片五彩霞光之中,气势磅礴。他们逆水而上,一边说笑一边观赏两岸风光。饿了,取出猪蹄、炊饼吃得有滋有味。吃完,抹抹油渍渍的嘴巴,又眨巴着眼睛欣赏眼前的青山绿水。吟几句诗,发两声感叹。直到夜幕降临,他们才把船停泊在黄牛峡附近的黄溪上。

站在岸边,欧阳修望着月光下忽明忽暗的江水,氤氲的水雾,嶙峋的怪石和黑魆魆的山峦。峡谷里传来猿猴的悲啼声。欧阳修触景生情,在岸边走了几步,联想到楚人宋玉和他的《九辩》。徜徉岸边,欧阳修嘴里立即吟出《黄溪夜泊》诗来:

> 楚人自古登临恨,暂到愁肠已九回。
> 万树苍烟三峡暗,满川明月一猿哀。
> 非乡况复惊残岁,慰客偏宜把酒杯。
> 行见江山且吟咏,不因迁谪岂能来?

"不因贬谪岂能来?"欧阳修的心顿时转忧为喜。夷陵蛮荒偏僻,贬谪的羁愁旅思,岁暮他乡的思乡惆怅,一下子全被欧阳修抛到脑后。眼前好友相聚,把酒临风,对月抒怀,不全是贬谪带来的吗?一句诘问,欧阳修沉闷的内心像被清水洗涤过似的。一阵暗喜,一种超凡脱俗的豁达又重新回到了他身上。

第二天,天刚蒙蒙亮,三个人就上了船。临近中午,船行至一个"之"字形水面上。午后的长江在阳光下闪烁着一大片白光。三个人猛一抬头,便看见一块硕大的石壁矗立岸边,上面似有一幅人牵牛的图案。人呈黄色,牛现赭色。嚯!黄牛岩!三个人惊叹不已。更为壮观的是,岩石之下,居然有九条蜿蜒下垂的绿茸茸的山脊,伸向江边,仿佛九龙临江。三个人一阵激动,你言我语,背诵起当地民谣来:

朝见黄牛,暮见黄牛。

三朝三暮,黄牛如故。

果然,船行了半天,他们才抵达渡口。泊舟登岸,前往黄陵庙游览。

其实,这之前,黄陵庙并不叫黄陵庙,而叫黄牛洞。欧阳修进庙后,发现庙子中央立有一块石碑,上面刻有诸葛亮撰写的《黄牛庙记》。欧阳修读后,略一思忖,笑着对丁宝臣和朱处仁说:"吾以为此祠堂应更名黄陵庙,更为妥帖。元珍、表臣意下如何?"站在旁边的丁宝臣和朱处仁,你看我,我看你,相视一笑,即刻应和说:"永叔言之有理。"接着丁宝臣机巧地说:"明晚正好朱知州置办接风宴,永叔提及此事,令知州大人安排的'老九碗'物有所值。"

提起"老九碗",欧阳修想起刚来夷陵,朱庆基给他接风时请他吃过的杂烩头子、鱼糕丸子、炸春卷子等本地菜肴来,欧阳修觉得自己的哈喇子都快流出来了。

除朱庆基、丁宝臣、朱处仁三个上司兼朋友外,令欧阳修内心安慰的还有一个叫何参的老头儿。

老头儿住在县衙的西郊,距欧阳修不过二三十分钟的路程。没事的时候,欧阳修喜欢去老头儿那里坐坐。有时,一坐就是一天。老头儿脸庞清瘦,面皮红润,一双眼睛清澈透亮,眉毛又黑又长,布衣打扮。当地人唤他"何处士"。欧阳修每次去,老头儿都很高兴。几天不去,老头儿见面就笑问欧阳修,是不是窝在屋里写文章。多数时候,欧阳修和老头儿温一盅米酒,爆炒一簸箕山栗,边吃边聊。欧阳修常常问他一些当地的风土人情,逸闻趣事,他都一一道来。在欧阳修眼里,老头儿见多识广,像汉代著名学者伏生、扬雄。即便无话可说,老少二人相向而坐,欧阳修也觉得蛮舒服。后来,欧阳修在《新营小斋凿地炉辄成五言三十七韵》中,欣然写道:

> 西邻有高士,辗轲卧蓬荜。
>
> 鹤发善高谈,鲐背更炙熨。
>
> 披裘屡相就,束缊亦时乞。
>
> 传经伏生老,爱酒扬雄吃。
>
> 晨灰暖余杯,夜火爆山栗。
>
> 无言两忘形,相对或终日。

四

岁末年尾,欧阳修的妹妹带着他的儿子和侄女从汴京赶来团聚,家里比先前热闹了许多。

很快,欧阳修一头扎进丰富而充实的生活、工作中,履职县令,视察民情民风,潜心创作。

一天下午,天上下着细细密密的雨。县衙内鸦雀无声,无人来问案和办事。欧阳修便取下阁架上的陈年公案仔细研读。没读几页,他就惊悚得全身上下起来一层鸡皮疙瘩。有的案件纯属无中生有,妄加罪名;有的黑白颠倒,是非不明;有的贪赃枉法,徇私舞弊的猫腻随处可见。当然,大部分都是民间诉讼案子,有的甚至是鸡鸣狗盗的零碎事。因为契约不明,老百姓为争夺一点点田边地角而打官司,而县吏由于文化肤浅,甚至大字不识,漏洞百出。而户簿官书又不完整,便错上加错,让人啼笑皆非。欧阳修心里一凛,心想,夷陵不过荒僻小县,都如此昏暗,天下之大,恐为甚焉。倏忽,欧阳修记起母亲告诉他关于父亲在绵州、泰州任推官时建求生堂的故事。此时此刻,他比任何时候都理解父亲。作为县令,一举一动都事关百姓生死命运。突然间,欧阳修有一种感悟,他认为"大抵文学止于润身,政事可以及物"。

三个月一晃就过去了。欧阳修一直被当地诡异的民俗所吸引。大年初一,吃过早饭,欧阳修牵着儿子来到街上。一到街口,欧阳修就被眼前祭神的队伍怔住了。他看见男男女女几百号人从他身边蹿过,他们穿红戴绿,长一片短一片的布裹在身上,有的男人干脆直接裸着上身,脸上尽是金粉银箔,怪异无比。啪啪啪,男人们击着掌,呜呜呜,男人们吆喝着;女人们便穿着古朴的服饰,追在男人的屁股后面又呼又歌。早就听说夷陵人迷信鬼神,每到节日必击鼓踏歌,邀龟卜雨,祭拜鬼神,但欧阳修没料到会如此壮观。欧阳修站在那里,竖起耳朵听了半天,也没听出个子丑寅卯来。于是,他向身边一个穿靛蓝色棉袄的老太婆请教。老太婆叽里呱啦说着本地话,他半猜半蒙地听着,直到发现儿子跟着祭神的队伍朝前走了,他才打断她,往前跑着找儿子去了。

晚上回家,欧阳修就病倒了。先是流鼻涕打喷嚏,到了后半夜,病情越发重了,直喊脑壳疼,发起高烧来。郑氏起身把孙儿抱到自己床上,然后去灶房烧了一大碗姜糖水端来叫欧阳修喝下。挨到天亮,郑氏披衣下床,一路小跑着去唤郎中。药吃下,烧倒是退了,但又咳嗽起来。这一咳,便持续了半个多月。人在病中,安静下来,不免七想八想,心生惆怅,往事便一幕幕在脑子里闪过。但很快,欧阳修就控制住了自己的情绪,不允许自己沉湎于无垠的忧愁中,细细琢磨起前段时间写过的《黄杨树子赋》。

铺开纸,欧阳修把自己生病以来的心灵变化,用诗歌的形式,告诉朋友丁宝臣,写下《戏答元珍》:

> 春风疑不到天涯,二月山城未见花。
> 残雪压枝犹有橘,冻雷惊笋欲抽芽。
> 夜闻归雁生乡思,病入新年感物华。
> 曾是洛阳花下客,野芳虽晚不须嗟。

慢慢地,欧阳修喜欢上了夷陵和它周围的山水、风物。闲暇时光,他和丁宝臣、朱处仁一起,探三游洞,访甘泉寺、龙兴寺,穿下牢溪、黄牛峡,或饮酒吟诗,或登山探幽,或泛舟览胜。每到一处,他都要以诗歌、文字详细记载。夷陵期间,仅仅写给丁宝臣、朱处仁的诗歌就不下十首。山水组诗《夷陵九咏》,跟他在洛阳时写的《游龙门分题十五首》《嵩山十二首》相比,苍劲而不苍凉,洒脱而不油滑。尹洙读后感叹地评价说,欧九真是一日千里啊。

一到夷陵,欧阳修就被朱庆基安排给岸边的一块石碑撰写碑文。欧阳修思忖良久,岸边渡口,人来人往络绎不绝,既来之则安之,既至则喜。于是,欧阳修便写下标题《峡州至喜亭记》。几天后,欧阳修来到峡州知府朱庆基府邸,把文章交给朱知州。朱庆基读后,脸上立即堆满笑说:"欧公不愧文学大家,文字精练隽永不说,读来让人大有惊心动魄之感矣。"

一天黄昏,欧阳修走出县衙,来到江边溜达。下了一整天的雨,到处湿嗒嗒一片,路上的行人寥寥无几。举目四望,一切那么空旷、苍凉。病中的欧阳修更加闷闷不乐,欧阳修埋头想着自己的事情,心事重重,脑袋里一幅幅洛阳、汴梁的画面来回穿梭,胥姑娘、杨姑娘的音容笑貌蛰伏心里挥之不去。贬谪来到蛮荒之地何时是尽头。走着想着,一颗热泪滚到欧阳修的眼眶里,他抿紧嘴巴,憋着,不允许自己沉湎在郁闷忧愁中。他抬头四顾,忽明忽暗中,倏地瞥见路边上几株翠绿的黄杨树。他走近一看,发现一片树叶上还滚落着几颗亮晶晶的水珠。扫视一眼周围,他发现在这个季节里,很多植物早就成了枯枝败叶,多么不禁看,而唯有黄杨树苍翠碧绿,亭亭玉立。他顿时心头一热,涨红脸睁大眼睛望着眼前这几株黄杨树。其实,他并不是第一次瞧见这种树,在山崖绝壁处,在县衙院里,他看见过它们的身影。但他常常视而不见,完完全全忽略了它的存在。但是,他想,它们并没有因为人们的忽略而枯萎,它们却像青松翠柏傲然天地之间,而郁郁葱葱。黄杨树下,欧阳修站了很久,思索了很久。然后,他大步流星回到家中,坐在书案前,立马写下骈体小赋《黄杨树子赋》。

生病后的欧阳修,很快以饱满的热情投入到学术研究中。他热情地给尹洙写信,探讨共同编写《新五代史》的事。在洛阳时,欧阳修和尹洙就讨论过《旧五代史》的诟病和不足,打算撰写一部《新五代史》。信中,欧阳修阐述了分工方案和撰写方法。但不知为什么,尹洙没有应约,欧阳修只好独立完成。这一写,就是十五个年头。

不知不觉中,新春迈着轻盈的步子来到人间。

一天清早，欧阳修起床后，一推窗棂，忽然就瞥见一枝梅花绽放在窗边。极目远眺，白茫茫的雪山上披上了绿装，江里春水泛着绿波，蓝蓝的天空上飘浮着棉花似的白云。转眼之间，一个姹紫嫣红的春天即将来临。欧阳修的嘴角微微上翘，一首新词《玉楼春》从他心里流淌出来：

> 雪云乍变春云簇，渐觉年华堪送目。北枝梅蕊犯寒开，南浦波纹如酒绿。　　芳菲次第还相续，不奈情多无处足。尊前百计得春归，莫为伤春歌黛蹙。

五

四月，欧阳修突然收到随州堂弟的一封来信，得知叔叔欧阳晔去世的消息。欧阳修一下瘫坐在椅子上，信纸在手中噗噗抖动，他反复读信，愣在那里，半天回不过神来。当他反应过来时，他望着窗外一片白晃晃的阳光，心想，这是什么事啊，叔叔竟在春暖花开的时候走了。欧阳修的眼泪不知不觉淌下来。他抹了把脸，揣好信纸，给属下交涉了几句，急匆匆回到家中。

一进屋，欧阳修就摸出信纸对娘说："娘，叔叔走了。"郑氏一听，不相信自己的耳朵，睁大眼睛盯着欧阳修。欧阳修便又说一遍。郑氏这才反应过来。其实，那一瞬，郑氏什么也没听见，她是看儿子红肿的眼睛才明白过来的。欧阳修把信递到郑氏手上，郑氏颤颤巍巍接过来，泪水模糊一片，什么也没看见。"娘要节哀！"欧阳修喉咙发硬。"修儿啊，娘心里不好受！"郑氏哽咽说。欧阳修点点头。"没有汝家叔叔，就没咱欧家。"郑氏沉浸在过往的回忆中，说不下去。

郑氏永远都不会忘记大中祥符三年的情景。丈夫欧阳观去世后，欧阳家无一瓦之覆，一垄之植，不得已，她只好拉着儿子，抱着褓褓中的女儿去投靠叔叔欧阳晔。靠着叔叔的接济，三口之家才得以生存下来。欧阳修记得，正是叔叔读过他幼年写的《仙草》诗才发现他的文学才能的，没有叔叔当年的哺养、提挈，自己现在在做什么都不知道。不止一次，欧阳修听母亲唠叨过，要想晓得父亲的长相，看看叔叔就知道。在欧阳修幼小的心里，他一直把叔叔当父亲看。

而这个像父亲一样的叔叔却离开了。

而自己一个遭受贬谪之臣，戴罪之身，却无法前去尽孝。

更那堪，欧阳修自己都没料到，七年后，即庆历四年三月，叔叔下葬，自己却因任朝廷谏官，事务缠身，无法前往。

后来，欧阳修在《祭叔父文》和《尚书都官员外郎欧阳公墓志铭》中饱含深情地写道："昔官夷陵，有罪之罚……使修哭不及丧而葬不临穴。孩童孤艰，哺养提挈。昊天之报，于义何阙！"

六

暮春的一天，欧阳修突然收到薛仲孺的一封提亲信。薛仲孺，字公期，已故参知政事薛奎的侄儿。信中的意思非常明确，目的只有一个：撮合欧阳修和他堂妹成婚。

其实，此事本来在景祐元年六月，欧阳修刚入朝廷任馆阁校勘时，刚御任参知政事的薛奎就提起过。只是当时，欧阳修害怕相门之女骄奢难伺候，便婉言谢绝了这桩亲事。不久，薛奎逝世，是年底，欧阳修和已故翰林学士杨大雅女儿成婚。

此时，薛仲孺再次提及这桩曾经提及过的亲事，真挚陈述是奉薛老夫人的意见，望永叔成全薛大人在天之灵的心愿。欧阳修读信至此,一下子被薛家诚挚的感情点燃,一边读信一边流泪,欧阳修的内心在那个春天的夜晚翻滚着不可言说的复杂情愫。

当夜,欧阳修就把信交给了母亲。

郑氏读后,无限感慨,对欧阳修说:"修要即刻回复,当即议婚,不可再辜负薛家一片深情。"

一到夏天,欧阳修便向朝廷请假,去许州(今河南许昌市)和薛姑娘成婚。

假期有限,婚姻大典一结束,欧阳修就带上新婚妻子踏上归途。一路上,历经坎坷,不是跋山涉水,就是人迹罕至,荒无人烟。这对刚满二十岁的相府千金薛姑娘来说,自然是一个严峻的挑战和考验。欧阳修暗暗地捏了一把汗。一路上,除了体贴照顾外,默默地观察自己的新婚妻子。他有一点隐隐的担忧,虽行大典,但他还是害怕薛姑娘吃不了苦而半路逃跑。还好,她比他想象的坚强许多。每到难走处,她一声不吭,总是让他拉着她的手吭哧吭哧地埋头赶路。在她心里,坚信父母执着不舍地为她选择的这桩婚姻是不会错的。从拜堂那一刻起,她就打定主意跟定了他。一路上,丈夫说话出口成章,谈论山川风物头头是道。过去,她曾读过他的诗词文章,现在亲耳聆听,更让她觉得别有一番滋味。

一天晚上,暮色浓重,欧阳修和妻子住进客店。赶了一天的路,早早躺下。夫妻俩在床上闲聊着,有一搭无一搭。过了一会儿,话扯到欧阳修的两次婚姻生活上。欧阳修思忖片刻、耷拉下眼皮,神情黯淡地承认说:"洛阳那时,吾年少不更事,对及笄之年的胥姑娘陪伴太少,怀孕时,吾还在外面勾栏瓦舍,与朋友吟哦不断。"薛姑娘听后,咧咧嘴,想说什么,但终没说出口。欧阳修长叹一声,怕薛姑娘打断他似的,立即说起杨姑娘来。杨姑娘能干,但那阵儿,吾虽朝廷馆阁,但养家糊口仍很拮据,妹夫去世,吾妹又携侄女过来吃住,陡然六口之家,吃喝拉撒压得她喘不过气来。偶遇风寒,便性命攸关。欧阳修像跟老朋友倾诉似的,毫无保留地对薛姑娘说。欧阳修的眼圈一下子通红。不过,总算把压在心里的一块石头搬掉了。薛姑娘依偎着欧阳修,伸出手指拍拍他的脸庞说:"夫君不必过于自责。两位姐姐在天之灵,一定希望欧阳家兴旺发达,而非悲戚之容矣。只是……"薛姑娘眨巴着眼睛,调皮地吐出半截舌头,扮了个鬼脸,不再往下说。"只是什么?"欧阳修凝视着薛姑娘,在她的额头亲了一下问。"妻有一个要求,夫君将后不可随便。"说完薛姑娘如释重负般打住,不再说话。其实,杨姑娘夭亡后,欧阳修心里一直希望在他的生命中,有个控制得住他的女人。欧阳修看着眼前这个圆脸盘、五官端庄、笑起来有一对酒窝的妻子,使劲点点头。然后,把她紧紧搂在怀里。

艰难困苦,玉汝于成。一个多月的坎坷回家路,一次意义非凡的旅程,一生良好婚姻的开端。这一路,彼此由生疏,到渐渐熟悉,再到一生的伴侣。

黄昏,欧阳修和妻子终于抵达夷陵城外的望州坡。站在坡头,眺望夕阳的余晖罩在夷陵县城的上空,红云在天边漫天翻卷。一种喜出望外的感觉忽然拽住他,欧阳修觉得自己把岸边渡口题名"至喜亭"、把寒舍命名"至喜堂",简直太英明了,一首《望州坡》脱口吟出:

> 闻说夷陵人为愁,共言迁客不堪游。
> 崎岖几日山行倦,却喜坡头见峡州。

欧阳修攥着妻子的手,一路狂奔着往家赶。

几天后,欧阳修在给薛仲孺的信中,意味深长地写道:"室中骤过僻陋,便能同休戚、甘淡薄,此吾徒之所难,亦鄙夫之幸也。"

七

景祐四年(公元 1037 年)十二月,欧阳修受命光化军乾德县县令。虽属平调,但乾德跟夷陵比,地理环境,交通状况,经济条件还是好很多。

这次改官,原因比较复杂。欧阳修刚被贬谪夷陵时,西夏就连续发兵攻取了回纥的瓜州、沙州、兰州、改元大庆;朝廷内部兼并之风欲抑不止,奢侈浪费变本加厉,国家连续几年财政赤字,三司经费严重不足;自然灾害连绵不断,至景祐四年登峰造极。六月,杭州飓风。八月,越州(今浙江绍兴)洪水。十二月京城、并州(今山西太原市东北,治阳曲县)、忻州(今山西忻定)地震。笃信天人合一的古人看来,这当然不是单纯的自然灾害,而是上天对朝廷的警示。如此一想,直史馆叶清臣便上书言事,要求皇帝自责,宽恕忠直敢言之士。仁宗皇帝为安抚民心,听取了叶清臣的意见,授意宰相王随和陈尧佐将范仲淹、余靖、尹洙、欧阳修和因朋党风波受贬的官员,调动到京城附近或条件稍好的州县。

景祐五年(公元 1038 年)春天,欧阳修一家沿长江顺流而下,至夏口逆汉水到乾德。

离开生活了一年半的夷陵,惜别之情油然而至。站在船头,望着两岸熟悉的山川风物向后徐徐退去,欧阳修脑子里闪现出一幕幕刚来夷陵的情景。贬谪之初,他讨厌峡州,唯独游览山川,兴趣不减。当船行至他曾经游览过的青草铺、虎牙滩一带,他触景生情,又恰逢暮春,乍暖还寒的季节,野花零落,柳树飞絮,斜雨飘飘洒洒飞落下来。看欧阳修一直愣在船头,半天不说一句话,薛姑娘便跑出船舱,拉他进船来吃鱼。欧阳修一声叹息,有气无力地对妻子说:"有何意思? 没有朋友共饮欢宴,再好吃的荻笋鲥鱼也如同嚼蜡啊。"薛姑娘听后,说道:"夫君言之有理,只是外面风大,还是进去歇息吧。"说着便拉欧阳修进了舱篷。

没几天,欧阳修便用诗歌的形式,把离开峡州时一路上的心情,写进《离峡州后回寄元珍、表臣》中,寄给丁宝臣和朱处仁。

> 经年迁谪厌荆蛮,惟有江山兴未阑。
> 醉里人归青草渡,梦中船下武牙滩。
> 野花零落风前乱,飞雨萧条江上寒。
> 荻笋时鱼方有味,恨无佳客共杯盘。

四月初的一天,船到江陵,哥哥欧阳晒和侄儿早已在江边等候欧阳修一家的到来。欧阳晒,字晦叔,是欧阳修同父异母的哥哥,大他整整二十岁。船一拢岸,欧阳晒父子便急忙来到舷梯口,搀扶欧阳修一家下船。

回顾上次见面,已是前年八月,欧阳修去夷陵途中,当时欧阳晒年龄刚逾半百,两鬓斑白,看上去颓然低落。而欧阳修又遇人生低谷,贬官途中,兄弟两人见面不免感叹。但这一次,欧阳修看哥哥的面容,虽然老了一些,但精气神却比前年好了许多。而得知弟弟已改官乾德,身边又娶了一位年轻貌美的夫人,欧阳晒亦为弟弟感到由衷高兴。

兄弟见面,聊不完的家常。一大家人边走边说,五里左右的路程硬是让他们走了半个多时辰。

一进院子,欧阳修就被一方清幽幽的水凼吸引住了。斜着眼睛,欧阳修瞥了一眼水凼边的小亭子,努努嘴说:"咱们就不要在堂屋吃饭了,把桌子抽到亭子间可好?"欧阳晒连忙点头赞成弟弟的建议。侄儿和侄儿媳妇忙去堂屋搬出八仙桌来,嫂嫂忙把准备好的酒菜和杯盘碗盏端上桌,郑氏和薛姑娘忙前忙后,帮忙打下手。兄弟俩说着话。幼子站在水凼边,看着小鱼儿在水里游戏,发出嘻嘻的笑声。

酒醉饭饱后,欧阳晒指着亭子,对弟弟说:"给它取个名字吧,吾欧阳家的大文豪。"

欧阳修走出亭子,踱步来到水凼边,俯身打量着水里的游鱼,《庄子·秋水篇》中的一则故事浮现在他的脑海。

一天,庄子和惠子游玩于濠梁之上。清澈碧绿的濠水里,银鱼穿梭。庄子情不自禁地感慨道:"鯈鱼出游从容,是鱼之乐也!"惠子不依,反诘道:"子非鱼,安之鱼之乐?"两个人便开始辩论起来,你言我语,谁也不服谁。最后,庄子十分自信地说:"我知之濠上也。"

濠上不就是一方悠闲逍遥之地吗?欧阳修转身望一眼亭子里怡然自得的哥哥,隐居江边山坳,一副"不以汪洋为大,处卑困而浩然其心"的样子。欧阳修略一思忖,长声吆喝:"有了,'游鯈亭'如何?"欧阳晒连忙点头同意。

后来,欧阳修为其写下短文《游鯈亭记》。

八

到乾德不久,欧阳修就失望了。

乾德地处中原,比夷陵看上去繁华不少,但官多文士少,即使有,也零零星星几个。政务上,欧阳修和知军张询不和,张询还是不时把矛盾上报朝廷,弄得欧阳修很不舒服。写信给谢绛,请求他从中协调、斡旋。一时间,在欧阳修眼里,乾德就是一个精神荒漠,不像夷陵,生活条件虽然差些,但有锦绣河山和知心朋友。即使上司,峡州知州朱庆基也从没把他当谪臣看待。一想到这些,欧阳修内心就觉得一股不安和苦闷。他给朋友写信,倾吐内心的烦恼和忧伤。一天,他在给梅尧臣的信——《寄圣俞》中写道:

西陵山水天下佳,我昔谪官君所嗟。

官闲憔悴一病叟,县古潇洒如山家。

雪消深林自劚笋,人响空山随摘茶。

有时携酒探幽绝,往往上下穷烟霞。

岩苏绿缛软可藉,野卉青红春自华。

风余落蕊飞回旋,日暖山鸟鸣交加。

贪追时俗玩岁月,不觉万里留天涯。

今来寂寞西冈口,秋尽不见东篱花。

市亭插旗斗新酒,十千得斗不可赊。

材非世用自当去,一舸鬅牙挥钓车。

君能先往勿自滞,行矣春洲生荻芽。

没有朋友,没有青山绿水。政务之暇,欧阳修只好把自己关在屋里,读书、写作、研究古碑帖,完成《五代史》纪传部分。

一天下午,蓝天上飘着朵朵棉花云,欧阳修策马来到乾德与谷县的交界地带。按照乾德的地方志地图按图索骥,欧阳修终于找到了书上记载的那块"娄寿之墓"。欧阳修欣喜若狂,"砰"一声跪在碑前,拜谒起来。第二天,他就立即派人迁碑还县,按史书上的规矩,把碑硬是立在了敕书楼下。由于碑文字迹模糊,欧阳修又立马向在京城参加编纂《崇文总目》的王洙(字源叔)请教,竭力想弄明白碑上的文字。

一到乾德,欧阳修就遇上铺天盖地的一场春旱。地上一道道深深浅浅蚯蚓般的裂痕,通向四面八方。一连好多天老天爷都不下一颗雨,仿佛一滴眼泪都舍不得挤出来似的。河床干涸成一片片浅浅的河滩地。

得知干旱的消息,欧阳修立即带上县衙小吏视察灾情。一出县城,欧阳修就感到情况比他想象得严重。所到之处,尽是秋草般的枯苗,一副死气沉沉的样子,有的甚至干脆死在地里。农民们个个板起面孔,不说话,忧心忡忡。欧阳修来到一块秧苗地,瞅着快干成一把灰的秧苗,询问一个白发苍苍的老头儿。老头斜睨一眼欧阳修,拖着哭腔说:"假如这月再不下雨,今年的收成就全没了!"欧阳修听后,心里像锥子刺了般疼痛。望着老头儿忧戚的面孔,欧阳修拍拍他干瘪的背壳,凝重地说:"是的,春耕春播无雨,等于全年荒废。"

其实,在夷陵时,在尹洙的劝告下,欧阳修就改掉了在洛阳时的放纵和懒散习惯。任乾德县令后,他更是用心政务,事必躬亲,区区小事也不放过。当了两年的县官,欧阳修更加悯农恤农了。

欧阳修深深懂得春雨贵如油的道理。巡视一圈后,回到县衙,铺开纸笔,欧阳修仰天呼号,写下《求雨祭天》和《求雨祭汉景帝文》,祭天地之神灵,以求苍天降雨。同时,欧阳修还对自己的为官行为进行了一番反省和自责。

祈雨得雨。旱情解除后,欧阳修又写下长诗,回答当政者应如何应对的问题,即《答杨辟喜雨长句》:

> 吾闻阴阳在天地,升降上下无时穷。
> 环回不得不差失,所以岁时无常丰。
> 古之为政知若此,均节收敛勤人功。
> 三年必有一年食,九岁常备三岁凶。
> 纵令水旱或时遇,以多补少能相通。
> 今者吏愚不善政,民亦游惰离于农。

军国赋敛急星火，兼并奉养过王公。

终年之耕幸一熟，聚而耗者多于蜂。

是以比岁屡登稔，然而民室常虚空。

遂令一时暂不雨，辄以困急号天翁。

赖天闵民不责吏，甘泽流布何其浓。

农当勉力吏当愧，敢不酾酒浇神龙。

宝元二年（公元1039年）初，一连下了好几天的细雪，没有一点停的意思，有时候还夹杂着一阵淅淅沥沥的雨落到地上，先前的雪也跟着融成一摊摊亮汪汪的水。欧阳修哪里也没去，坐在家里的书案前撰写《五代史》。薛姑娘烧了一盆红彤彤的炭火支在他脚下，让他顿时觉得很享受。过了一会儿，一个衙役举着一封信进来，欧阳修拆开一看，是一个叫孙侔的人写的。

孙侔，字正之，幼年丧父，家境贫寒。为赡养母亲，屡次参加科举考试，未遂。母亲病逝后，孙侔发誓终身不仕，后来成为当地一位负有盛名的隐士。当然，孙侔并不是第一次给欧阳修写信。两年前，欧阳修在夷陵时，孙侔就通过丁宝臣给欧阳修写过信，还寄来两篇文章请欧阳修斧正。欧阳修读后，很喜欢，立即给孙侔回了一封信，热情洋溢地称赞他的文章"辞博义高而不违于道"。

但这次，孙侔在信中直言道出欧阳修的过失。欧阳修读后，心里一凛，奇怪孙侔为何给自己写这类信，而且如此直截了当。思索半天，欧阳修回首往事，觉得孙侔言之凿凿，自己过去的一些不妥做法、行为，显然已经流传到民间。想到这些，欧阳修一阵难过。接着，欧阳修脸红筋涨地又把信读了一遍。这一次，他体会到孙侔如同兄弟般的情谊。经过一番深思熟虑，他开始正视自己的过失。于是，他给孙侔字斟句酌地回了一封长信——《答孙正之第二书》。信中，欧阳修诚恳地接受了孙侔的批评，说了一大堆掏心窝子的话。他谦虚地说,自己懂得圣人之道较晚。年轻时,喜欢华丽的文章,嗜好歌舞酒宴,不懂得有些事情不该做,对自己的嗜老不加节制;后来懂得了一点圣人之道,开始悔恨自己的过失,但事情已经传播出去,令人后悔莫及。最后,他婉转地写道,以后下决心从善如流,应该为时不晚吧。

事实上,一路走来,欧阳修一直在不断反省、不断总结和及时纠正过失中前行。

正当欧阳修全身心投入事业之际,不幸再一次降临到他的头上。

一天,欧阳修和胥夫人所生的孩子突然染疾。看见幼小的生命在自己怀抱一点点离去,欧阳修失声痛哭,差点晕死过去。薛姑娘在一旁紧紧拽住丈夫的手,凑近欧阳修的耳朵,不停地唤夫君节哀。后来,过了很长一段时间,直到薛姑娘的肚皮隆起,欧阳修才算缓了过来。

又一个春天来临的时候,欧阳修应梅尧臣之约,来到清风镇和梅尧臣、谢绛见面。

选择清风镇,是因为谢绛以兵部员外郎、知制诰告知邓州(治所在今河南邓县)。梅尧臣改知襄城(今河南许昌附近)县事后,去邓州和谢绛会合,两人商量后,梅尧臣专门写信邀请欧阳修来乾德和邓州之间的清风镇相聚。

收到信,欧阳修喜出望外,憋了一肚子的话终于有朋友可以倾诉了。欧阳修揣好信,二话不说,急急忙忙去跟上司请假。人没走,心早已飞到那里了。

自从景祐元年秋天,梅尧臣赴建德县任,谢绛因父亲去世离京奔丧,屈指一算,分别已有五年多了。五年多啊,一千五百多个日日夜夜。欧阳修心里有太多的话和人生感悟要和朋友分享。

当欧阳修乘着一辆马车，一路飞奔赶到清风镇时，已是向晚时分，夕阳堆满了整个镇子。随着太阳的落下，小镇变得安详而沉静，先前的喧嚣和炽热仿佛被太阳吸走了似的。他们互相凝视着，足足有一两分钟，似乎都不知道该说什么好。梅尧臣看上去还是那么俊朗、潇洒，一副诗人味道。谢绛和当年一样，堂堂仪表中蕴藏着一份超凡脱俗的气质，只是人看上去老了一截，头上飘起了白发，脸庞不如以前饱满、润泽，背有点驼了。

寥寥数语，仿佛一下子又回到洛阳。其实，他们之间从来就没有分开过，诗歌唱和书信往来一直没断。三个人来到一家前店后院的饭馆里，叫店小二搬出桌椅坐在后院的竹林下，点了酒菜，边吃边聊。从学术到诗歌到人生历练，无所不谈。过了一会儿，欧阳修从布囊里取出自己最近撰写的经学研究——《春秋论》和《春秋或问》给谢绛和梅尧臣看。两位朋友，放下筷子传阅着。梅尧臣读着欧阳修的研究文章，心潮起伏，没想到贬谪后的欧阳修还是那么铿锵。他一下子理解了欧阳修当初为何三番五次写信坚持把"逸老"更名为"达老"的心境了。"欧九不简单，敢于置疑和批评，探求学术之本意矣。"梅尧臣赞许的目光瞅着欧阳修说。接下来，他们又聊到诗歌，欧阳修直截地说，诗歌之要义，是情怀，需关注百姓之疾苦和世间万事万物。"时间一晃而过，他们通宵达旦地切磋，不知疲倦。

在后来的十天里，三位风华正茂的文人，不管是在绿意盈门的饭馆吃饭，还是在初荷出水的湖泊泛舟，还是在皎皎的月光下听歌，欧阳修都把它写成诗与梅尧臣唱和。在《答梅圣俞寺丞见寄》中，欧阳修脱口而出：

欣闻故人近，岂惮驱车访？

一别各衰翁,相见问无恙。

交情宛如旧,欢意独能强。

幸陪主人贤,更值芳洲涨。

菱荷乱浮泛,水竹涵虚旷。

清风满谈席,明月临歌舫。

已见洛阳人,重开画楼唱。

欢宴总是方恨少。一回到乾德,欧阳修就收到梅尧臣写给他的诗。梅尧臣勉励他像陶渊明一样,不为五斗米折腰,身陷逆境也要乐观旷达,像给自己取的名字"达老"一样。在《送永叔归乾德》诗中,梅尧臣深情写道:

渊明节本高,曾不为吏屈。

斗酒从故人,篮舆傲华绂。

悠然目远空,旷尔遗群物。

饮罢即言归,胸中宁郁郁。

九

逝者如斯,一晃欧阳修来乾德一年多了。宝元二年(公元1039 年)六月,朝廷恢复欧阳修官职,即镇南军节度掌书记,调往武成军所在地滑州(治所在今河南滑县)任判官。七月中旬,诏令一到,他即被解除县令,而武成军判官又任期未满,欧阳修只好应谢绛邀请去邓州小住。

九月初,欧阳修全家抵达邓州。在邓州,欧阳修全家的生活起居,谢绛都安排得妥妥帖帖。很快,欧阳修全身心沉浸到邓州的山水之间,忘却了公务的琐碎和尘世的烦恼。

从梅尧臣的诗里,欧阳修知道了一个叫百花洲的地方。不几天,欧阳修便揣上梅尧臣的诗稿前往。先找到梅尧臣笔下的那片湖塘,然后在旁边的一块石头上坐下来,打开诗稿,一边品诗一边欣赏眼前的风景。

正值初秋,刚下过一场小雨,到处被清洗过似的。湖里荷花凋落,花瓣在碧波上漂流,星星点点,像一小片一小片绸缎;阳光照亮了湖水,波光粼粼;肥肥厚厚的荷叶,散发出沁人的清香。欧阳修翕了翕鼻子,深深地吸了一口气,脱口吟出《和圣俞百花洲二首》:

> 野岸溪几曲,松蹊穿翠阴。
>
> 不知芳渚远,但爱绿荷深。
>
> 荷深水风阔,雨过清香发。
>
> 暮角起城头,归桡带明月。

邓州期间,只要有空暇,谢绛就会挤出时间,陪欧阳修去赏鱼、观月,游览山水。在《鱼》和《月》诗中,欧阳修吟诵道:

> 秋水澄清见发毛,锦鳞行处水纹摇。
>
> 岸边人影惊还去,时向绿荷深处跳。
>
> 天高月影浸长江,江阔风微水面凉。
>
> 天水相连为一色,更无纤霭隔清光。

一天下午,谢绛邀请欧阳修去河边散步。刚走几步,谢绛就把胥偃在京城病逝的消息告诉了欧阳修。欧阳修听后,心里一颤,悲痛滚滚袭来。刹那间,天圣六年、七年在胥府的情景一幕幕从他脑袋闪过。欧阳修终于忍不住,眼泪夺眶而出。谢绛在一旁看后,声音低沉地说:"永叔节哀!"欧阳修抬起头,把快要流出的眼泪硬憋回去,哽咽着对谢绛说:"知我者,胥公第一人也。"

谢绛当然知道欧阳修的身世。欧阳修不止一次说过,胥偃既是他的岳父又是他的恩师。只是最近几年,在范仲淹的问题上,翁婿之间存在着分歧,彼此有了隔膜。

过了一会儿,欧阳修侧脸瞥了眼谢绛,仰天感慨地说道:"希深,吾是有恩无法报啊!小人报恩,薄义谄媚,而君子须要砥砺名节,以德以义之举报答恩人。而如今,恩师已逝,吾连倾诉之机都不复存在。此之为恨,何足道也。"说完,欧阳修潸然泪下。

当夜,欧阳修就坐在书案前,提笔给好友刁约(字景纯,胥公的内兄)写下《与刁景纯学士书》。信中,欧阳修把自己得知噩耗的悲痛和与胥公五味杂陈的情怀娓娓述来。

天有不测风云。胥偃过世不几天,欧阳修又得知谢绛暴病的消息。

一个下雾的清晨,大雾把天地间每一个旮旯都填得满满的。欧阳修急急忙忙往谢绛家赶。隔着浓雾,欧阳修凝视着生命垂危的谢绛。谢绛几乎不能说话,他的嘴像蚯蚓一样蠕动着,大口喘气,汗水大颗大颗地从额头流到凹陷的脸颊。欧阳修心想前几天还好好的,怎么一下子变成这样?

五天后,谢绛溘然长逝。欧阳修简直不能接受,心想,初来邓州,谢绛看上去虽然脸色蜡黄,但精神还是不错。至现在,不过两个月光景,就命丧黄泉。欧阳修双膝发软,瘫坐在椅子上,眼睛微微闭着,心里念叨着谢绛。他是那么温厚,那么温文尔雅;从不喜形于色,但遇事又仗义执言。在他心里,他情兼师友,谊同手足。他就是一个可以和白居易、元稹比肩的人物。但现在,他却英年早逝。欧阳修泪眼婆娑地望着屋顶,喟叹道:"呜呼!谢公!人生无常。"

十

其实,欧阳修滞留邓州,除张罗谢绛的后事外,还有一个原因,就是他想和朋友黄注(字梦升)见面。

一天,欧阳修按黄注上次给他的地址,写了一张纸条,邀请黄注来百花洲附近的老吴酒馆喝酒。欧阳修刚入座,黄注就来了。远远地,欧阳修并没认出他,直到黄注径直朝他走来。进入欧阳修视线的是一张胡子拉碴的脸,和上次比,黄注的下巴颏尖尖的,整个人瘦了一圈,两鬓的头发白了一大半,显得萎靡不振。黄注走来,欧阳修站起身,拱手一揖,唤道:"梦升兄久违了!"寥寥数语,两个人便坐下来畅饮。

不一会儿,黄注就醉了。他站起身,扶住酒碗,眼神热切地投向欧阳修说:"永叔兄弟,吾一生知己也。来来来,'与尔同销万古愁'。"说完,咕咚一声,一碗酒仰脖子喝下。欧阳修本来想不喝了,看黄注心事重重的样子,只好随他吞下一大碗酒。过了一会儿,黄注从斜挎的布囊里取出自己的文章给欧阳修看。仅仅几行,欧阳修便十分惊讶,发现黄注的文章气势恢宏,意气奔放,有一股滔滔江水的气势。"雄文!雄文也!"欧阳修大声吆喝,陷入一种心痛和愤愤不平之中。

欧阳修永远都不会忘记前几次和黄注见面的情景。

初遇黄注,欧阳修不过是一个八九岁的少年郎,而黄注已经十七八岁,风华正茂。那天,黄注穿了一件靛青色的长棉袍,头发披肩,看上去很诗意潇洒。加之长得眉清目秀,少年欧阳修一下子被黄注非凡的气质所吸引,禁不住看了黄注好几眼,直到心里记住他。

第二次见面已是十多年后。在京城,欧阳修和黄注同榜进士及第。欧阳修欣喜万分,打量着黄注。那时的黄注,玉树临风,谈笑间更显儒雅俊朗,神采飞扬,这让当时略显拘谨的欧阳修自惭形秽。

　　第三次见面,欧阳修贬谪夷陵途中。当时黄注已在江陵府任公安县主簿。相遇时,踌躇半天,欧阳修不敢相认。因为眼前这个憔悴不堪的男人和昔日的黄注太不像了。最后,还是黄注自报家门,欧阳修才敢相识。当晚,两个人饮酒夜谈,大有同是天涯沦落人之感。一个刚正不阿,招致贬谪;一个狂放不羁,不被重用。酒一下肚,两人更是感慨万千。黄注更为动情,叹息后,一边流着眼泪一边吟哦,最后竟手舞足蹈起来,行为举止十分诡异夸张。正是那一次,欧阳修仿佛触摸到黄注压抑痛苦的灵魂。

　　接着,欧阳修带走了黄注的文章,打算将它抄录下来,拿给谢绛看。希望古道热肠的谢绛能将黄注推荐出去。可事情偏偏不凑巧,文章还来不及送到谢绛手上,谢绛就突然逝世。平庸官吏怎能认识到黄注的价值呢?欧阳修一次又一次叹息。

　　欧阳修万万没想到,与黄注的这一次见面竟成为诀别。第二年,黄注便郁郁而死。三年后,欧阳修撰写《黄梦升墓志铭》,抒发对黄注的怀念、哀悼,痛斥社会对人才的压抑和摧毁。

　　谢绛死时凄惨,死后更加凄凉,不仅不能魂归故里,就连丧葬费也不够,甚至入殓时没有一件新衣服。欧阳修便留下来,为谢公筹集丧葬费,张罗丧礼,寻找墓穴。最后,欧阳修在即将赴任滑州时,来到谢公灵前,自语道:"原来,吾想赴任滑州时,由谢公为吾摆酒饯行;现在吾即将去滑州,却先到谢公灵前祭奠致哀。谢公啊,汝能听见吾说话乎?"

　　处理完谢绛的丧事,欧阳修心绪始终不能平复,于是,他赶赴襄城去见梅尧臣。

二人相见,梅尧臣想说什么,但嘴巴动了几下,一句话都说不出来。四目相视,泪眼模糊一片。不久前还三人同游清风镇,如今却剩下两个人站在这里。世事无常啊,怎不叫人黯然神伤。欧阳修心想。这之前,欧阳修曾经把他们这个群体比喻成一种神物。从西京开始,谢绛一直被青年文士尊为领军人物,欧阳修把他比喻成"头角",而他自己,欧阳修谦虚地自喻属"沟才"。现在痛失"头角",仅存躯体和尾巴,神物如何运转?欧阳修一声叹息。

欧阳修和梅尧臣策马慢行,意兴寥落,二人心头蒙上一层阴影。谢绛之死,对梅尧臣来讲,更是一次沉重的打击,作为内兄,年长梅尧臣七岁的谢绛,一直是他情深意笃的好兄长,更是他精神上的强力支柱。

十一

任滑州节度判官期间,欧阳修把主要精力仍然投入到《五代史》的撰写中。其中,最具文学理论价值的是他回吴充秀才的信《答吴充秀才书》和回祖择的信《答祖择之书》。信中,欧阳修主要议论了文与道的关系,即文学的思想性和艺术性的问题,再一次丰富了道的内涵。作为作家的欧阳修,主张将目光投入到现实世界中,把平实的生活纳入到写作的范畴;阐述了文与道的辩证关系,即文道并重,既要注重文学的思想性,又要注重文学的艺术性,不可重道忽文,言之无文,又不能溺文而脱离现实;要使文章流传千古,流芳百世,必须讲究艺术性,但如果只雕琢修饰,缺乏实在内容,便"愈力愈勤愈不至";最高的文学艺术是天然去雕饰般的朴实自然。最后,欧阳修提醒写作要走出书斋,到现实生活中去寻找灵感。两封书信,呈现出欧阳修一贯反对时文的原则,体现了欧阳修文学理论走向成熟。

康定元年(公元1040年),宋夏大战爆发。宋朝建立以来,边陲一直受到辽和西夏的威胁。虽然号称"海内混一",但燕云十六州始终未归入版图,疆域赶不上汉唐。本来一直以附庸姿态臣事宋朝的西夏政权,也于明道元年(公元1032年)元昊继位西夏王之后,从景祐元年(公元1034年)起,开始侵扰宋朝边境,又于宝元元年(公元1038年)称帝,建国号大夏,与宋朝分庭抗礼。羽翼逐渐丰满的元昊早就对繁荣发达的中原虎视眈眈,大规模的侵扰行动也就一触即发。先是麻痹延州知州兼鄜延环庆安抚使范雍,致使州城不设访备。接着,又试探性进攻鄜延西北的保安(今陕西志丹),得手后又重兵围攻延州外围的要塞金明寨(今陕西塞南)。宋将李士彬,骄傲轻敌,不听劝谏,分兵御敌,溃败如山倒,事后父子被擒。部下几万名党项族士兵投降,元昊乘胜追击,数万大军围攻延州,发动了攻宋的第一大战役。而延州城宋兵少,范雍一介书生,不善兵法,急令鄜延环庆副使刘平从庆州(今甘肃庆阳)驰援延州,又召令鄜延副都部署出援保安的石元孙回师延州,又令各将所部军外援延州。结果在三川口(今延安西北)陷入西夏的包围。一阵恶战后,刘平、石元孙等被俘,郭遵战死,宋朝步兵骑兵一万多人死伤大半。接着,陕北横山以南至延州一带,被元昊控制。西夏又接二连三击败吐蕃、回纥,疆土扩大到今陕西、甘肃的大片地区。

外患导致内忧,西夏反复侵扰,使宋朝西北边境创伤巨大,大量物资发送到西北边境,大批农民应募征兵,导致物价飞涨,民不聊生,牵扯到整个北宋的政治、经济。至此,北宋歌舞升平的繁荣景象被击破,社会陷入重重危机之中。

三川口惨败,暴露了宋朝军事和政治的弊端,引起朝野上下震惊。仁宗迫于压力,只好接受改革图存的思想。

宝元三年(公元1040年)二月,改年号康定。北宋朝政新的征兆像春笋破土般悄然出现。

在富弼的建议下,朝廷解除多年来越职言事的禁令,允许臣僚直言进谏,指陈时弊。接着,又调整边防人事,安排熟悉西北边境的知制诰韩琦安抚陕西。在韩琦以身家性命担保力荐之下,范仲淹官复天章阁待制,知永兴军(今陕西西安一带),随后改为陕西都转运使,负责军需供办。

三月,朝廷调整晏殊、宋绶知枢密院事;五月,调整夏竦为陕西经略安抚使,韩琦、范仲淹为陕西经略安抚副使。

不到六月,欧阳修也得到朝廷下诏,恢复他京师馆阁校勘职务。正当欧阳修前往汴京的路上,突然收到范仲淹派来的急报。顿时,欧阳修的心怦怦狂跳,像一匹奔腾的战马。欧阳修喜出望外,心想范仲淹果然没有忘记他,鸿鹄之志,终于有望实现。欧阳修之所以这样想,是他一直在关注边境的战事,知道范仲淹已被朝廷重用,正主持边疆事务。但是,当他读完信的一刹那,他失望至极。范仲淹安排他的,并不是他想象的军事参谋或后勤保障之类的职务,而是一个小小的文书而已。他站在原地,傻愣愣地把信又读了一遍,心想,什么职务不好呢?偏偏一个撰写时文的书吏。科举考试后,欧阳修最讨厌的不就是撰写四六骈文吗?在他心里,他一直反感的那些呆头呆脑的文字,但是,现在范仲淹需要他做的恰恰是他最为不屑的。这也太不知己了!那一瞬,欧阳修的心里像吞进一坨冰,倏忽冷了半截。望着西北方向,欧阳修摇了摇头,心里有股说不出的委屈。

晚上,住进客店,欧阳修立即就给范仲淹回了一封信,即《答陕西安抚使范龙图辞辟命书》。信中,他以母亲年事已高不便远行为理由,婉言拒绝了范仲淹。但写到最后,他还是无法掩饰自己失望的情绪。事后,他给梅尧臣的信中,更是直抒胸臆,把自己不屑当一个书记员的心事和盘托出。

第 四 章

一

康定元年(公元 1040 年)八月,经历了长达四年贬谪的欧阳修,重新踏入京门,官复原职,继续编纂《崇文总目》。

回到朝廷的欧阳修,心情并非想象的兴奋和愉快。不能成边报国,不能成为范仲淹战队的一名要员,欧阳修心里一直闷闷不乐。一天,当他从朋友那里知道,尹洙已被泾原、秦凤两路经略安抚副使葛怀敏聘为高级幕僚时,他的脑袋"嗡"的一下,眉毛皱起了疙瘩。他呃了一声,埋下头,不再吱声。

此时,和他同病相怜的只有梅尧臣。他坐在书案前,从抽屉里翻出梅尧臣最近寄给他的信。此时的梅尧臣,由于科举考试再次落榜,已被朝廷解除襄城县令职务,去邓州任小吏。欧阳修十分清楚,几年前,梅尧臣一直致力于《孙子》和曹操、杜牧的研究,玩味之余,梅尧臣将自己对战略战术的思考和理解记录下来,撰写成《孙子注》,并于宝元二年(公元 1039 年)进呈朝廷。知道范仲淹委以重任后,梅尧臣又直接或间接给范仲淹表明心迹。结果他的热望也被劈头浇了一盆冷水。意兴寥落的两个人,便你来我去,用书信或诗歌倾诉内心的抑郁。同时,又怀着对国家命运的忧患和责任,鼓励对方抛开个人的恩怨,投身到即将来临的政治革新运动中,成为时代的先驱,范仲淹的追随者。

秋天的一天下午,风呜呜地刮着,像要把人劈开似的。天擦黑的时候,欧阳修收到张先的弟弟的一封信,托他帮忙给张先写一篇墓志铭。

原来,张先已于二月在亳州鹿邑县任上逝世。

刚给谢绛写完墓志铭,没几天,又给张先写墓志铭,欧阳修悲从中来。心里不禁追忆起洛阳的旧时光。欧阳修感悟当时年轻,竟然不知道那是自己一生最好的年华。洛阳好友,先是尧夫逝世,写墓志铭;然后希深逝世,写墓志铭;现在又给子野写。呜呼,十年内,三个洛阳好友相继去世,像秋叶凋落,一个接一个。如今,朋友难聚,盛会难续,人去楼空。"此情可待成追忆,只是当时已惘然。"这些天来,一种无可奈何的感觉,像一粒种子在欧阳修心里生根发芽。时光匆匆,人生无常的感叹再次刺痛他的心。欧阳修再也抑制不住自己,擎起笔,在《张子野墓志铭》中他含泪写道:

> 初,天圣九年,予为西京留守推官,是时,陈郡谢希深(绛)、南阳张尧夫(汝士)与吾子野(张先),尚皆无恙。于时一府之士,皆魁杰贤豪,日相往来,饮酒歌呼,上下角逐,争相先后,以为笑乐。而尧夫、子野退然其间,不动声气,众皆指为长者。予时尚少,心壮志得,以为洛阳东西之冲,贤豪所聚者多,为适然耳。
>
> 其后去洛,来京师,南走夷陵,并江汉,其行万三四千里,山砠水厓,穷居独游,思从曩人,邈不可得。然虽洛人至今皆以谓无如向时之盛,然后知世之贤豪不常聚,而交游之难得为可惜也。
>
> 初在洛时,已哭尧夫而铭之;其后六年,又哭希深而铭之;

今又哭吾子野而铭。于是又知非徒相得之难,而善人君子欲使幸而久在于世,亦不可得。呜呼,可悲也已!

白驹过隙,眨眼间到了中秋节。这天,欧阳修站在铜镜前,发现头上又冒出几根白发,忙唤妻子帮他拔掉。薛夫人腆着快要分娩的肚皮,蹒跚着走到欧阳修跟前,埋头细看。薛夫人用手一撩,便拨弄出几绺白头发来。"这无须拔啊。"薛夫人说。"为何?"欧阳修问。"夫君白发已不止一根两根。"薛夫人站在那里无从下手。其实,薛夫人帮欧阳修拔白发已经不止一次两次了。只是,前几回,有那么零零星星几根,而这次,倏忽一看,就是几绺。怎么一下子就老了呢?啥事都还没干呢!欧阳修心里咯噔一下,不禁想起晋代潘安和梁代沈约的故事来。潘安在《秋兴赋序》中和自己一样,感伤刚过而立之年就长出白发;沈约赢弱,曾为自己臂膀的日见消瘦而顾影自怜。欧阳修倏地坐在那里,心里涌出一股酸楚。一种韶华易逝,青春易老的情绪弥漫心间,挥之不去。

傍晚时分,风渐渐停歇了。不知不觉,秋蝉嘹亮的嘶吼变成若有若无的哀鸣。早早地吃过晚饭,欧阳修来到天井里赏月。如水的月光,薄薄的清凉,淡淡的哀愁,欧阳修望着树梢上那一小溜儿秋月,体会到一种时光飞逝,盛年早衰的悲戚心境。当夜,欧阳修写下《渔家傲》一词:

八月微凉生枕簟。金盘露洗秋光淡。池上月华开宝鉴。波潋滟。故人千里应凭槛。　　蝉树无情风苒苒。燕归碧海珠帘掩。沈臂冒霜潘鬓减。愁黯黯。年年此夕多悲感。

无缘参加戍边抗战,欧阳修便把精力重新投入到思想文化的研究中。回到馆阁编纂《崇文总目》,对欧阳修来说,驾轻就熟,不费吹灰之力。由于辽和西夏对朝廷边陲的威胁,欧阳修便把关注的焦点集中到"正统"问题上。他一鼓作气,连写《原正统论》《明正统论》《秦论》《魏论》《东晋论》《后魏论》《梁论》七篇有关正统论的文章。看似对过往历史的论述,其实表达的却是关乎现实,崇尚正统,为朝廷巩固政权寻找历史依据。

除了在历史研究中寻找突破外,欧阳修还密切关注西北战事,收集军事信息,分析敌我形势,从军事研究上力求突破,写出三篇策论。由于从未涉猎军事,欧阳修对自己的分析判断缺乏信心。文章写成后,他并没立即进呈朝廷。但假以时日,形势的发展跟他当初的推测十分吻合。于是,欧阳修才信心十足地又写下一篇几千字的长文——《通进司上书》,上奏朝廷。文章中,欧阳修指出元昊用兵"虽胜而不前,不败而自退",目的是要打持久战。而持久战的结果,宋朝将会军兵疲乏,如果再遇水旱灾害,盗贼群起,无论战与和,主动权都将掌握在敌人手中。针对此情况,欧阳修认为,朝廷应该"外料贼谋之心,内察国家之势,知彼知此,因谋制敌",做好打持久战的准备。最后,欧阳修分析到,边境驻扎军队四五十万人,全靠西部地方财政供给,导致当地百姓不堪重负。如果一旦发生天灾人祸,保不定不发生事变。由此,欧阳修在对国家交通、经济、商贸长期研究的基础上,以现实的精神,主张"通漕运,尽地利,权商贾,三术并施"。保障边境军需充足,缓解老百姓疾苦。

二

一天傍晚,冷雨下个不停。欧阳修和苏舜钦来到石延年家,款待他们的是一大罐热乎乎的甜米酒、一盘黄焖鸡和一大盆羊肉烩萝卜。

欧阳修一进屋,便凑到八仙桌旁,斜瞄一眼桌上丰盛的酒菜,嘴里发出吱吱的声音。"来了?"石延年看着他问。"来了。"欧阳修回答。石延年努努嘴,让欧阳修坐在离炭火最近的椅子上。"想吃了?不必拘泥,可以先啃一根鸡腿。"石延年一眼就看出欧阳修肚里缺油水。说实在的,此时,欧阳修真是又冷又饿。

石延年知道,自从欧阳修回到京城,一家老少七八张嘴。妹妹和侄女长期跟他一起生活。新近又添儿子,京城物价高,生活拮据自然而然。为此,他还知道,欧阳修一度请求外任,目的是州县比馆阁薪酬高些。因此一段时间来,凡是去虹桥王氏酒楼吃饭,他都喊上欧阳修。家里有硬菜,他便张罗着唤上欧阳修和苏舜钦来家里喝两盅。

当然,在欧阳修看来,待在京城最大的好处,就是有机会与老朋友相聚。既可互通有无,又能探讨时势政治、诗词学术。尤其这一段,苏舜钦进士及第,朝廷为官,老兄石延年又在朝廷任上,三个人便时时凑在一起,意趣无穷。

石延年说着,站起身,去灶屋取来一只盘子和一双筷子,撺了一根肥鸡腿给欧阳修。欧阳修扭捏着,不好意思接,说等子美来一起吃。石延年哈哈一笑说:"汝不是不知,只要有书、有酒,子美便得欢悦,不像你,一只馋猫。"欧阳修听后,想起苏舜钦用书佐酒的故事,不禁也呵呵笑起来。石延年当然明白苏舜钦家境比欧阳修好。笑着,他便端起那根鸡腿硬要欧阳修吃下去。

啃完鸡腿,石夫人进屋收走盘子和筷子,递给欧阳修一条布巾擦手。接着,石夫人端出家里最好的茶,用上好的青花瓷杯砌上,放在欧阳修面前。然后,石夫人走到桌前,伸手去摸摸桌上的米酒罐,发觉已经冷了,便把它撤下来,重新抱回灶房去温热。

过了好一会儿,苏舜钦人还没到,声音先在天井响起来:"下雪了！"

"看把他美得。"石延年站起身去招呼苏舜钦进屋。

"抖抖雪。"石延年说着，伸出手给苏舜钦掸落身上的雪粉。

"哦哟，屋里好暖和！"苏舜钦跨进屋，瞅着欧阳修脚下烧得红通通的炭火说。

"汝嫂嫂今日特意烧的炭火。"刚说着，石夫人抱着一罐子重新温热的米酒进来了。苏舜钦一看有酒喝，大声武气地嚷开了："下雪天，喝酒天。"

"下雪天，喝酒天，来曼卿老兄家哪次没酒喝？"欧阳修咧咧嘴，笑嘻嘻说。

"是是是。"苏舜钦呵呵笑道。

"来来来，上桌子。"石延年招呼道。三个人欢呼雀跃地上了桌。

在石延年家，他们是不会拘谨的。

桌上一直是他们三个人的天地。石夫人和孩子们在厨房里扒拉几口就作数。他们吃着喝着大声武气地畅谈着，纵论天下，切磋诗文，意气风发。这一宿，他们扯得最多的当然是边疆战事。石延年擎起酒杯，仰起脖子，一口咕咚咕咚灌下去，说："吾观永叔宜把《通进司上书》上呈朝廷。"欧阳修看着石延年颔首称是。说实在的，这篇策论正是和石延年、苏舜钦碰撞出的火花，里面有些内容颇受石延年的影响。对于战略军事，欧阳修一直缺乏信心。上次写好的三篇策论，也一直掖着，未敢上呈。这会儿，听石延年如此这番评论，让他有了上呈朝廷的底气。

欧阳修深知石延年这方面的才华。早在元昊反叛的前几年，石延年便对朝廷三十多年来的兵力衰弱，军备松懈焦虑不堪，曾忧心忡忡上书言十事。可悲的是，当时的上书并没引起朝廷足够的重视,直到西北边陲战乱不断,朝廷仿佛才有了些感觉。一直以来,欧阳修佩服石延年对局势料事如神的判断,以及对形势深思熟虑的分析。

好景不长。欧阳修做梦也没想到这次聚会竟成为他们的诀别。

康定二年(公元1041年)二月,有疾在身的石延年一病不起,年仅四十八岁便命归黄泉。

欧阳修长歌当哭。石延年的音容笑貌恍若昨日,从天圣年间的二人初次相识,到虹桥王氏酒楼的聚会,到欧阳修初来京城的相聚,再至欧阳修贬谪后回到朝廷的深交,一幅幅画面翻腾在欧阳修的脑海,挥之不去。欧阳修永远都不会忘记那个大雨滂沱的午后黄昏,透过窗棂,他看见石延年在雨中狂奔着朝酒楼跑来的情景。正当他诚惶诚恐责备自己挑了一个糟糕的天气时,石延年哈哈一笑,机趣地安慰他。石延年的耿直豪爽是出了名的。喝酒的时候,欧阳修看见他总是仰起脖子把酒往喉咙里倒,嘴皮连杯口都不会挨一下,不像别人,一小口一小口地抿;石延年喝酒,像要把黄河水扯干似的。聚会一旦缺了石延年,欧阳修觉得像少了很多人似的,不过瘾。石延年爽朗的笑硬是与众不同。欧阳修发现,他一笑起来,嘎嘎的,像鸭子叫。欧阳修和苏舜钦常常在一旁略带戏谑的,说他似鸭子笑。听小兄弟们揶揄他,他非但不恼,反而越发“嘎嘎”起来。当然,他卓尔不群的才华,堪称天下奇才,尤其诗歌用词富丽、意象奇异、书法师承唐代书法家颜真卿、虞世南,自成一体,遒劲灵动,更让欧阳修崇拜得不得了。对于自己的作品,世人视若珍宝,而他自己却不当回事。欧阳修回忆着,在《哭曼卿》诗中,他款款深情地吟诵:

嗟我识君晚,君时犹壮夫。

信哉天下奇,落落不可拘。

轩昂惧惊俗,自隐酒之徒。

一饮不计斗,倾河竭昆墟。

作诗几百篇,锦组联琼琚。

时时出险语,意外研精粗。

穷奇变云烟,搜怪蟠蛟鱼。

诗成多自写,笔法颜与虞。

旋弃不复惜,所存今几余。

往往落人间,藏之比明珠。

又好题屋壁,虹蜺随卷舒。

遗踪处处在,余墨润不枯。

……

可是,就是这样一位奇才高士,胸怀凌云壮志,却长期沦为下僚,不被朝廷重视。如今,正与西夏交战,国家正需这种人才,病魔却夺走了他宝贵的生命。欧阳修继续吟诵道:

才高不少下,阔若与世疏。

骅骝当少时,其志万里途。

一旦老伏枥,犹思玉山刍。

天兵宿西北,狂儿尚稽诛。

而今壮士死,痛惜无贤愚。

归魂涡上田,露草荒春芜。

三

秋进夏退,眨眼间秋天来了。此时的汴京城本来是一年中最宜人的季节,但由于西北边疆战火不断,宋朝军队连吃败仗,伤亡惨重,朝野上下弥漫着一股颓废、孱弱的气息。京城街头,一派百业萧条的景象,和先前的活色生香、灯火撩人的情形大不一样了。小街小巷里,密密麻麻的蒿草从石缝里探出头来,青石板上结满绿茵茵的苔藓。那些卖针头线脑的,洗头理发的,抽签算命的,卖笔墨纸砚的,画像的小商小贩一大早便收了摊,回家睡觉去了。饭铺、茶社、酒肆、勾栏瓦舍,经营油盐酱醋茶和点心果品的商铺也早早地打了烊,在门上挂着一只黯淡的灯笼,防御小偷小摸。城里的几条主要街道都已宵禁,只有街头巷尾会时不时传来一阵杂沓的脚步声,让人还有一种身在城市的感觉。

梅尧臣在欧阳修家门口那条小巷里走着,快步如飞。刚来汴梁,等候转官前的考查,他便收到欧阳修的邀请,一路奔来。几条大街黑灯瞎火,只有门面上亮着的灯笼像一颗颗扑闪着的鬼眼。梅尧臣心里不禁嘀咕,担心欧阳修约的饭铺已关门。还好,小巷深处有两家小店还亮着萤火虫似的光,门口的幌子在秋风中歪歪斜斜地飘着。梅尧臣加快了脚步,走进欧阳修告知的那家饭馆里。

梅尧臣进去,一下子不能适应里面的光线。除了眼前一摊亮晶晶的水洼外,他什么也看不见。直到欧阳修唤他,他才趔趔趄趄着朝欧阳修走去。

欧阳修给梅尧臣斟满酒,打量着梅尧臣,说本想招待他吃虹桥附近陆二家的糟鲥鱼,但全城宵禁,只得在此小店将就。梅尧臣环顾一周小店,的确逼仄,只够安顿三张条桌,来来往往的人只能侧着身子进,侧着身子出。桌上的油灯噗噗地跳着黯淡的火苗。梅尧臣望着黑魆魆的四周,问欧阳修京城宵禁多久了。欧阳修掐指一算,摆摆头说,有小半年了。"襄城咋样?"欧阳修急切地问。梅尧臣先松了一口气,然后又长长地叹了一口气,说:"招兵添赋,百姓不堪其苦矣。"欧阳修把牙齿咬得咯吱咯吱响,铁青着脸说:"普天之下,概莫如此也。"欧阳修端起酒杯,和梅尧臣一碰,一饮而尽。

想起刚逝世的石延年,欧阳修心里一阵难过,便动情地说:"圣俞,如今吾辈相见,实属不易。"刚说这句,欧阳修喉咙就哽了,愣在那里半天没说话。梅尧臣十分清楚,永叔情谊深重,尤其回到京城这段,曼卿待他兄弟一般;对于曼卿的才华,永叔更是钦佩不已。想到这里,梅尧臣的内心格外沉重起来。

过了一会儿,欧阳修瞅着桌上的牛肉拌水芹菜和韭茶煎鸡蛋吃得差不多了,想起梅尧臣喜欢吃鱼,便唤来小二想增加一盘红烧鱼。梅尧臣抿嘴一笑,劝阻说:"永叔不必,灯光幽冥,警防鱼刺。"欧阳修只好要了一碟油炸花生。

"来来来,喝酒。"欧阳修想把气氛搞热闹些,抱起酒坛又给梅尧臣倒了满满一杯。两个人便放开地喝起来。几杯酒下肚,两个人更加伤感。聊起未来的打算,梅尧臣垂下眼睑,不知如何回答是好。欧阳修凝视着他,一阵心痛。他想不通为何洛阳时期被大家美誉为"懿老"的梅尧臣,会如此得背运。按理,他是朋友中的全才,能文能武诗词歌赋外,还撰写过《孙子注》,在曹操、杜牧的基础上有新的见解。为何如此完美之士,却不能在科举考试中崭露头角?欧阳修心想,而多事之秋朝廷又不能给他提供一个平台,让他发挥才能。呜呼!欧阳修喟叹道,可怜自己官小,爱莫能助矣。

很长一段时间,两个人都不再说话。街上传来时断时续的打更声。

两天后,欧阳修把见梅尧臣的所见所感,用诗歌《圣俞会饮》记录下来:

　　……

吾交豪俊天下选,谁得众美如君兼。

诗工镵刻露天骨,将论纵横轻玉钤。

遗编最爱孙武说,往往曹杜遭夷芟。

关西幕府不能辟,陇山败将死可惭。

嗟余身贱不敢荐,四十白发犹青衫。

……

四

深秋季节,滴滴答答,一连下了七八天的雨,天像漏了似的,到处湿漉漉一片。

郑氏染了风寒,突然就咳嗽起来,还伴随着严重的哮喘。欧阳修四处打听郎中,求医问药。治了十几天,郑氏的病情不见好转,反而越发严重了。欧阳修心急如焚,坐卧不安,便写信求助朋友。又治了十几天,郑氏的病情逐步有了起色。欧阳修终于长长地吁了一口气,紧蹙的眉头终于舒展开来。

十二月中旬,历经七年六十六卷的《崇文总目》终于编纂完毕,进呈仁宗皇帝。仁宗大悦,当即下诏对参与人员予以封赏,由此,欧阳修从馆阁校勘晋升为集贤校理。

岁暮的一天,汴京城飘起了鹅毛大雪,树木上挂着一绺一绺的冰凌子,城里城外天寒地冻。长时间没去府邸拜访晏殊了,欧阳修便邀约了诗人陆经一同前往晏殊家。

晏殊看上去喜滋滋的,穿着一件崭新的紫色裘皮长袍。看着欧阳修和陆经进屋,站在门廊呵呵笑着说:"汝俩脚板擦油了。"

欧阳修连忙上前执弟子之礼。

原来这天,晏殊府邸正举行一个规格不小的宴会。

跨过门廊,拐过西边一个矩形花圃和一方天井,欧阳修和陆经随晏殊来到西园。远远地,欧阳修看见阁楼上几个面熟的朝廷要员和七八个知名文士。咿咿呀呀,唱曲的声音从阁楼上飘出来。

　　"吾今正好邀文朋诗友来西园赏雪。汝俩赶巧。"晏殊朝阁楼上的人群努努嘴。

　　欧阳修和陆经尴尬地走进去,溜边在靠窗的空位上坐下来。欧阳修的身子骨顿时暖和了许多。阁楼上放着七八盆呼呼燃烧的炭火。欧阳修环顾四周,除官员、文人外,他还看见三个衣衫单薄,怀抱琵琶的歌伎。歌伎们脸上抹了胭脂,嘴皮上涂了红艳艳的蔻丹,个个穿得小清新样,上身抹胸内衣,水蓝色襦衫,下身杏黄色百褶裙,发髻高绾。一曲唱完,人群中爆发出喝彩声和叽叽喳喳的评论声。方几上堆满了茶水、花生、核桃、桂花糕、花生糕、各色干果子之类杂食,屋角一隅的书案上,伺候着宣纸、笔墨,供人们尽兴抒怀。欧阳修瞥了一眼窗外,大雪纷飞落个不停。欧阳修心里一激灵,有点不对劲儿的感觉。但到底怎么回事,还来不及深想。

　　几首曲子唱完,方几上的杂食换成了杯盘酒盏。五花八门的菜肴,有的欧阳修见也没见过,更不用说吃了。官窑瓷器,泛着青釉的光。佳肴美器让欧阳修大开眼界。人们尽情欢笑,觥筹交错。歌伎在场,更加热闹。酒过三巡,人们诗兴大发,端起酒杯吟哦起来。有的仿佛不过瘾,索性去到书案前执笔把诗抖出来。晏殊被人簇拥着,人们一杯接一杯地给他敬酒。大家吟诵的全是瑞雪兆丰年,瑶池仙境美之类的写景状物诗。欧阳修觉得很无聊,走到书案前,翻看起大家刚才写的诗歌来。欧阳修翻了几页,发现纸上的这些诗比刚才人们嘴上吟哦的还肉麻,清一色的歌功颂德的太平诗。欧阳修心里咯噔一下,抬头乜了一眼正端着酒杯咧嘴笑的晏殊。欧阳修心想,眼目下,西北战事不断,数十万将士抛妻离子,身着铁甲鏖战边陲，捍卫领土和安宁。而身为朝廷的枢密使、最高军事长官的晏殊，怎么可以心安理得地置之度外、志得意满呢？欧阳修不禁心潮起伏，洋洋洒洒，想把告诫老师的话写在《晏太尉西园贺雪歌》里。看欧阳修埋头写着，在场的文士们再也按捺不住了。他们当然知道欧阳修是晏殊的门生。民间早有传说，晏殊的词，梅尧臣的诗，欧阳修的文章，堪称文坛三杰。于是，他们放下筷箸，围观在书案前，欣赏起眼前这位文坛巨擘的即席作品来。但当他们读到最后两句时，脸上的表情僵住了，不再发声，盯着欧阳修把最后的句号画上。

晏殊是从围观者脸上凝固、肃穆的表情看出端倪的。

过了一会儿，晏殊走过来，瞟了一眼，把目光停留在结尾两句的喟叹上：

> 主人与国共休戚，不惟喜悦将丰登。
> 须怜铁甲冷彻骨，四十余万屯边兵。

晏殊的脸沉了下来。等欧阳修走后，他实在忍不住，对身边的朋友说，唐代的韩愈也是能诗善文才华横溢之士，每次参加宰相裴度的宴会，也会写些应景之词，没有像欧阳修这么胡闹的。

五

欧阳修霍地站起身，读着曾巩的信，心一下呼啦啦热起来。尤其曾巩那句"不顾流俗之态，卓然以体道扶教为己务"，令欧阳修千肠百转。读过许许多多年轻学子的拜师信，唯独这个叫曾巩的小伙子，让他有一种心潮澎湃的感觉。其实上次，读曾巩的初次来信，他就有眼前一亮的感觉。这次，他更加按捺不住了，他突然好想见他,就在此时此刻。他咧咧嘴,掠过一丝自嘲,笑自己的好为人师,笑自己的多情。

"先生,先生,欧阳先生!"背后传来一声低沉、略带怯弱的声音。

欧阳修转过身来,看见一个二十多岁的年轻人站在门口。

此人正是曾巩,正是欧阳修此刻相见的人。欧阳修心里咯噔一下,有种心想事成的感觉。

"先生,后辈曾巩,前来登门拜师。"说毕,小伙子腾的一声,双膝跪地,磕头拜礼。

"快快起来,免礼免礼!"欧阳修自己都有点奇怪,面对眼前这个后生,自己的态度似乎有些不同。

小伙子穿着一件青色凉衫,头上戴一顶花团锦簇的花冠,书生气十足。一双清澈明亮的大眼睛,炯炯有神,瘦高个儿,手指像女孩般白嫩如葱,举手投足间透出一股斯斯文文的气质。

欧阳修起身说,汝等等,待老生泡壶好茶来慢叙。

欧阳修从柜架上取下一个墨绿色的茶壶和两个茶盏,又从抽屉里拿出剩下的一小包蒙山紫笋茶,用沸水将壶和盏仔细淋了一遍,然后才把茶叶倒进壶里,冲沸水泡好。曾巩在一旁注视着,不说话,心想如果不好好从师学习,这泡好茶也是对不住的。

"真是稀罕物!"曾巩吸了吸鼻子,闻到一股淡淡的茶香。

"这盏茶,本想留着圣俞、子美来吃,今天汝来碰上,也一样矣。"欧阳修拖长音调,目光柔和地停留在曾巩脸上,足足好几分钟。

曾巩更加明白了,眼睛里有波光闪动。

曾巩拿出自己近来写的文章给欧阳修看。欧阳修逐字逐句地读了一遍,然后就发现的问题,给曾巩一条一条讲解。欧阳修徐徐道来,讲至激动处,站起身,手舞足蹈,直到曾巩颔首称是。最后,欧阳修还就当前文坛的一些怪象和求学者容易出现的倾向性问题,滔滔不绝地说了一通。其中,他强调了杜默的例子。

杜默何许人也?

杜默,字师雄,曾师学于石介。杜默曾经带上几百篇诗稿和石介送他的《三豪诗》来到汴京,找到欧阳修。一上来,杜默就把石介在《三豪诗》序中对他的评价亮给欧阳修看。石介在序中写道:"近世作者,石曼卿之诗,欧阳永叔之文辞,杜师雄之歌篇,豪于一代矣。"杜默看上去扬扬得意。欧阳修仔细翻阅了杜默的近作,不出几首诗,他便看出杜默诗歌中存在的问题来。后来,欧阳修用诗歌的形式坦率地道出了这些问题。

此时,欧阳修对曾巩谆谆教导说,写文章跟吟哦诗歌一样,要立足现实,要关注百姓普通生活,感情要自然朴实,不虚情假意,不追逐怪诞,才有补于世。

从此,曾巩常常出入欧阳修门下,赍文求教。欧阳修对曾巩加以疏导,循循善诱。曾巩的文章越写越好。欧阳修十分欣慰,常常对人说:"过吾门者百千人,独于得曾生为喜。"多年后,欧阳修还不忘此事,在《送吴生南归》诗中,他写道:

> 我始见曾子,文章初亦然。
>
> 昆仑倾黄河,渺漫盈百川。
>
> 决疏以导之,渐敛收横澜。
>
> 东溟知所归,识路到不难。

天有不测风云。欧阳修怎么也不会料到,优秀的曾巩会意外落榜。欧阳修痛惜不已。和曾巩一同落榜的还有欧阳修平素赏识的一些年轻士子。送别这些士子,欧阳修感慨万千,回忆起自己这一生三举而得名的坎坷人生,想到屡试不中而才华横溢的梅尧臣,现在又是他的高足曾巩和这些他赏识的士子。

"呜呼!科举有司所操果良法邪?何欺久而不思革也。"欧阳修仰望天空,从腔子里冲出一声呐喊。

后来,在《送曾巩秀才序》中,欧阳修对科举考试的合理性再次提出质疑和批判。他说,礼部考试,一把尺子一个标准衡量天下。这种制度本就有问题。即使出类拔萃的英才,也可能因为文章的一点点小毛病,而不能入选。如此这般,错失英才成为必然。在《送杨辟秀才》诗中,他又表达了同样的意思。欧阳修大声疾呼考试制度的改革,期盼更加合理更加人性的考试机制,使天下英才为国所用。

六

时间到了庆历二年三月。西部边陲战乱还没得到平息,北方又传战报。契丹政权辽国见宋朝忙于与西夏交战,便落井下石,扬言南下,在幽蓟一带屯兵,以此要挟宋朝割让瓦桥关(今河北雄县南)以南十个县的地盘。屋漏偏逢连夜雨。此时,京东、京西正酝酿大规模的农民起义。宋王朝腹背受敌,毫无招架之功,便派出知制诰富弼,前往辽国议和。富弼于四月、九月两次深入契丹,经过一番艰苦卓绝的谈判,拒绝了契丹领土割让和联姻的要求。作为代价,在"澶渊之盟"的基础上,宋朝每年要向辽交纳白银十万两,绢十万匹。

面临内外交困,危机四伏的局势,仁宗皇帝迫于压力,广开言路,寻找救亡图存的途径。五月中旬,仁宗下诏命三馆臣僚上书言事。欧阳修立即响应,连夜写成《准诏言事上书》。此后的几个月中,欧阳修又接着撰写了《本论》《为君难》等系列奏章。

在《准诏言事上书》中,欧阳修提出"三弊五事",分析了官僚政治的弊端,系统提出改革主张,其精神实质与范仲淹随后提出并成为"庆历新政"主要内容的《条政十事》完全一致。文章犀利直接,长达三千八百余字。

《本论》分上中下三篇。欧阳修从政治、思想两个方面提出治本之策。上篇政治方面,欧阳修指出朝政存在"财不足用于上而下已弊""兵不足威于外而敢骄于内""制度不可为万世法而日益丛杂,一切苟且""莫有奋然忘身许国者""愚者无所责,贤者被讥疾"。对此,欧阳修认为,均财、节兵、立法、任人,是改制的关键。尤其在任人问题上,欧阳修大声疾呼,建立"尊名以厉贤"的社会风气。中篇和下篇中,欧阳修从思想一统的角度,反对佛教,弘扬儒学。

在《为君难》中,欧阳修大力提倡言事之风。上篇,从为君难、难于用人的角度出发,论述用人与纳谏二者之间的关系;下篇论述帝王听言之难,难在辨别可用与不可用。最后,欧阳修引出结论:为君者不仅要敏于听言,还要善于听言。

欧阳修这一时期的论述,与他明道、景祐以来的其他论述可以说是一脉相承,是过去的深化。同时,也是朝野改革思想的组成部分。一经写出,口口相传,为即将来临的"庆历新政"进行了舆论准备。欧阳修,成为革新派的主要代言人。

七

八月,欧阳修以家贫为由,请求朝廷外调。十月,欧阳修调至滑州任通判。

这是欧阳修第二次来到滑州任职,时间不过两年,地位身份已有不同。宝元二年,他仅仅是州府一名普通小吏,如今已成为州府的一名副长官。

秋季,蝗灾严重。到任后,欧阳修即刻下到各属县视察灾情。

一天,欧阳修来到一处县衙,询问官吏们对蝗灾治理的看法。欧阳修发现大家对捕蝗争论不一,有的赞成,有的反对。欧阳修去到地里,看见禾苗上一片一片的蝗虫,横行肆虐,心都提起来了。欧阳修对县吏们说,切忌不能听天由命,不能养"蝗"为患。

视察最后一站,到达韦城县,欧阳修感到一阵轻松。当天晚上,月明星稀,天空湛蓝,像一块透明的蓝玻璃。秋风柔柔地吹拂着,若有若无。脱去峨冠博带,欧阳修穿了一件宽松的浅灰色袍子,来到知县为他设置的宴席上。不一会儿,一个怀抱琵琶的歌伎来到席间,轻歌曼舞,佐酒助兴。开始,欧阳修并没在意,直到歌伎开口吟唱他的词《蝶恋花·庭院深深深几许》。歌伎穿一身水青色的直领对襟襦裙,里面杏黄色的抹胸,头上戴一顶银色的花冠,看上去别有一番韵味。欧阳修瞅她的时候,她一直垂着头,半张面孔被怀里的琵琶遮掩着,让欧阳修望穿秋水似的看了好一阵,也看不真切。原来世间还真有如此女子!正当欧阳修心里感叹时,歌伎又唱起他的《南歌子·凤髻金泥带》。此时的歌伎,一改刚才款款深情模样,一副娇滴滴小女儿态。最后,当她舞罢歌歇,拖着一袭长长的翠袖,举着酒杯,回眸一笑,更让欧阳修怦然心动。随即,欧阳修立马起身赋词一首《浣溪沙》:

灯烬垂花月似霜,薄帷映月两交光。酒醺红粉自生香。 双手舞余拖翠袖,一声歌已醉金觞。休回娇眼断人肠。

欧阳修的关注和忘情,冰雪聪明的歌伎早已看在心里。对于旷世奇才欧阳修,歌伎早已仰慕很久。不料今日相见,才情果然了得。于是,宴会一结束,歌伎便避开人群,悄悄来到欧阳修下榻的客店。

若干年后,欧阳修一直不能忘怀那个演唱他诗词的歌伎。

若干年后,同僚中还有人拿这件事跟他开玩笑。几年后的一天,欧阳修奉命出使契丹回到朝廷,他对一个同僚说:"民间有句'雨逢甲子则连阴'的说法,果真灵验。此次,吾出使契丹到长垣,一路上雨水不断。"同僚咧咧嘴,不以为然地回答:"长垣逢甲子,可对韦县赠庚申呢。"说毕,同僚哈哈大笑。欧阳修当然知道同僚的隐意,甲子、庚申同是天干地支符号,庚和申都属金,同僚用在这里,显然暗指欧阳修韦县送歌伎金钗之事。欧阳修听后,不好发作,只能冲同僚莞尔一笑了事。

但是,事情传到薛夫人耳朵里就没有那么轻松了。

从韦县回到滑州后的一天晚上,薛夫人突然大发雷霆,气冲冲地掀开被子,又推倒了屏风,一个人跑到碧纱窗下睡起来。欧阳修怎么赔礼道歉,她都不予理睬。直到第二天天亮,她都还怒气冲天。欧阳修只好解释说自己喝醉了,请求夫人原谅。

后来,幽默十足的欧阳修把生活中这场不小不大的风波写进《玉楼春》词里:

> 夜来枕上争闲事,推倒屏山褰绣被。尽人求守不应人,走向碧纱窗下睡。　　直到起来由自殢,向道夜来真个醉。大家恶发大家休,毕竟到头谁不是。

八

从县城视察回来,欧阳修请来工匠改造官署东面的一处旧房。

按他的设计,工匠们活脱脱把一间大敞房隔成七八间生活、休息用房。直筒筒长方形状,一直通到里面几间,进门就像进船舱;栏杆嵌入两侧,可倚可坐,犹如船舷一般;两檐外侧,遍植花草树木,从室内望出去,有点荡舟的感觉。欧阳修将它取名为"画舫斋",并撰写《画舫斋记》。过后,幕僚们前来观赏,多有不惑,觉得舟船不过渡江渡河的工具,不是安居的场所,用来生活、休息,总有点别别扭扭的感觉。鉴于上下级关系,幕僚们也不好说什么。

一天,欧阳修邀请书法家蔡襄前来抄写匾额。当欧阳修说出"画舫斋"三个字时,蔡襄愣了半天,不敢下笔,脸上一副疑惑不解的神情。欧阳修清了清嗓子说:"舟楫本是济险越阻之工具。人生岂有一帆风顺?江河渡舟难道非人生常态呼?再者,予观古之贤人,一旦远离名利超越得失,亲近自然,泛舟江湖水上一日千里,岂不乐哉!"于是,蔡襄会意地点点头,心想永叔是把人生理想寄托其间了。

欧阳修一觉醒来,睁开眼就听见窗外啁啾的鸟鸣,先是"唧——唧——"的零星两声,接着是"唧唧——唧唧唧——"的急促的叫声。欧阳修侧过脸,望着窗外,竖起耳朵,闻到这个早晨有点不一样的味道。

这是庆历三年(公元 1043 年)初春的一天早晨。欧阳修像预感到什么似的,踱步来到郊外,放眼眺望,山峰高处的雪线降低不少,最冷的日子过去就是春天了。欧阳修心想,即使背阴处的村庄、田野还有积雪,他也能从蛛丝马迹的变化中感悟到春天的来临。

积雪很快融化,湛蓝的天上,已有大雁飞过;河边的柳枝上,冒出星星点点的粉白色的嫩芽,而柳叶,青翠欲滴,新得像刚裁剪出来似的;即使那些被火烧过,砍过的老树枯枝,也在春风的吹拂下,抽出崭新的嫩芽;太阳不再是稀稀薄薄飘浮的样子,而是有了沉甸甸的分量。

大自然如此,国家的局势怎么样呢?

从朝廷的邸报上欧阳修得知西夏久战疲乏,终于决定派出使者和宋议和。长达四年的宋夏之战即将告一段落。

此时执政多年的宰相吕夷简年老体衰,即将辞去相位。吕夷简一生足智多谋,经验丰富,但由于当政时间太长,独断专横,尤其对革新派更是排斥,打压。仁宗年幼登基,吕夷简既像父亲又像老师般辅佐,使仁宗对他从心灵上产生依恋。他的离场,对仁宗来讲,既是一种独立,又是一种对约束的解除。

果然,仁宗采取一系列举措。首先放开言路,增补谏官;其次吐故纳新,调整人事。在宰相兼枢密使晏殊的推荐下,欧阳修成为一名谏官。与此同时,还有王素、余靖、蔡襄等一批忧国忧民的正义之士,很快增补成谏官。他们为君分忧,为民请命,像鹃鸟般目光犀利,嘴巴尖锐,上任不久就被人们戏称为"一棚鹃"。

同时,更为重大的一场人事调整如暴风骤雨般上演了。

三月,朝廷宣布吕夷简罢相,同时宣布夏竦任枢密使。

夏竦何许人也?

夏竦,字子乔,江州德安人。一生聪明好学,才术过人。但此人生性狡诈贪婪,老谋深算,善于玩弄权术,属声名狼藉的守旧派人物。

但就是这么一个奸诈小人,吕夷简任相多年,自己都不肯重用的人,他却在退位时,莫名其妙地在仁宗面前推荐了他。

三月的一天清晨,春光明媚,风和日丽。当欧阳修赶到朝廷时,天边忽然飘来几朵乌云,压得人直不起腰。欧阳修抬起头,朝天空瞥了一眼,义无反顾地朝文德殿走去。

一进朝堂,欧阳修就感到一星半点的异样,他瞅了瞅旁边站的蔡襄和余靖,两人的神情多少有点沉重。他愣了一下,心想皇帝今天恐怕要把夏竦的事扯出来商议。

果然,一开朝,皇帝就把夏竦任枢密使的事说了出来。仁宗不快不慢地说:"自从朝廷宣布夏竦任职以来,收到谏官、大臣十几封奏书,朕思忖良久,觉得枢密使一职还是夏竦较为适宜。众爱卿意下如何?"

仁宗的声音戛然而止,朝堂上一片喧嚣。欧阳修眨眨眼睛,脸上起来一层灰白。他简直弄不明白仁宗为何如此固执。他回头瞟了眼蔡襄,发现蔡襄也在拿眼睛看他,他觉得他们应该出场了。

于是,欧阳修上前几步,跪下,行过稽首礼。仁宗看是欧阳修,便吆喝道:"爱卿平身,起身议事。"

欧阳修看着仁宗的脸庞,说:"微臣启禀皇上,竦在陕西任内,畏懦不肯效力,且奸诈追逐功名利禄,不遗余力。微臣以为,如此重任夏竦不宜。"说完,欧阳修略思片刻,接着说:"皇上如用奸怀不忠之臣,何以求治?"

欧阳修一剑封喉。下面响起一片叽叽喳喳的声音。

仁宗用眼角余光斜睨一眼欧阳修,蹙了蹙眉。

看仁宗半天不表态,蔡襄便上前跪下行礼。仁宗急忙吆喝道:"免礼。有事奏来。"蔡襄便清了清嗓子说:"启禀皇上,微臣多次听皇上宣称广开言路,更改政事。现朝中大臣对夏竦任枢密使一职颇有异议,恳请皇上三思!"

蔡襄说完刚退下。仁宗便扫视一眼站在下面的大臣,长长地叹了一口气,说:"朕今日不想再议此事。退朝吧。"

看仁宗要走,御史中丞王拱辰像忘了朝堂规矩似的,箭步上前,拽着皇上的胳膊说:"启禀皇上,微臣有事相奏,夏竦万万不宜任枢密使。"仁宗顿时鼓圆眼睛,瞪着王拱辰。王拱辰突然意识到自己的失态,立即摆开手,嘴巴里还叽里咕噜地说着什么。仁宗大声训斥道:"无礼!何急?朕不过提出来议定。朕乏了,下次再议。"

其实,仁宗心里早就有数了。否则,对王拱辰的失礼他不会那么迁就。朝廷大臣,像晏殊之流,心里早就明白了几分。

果然,仁宗收回成命,改任凛然有大臣风度的枢密副使杜衍为枢密使。夏竦气得牙痒痒,只好怏怏离京,改任亳州知州。

四月,又一个喜讯传出,众望所归的韩琦、范仲淹被任命为枢密副使。

顿时,朝廷上下,注入一股清风,一缕生气,一场政治变革处在悄然萌动中。

朝廷的人事变动,体现出仁宗革新朝廷、奋发求治的意愿,士大夫们无不为之动容和鼓舞。其中,正在国子监担任直讲的石介更是抑制不住内心的激动,写下长达一百九十句的四言古诗《庆历圣德颂》,讴歌当今皇帝圣明,弃奸任贤,千年难逢;褒扬士大夫,如范仲淹、富弼、杜衍、韩琦、欧阳修、王素、余靖、蔡襄等忠诚正义之士;痛斥奸臣夏竦。石介的诗歌,一写出,便流传朝野,让革新派和奸臣同时暴露在世人面前;另一面也将革新派与奸臣推向风口浪尖,给守旧派提供了"朋党"的口实。

在舆论的鼓励下,欧阳修等四名谏官群情激奋,对于石介这位疾恶如仇的士大夫,他们尊重有加,联名向朝廷推荐石介担任谏官。

出乎意料,此次推荐却遭到范仲淹的竭力反对。

一天,范仲淹直截了当地对人说:"石介刚直不阿,闻名天下,但个性张扬,怪异,凡事喜欢标新立异,不适宜当谏官。"

对于新锐们交口称赞的《庆历圣德颂》，范仲淹更有自己独特的见解。从陕西返回汴京的路上，范仲淹对韩琦说："事情将要败坏在这个怪人手上！"韩琦略加思索，颔首说："国家政务岂能如此轻率鲁莽？如此这般必定坏事。"

当上谏官的欧阳修，豪情满怀，建言不断。

欧阳修看来，推行改革要靠执政的中书省机构。而新锐人物全集中在枢密院，不利于改革的推进。欧阳修忧心忡忡，于庆历三年七月写下《论王举正范仲淹》等札子，为范仲淹进入关键岗位制造舆论。奏折中，欧阳修直截地说："枢密院有韩琦足够了，而范仲淹素有大略，堪当宰辅。建议皇帝让韩琦负责枢密院，调范仲淹到中书门下，参与大政。"皇帝阅后，八月，改任范仲淹为参知政事，增补富弼为枢密副使。

随后，欧阳修发现，二府处理日常事务，按部就班，没有突出变化，皇帝似乎也不召他们问政。思索再三，欧阳修又急忙上奏《论韩琦、范仲淹乞赐召对事》札子，促成皇帝召见韩琦、范仲淹商谈国家事务。

很快，仁宗再次采纳了欧阳修的意见。

九

九月三日，秋风送爽之际，天空蓝得鲜明透亮，没有一点杂质。太阳光落在植物上，明晃晃的绿。这一天，仁宗在天章阁召见二府大臣，商议政事。

天章阁建于真宗时期，殿内供奉太祖、太宗画像，收藏有真宗的文集、手书，平素不予开放，只有特别事务，才在此议政。

穿着那件朱红色银鱼五品官服，欧阳修来到天章阁前等候。

本来,此次议政属于政廷最高规格,只有二府大臣才有资格。但近段时间,皇帝十分倚重谏官,凡有大事,必定喊上谏官听政谏言。朝廷任职以来,这是第一次来到天章阁,欧阳修既感到兴奋又觉出压力。

不一会儿,仁宗在侍从的簇拥下进入大殿,大臣和谏官们早已列队站在那里等候。仁宗走上台阶,在龙椅上坐下,挥挥手说:"朕今日有政相问,不似平日上朝,爱卿们随意坐下即是。"

大臣们茫然四顾,瞧着殿堂两边的官帽椅,一时半会儿竟不知道坐好还是站好。仁宗笑笑,抿抿嘴说:"众爱卿随意吧,今日是朕向爱卿们求政。"顿时,大臣们更加迷糊,只听大多数人嘴里不由自主地发出呵呵声。

只有范仲淹心里清楚。因为在此之前,皇帝已经两次亲笔诏书问政于他。于是,他预感到皇帝近日可能召见问政。只是没料到皇帝如此急迫,如此郑重。

等宰执大臣们一坐好,仁宗便不急不缓地宣道:"近来,谏院和两府大臣已配备完毕,个个精明强壮。如今,朕只等爱卿们来禀报政事。今日,朕在天章阁召见爱卿,意图只有一个:就是向众爱卿求政强国方略。"说着,仁宗朝两边大臣看看,继续说道:"爱卿们不必拘谨,跟朕随意聊聊即可。"说完,仁宗朝殿堂后面站着的侍从指指:"纸笔伺候。"当然,仁宗接着说:"爱卿们也可把想禀告的方略抄录下来。"

朝堂鸦雀无声,一片静寂。

大臣们你看我,我看你,不知所措。

仁宗扫视一圈,最后将目光落在范仲淹身上。

"请范爱卿奏来。"仁宗开始点将。

随着仁宗的声音落下,大臣们齐刷刷地将目光投向范仲淹。

范仲淹站起身,两眼炯炯有神地注视着皇上。

"启禀皇上,治国方略,不可小觑。微臣恭请皇上容许仲淹仔细思量,用纸笔撰下,上奏皇上。"

仁宗捋了捋身上的黄袍前襟,嘟着嘴,颔首同意。

"其余爱卿意下如何?"

仁宗将目光移向晏殊、章得象、贾昌朝几个中书大臣。

"晏爱卿如何?"仁宗看着晏殊问。

晏殊立即站起身,嗫嚅着说:"启禀皇上,微臣没有意见。"

嘿嘿。仁宗笑得像哼。接着,仁宗面带愠色地说:"朕的意思并非问汝有无意见,而是向晏爱卿问政强国方略。"

晏殊莞尔一笑,躬身回答:"启禀皇上,微臣曾听欧阳永叔议过人才的培养和选拔。是否让他奏来?"

其实,此时此刻晏殊心里,一点没有上奏的意思。在他看来,革新与守旧,他哪一派都不想搅和。欧阳修在他眼里,就是一个大嘴巴,既然爱出头,就让他出头好了。

仁宗扭头朝着欧阳修,笑笑。

仁宗当然了解这个小个头,面皮青黄,笑起来龇着两颗兔牙的谏官。他是出了名的刚直果敢,而且始终如一。

果然,欧阳修呼啦一下站起身,大声说道:"启禀皇上,关于人才选拔与培养,微臣平素有思考,但稍显冗杂,临时道来,臣恐挂一漏万。微臣请求整理过后书面奏来如何?"

仁宗脸上顿时挂出一抹笑容,说:"诺。"显然他对欧阳修信心满满。

最后,仁宗站起身,不急不缓地宣道:"朕观爱卿们惧疏忽出错,那就思忖后撰写吧。方略大计,关乎国家昌盛,江山社稷。朕翘首期待众爱卿速速奏来。"

不几天,范仲淹便将多年的国事观察与思考,归纳梳理,撰写出《答手诏条陈十事》,上奏仁宗。提出明黜陟、抑侥幸、精贡举、择官长、均公田、厚农桑、修武备、减瑶役、推恩信、重命令十个方面的改革意见。

接着,富弼呈上《安边十三策》。

韩琦先奏七事,然后又陈弊八事,作为对范仲淹十大新政主张的补充。

针对"精贡举"方略的实施,欧阳修和翰林学士宋祁、御史中丞王拱辰、知制诰张方平等人讨论后,写出《详定贡举条状》。对人才的培养和选拔,提出一整套改革措施。数天后,朝廷颁布欧阳修撰写的《颁贡举条制敕》,标志着新的科举考试条例正式出台。

一系列革新主张,一系列大臣的建议,仁宗照单全收。

庆历三年十月,对大臣们的奏议,仁宗以诏令的形式颁布全国,拉开了历史上"庆历新政"的帷幕。

十

既然新政的核心是整顿吏治,革除官场弊端,那么从朝廷人事入手便是自然而然的事。几乎不假思索,范仲淹迅速投身于革除官场用人的不良之风中。欧阳修更是推波助澜,连上《论按察官吏》札子和《论按察官吏第二状》两个奏折,要求朝廷特别设立按察之法,裁剪淘汰年老、多病、不才、贪赃枉法之官吏,解决冗官的弊端。之后,欧阳修又上《再论按察官吏状》,建议朝廷精选大臣,遍察天下官吏,而后决定取舍。很快,欧阳修的建议又一次得到仁宗的采纳。

庆历四年初,仁宗会同中书省、枢密院研究后,选派了一批都转运按察使前往各地考察。范仲淹亲自参与了这项针对地方官吏的考察。

一天，范仲淹唤来侍从，取出各路转运使名册，亲自过目。他一个地方一个地方地翻阅，一本不落下，阅得仔仔细细。凡是有贪赃枉法嫌疑者，或庸碌无才之辈，他都将其姓名一一勾出，毫不留情。这一做派，让来找他研究事务的富弼看得心惊肉跳，便问他道："范公你这轻轻一笔，人家可要一家人都痛哭呢。"谁知范仲淹听后，定定地回答："宁愿一家哭，不让一路哭。"

就这样，经过一番考察，不少贪赃庸碌之辈纷纷被剔除，地方州县官场一下子干净了许多。

庆历三年九月，欧阳修、王素、余靖、蔡襄四名谏官因敢于直言论事，受到仁宗褒奖，仁宗赐王素紫衣金鱼三品服，赐欧阳修等谏官绯衣银鱼五品服。

十月，欧阳修受命负责撰写"起居注"，记录皇帝言行。

十一月，欧阳修被朝廷任命知制诰，负责起草诏令，参与国家层面决策。本来，按惯例，此项任命需先进行考试才行，但仁宗亲自下旨，网开一面，直接任用。自宋朝建立百余年间，不试而直接任命者不过三人——陈尧佐、杨亿和欧阳修。为此，欧阳修将巨大的荣耀感和对仁宗的知遇之恩，化作更大的政治热情，义无反顾地投身到改革的浪潮中。

十二月的一天，仁宗阅完欧阳修的一篇奏折，深有感触地问身边的侍臣："如欧阳修者，何处得来？"

正是这段激情燃烧的岁月，欧阳修忙于政务，无暇顾及时光的流逝、时令的更替。当然，也就一扫过去那种对年华逝去的焦虑和伤感。

又一个明媚的春天，悄然而至。

一天黄昏,夕阳的余晖薄纱般倾泻而下,在天井里泛出一层橘黄。从朝廷回家的路上,欧阳修买回一大抱牡丹花。

　　天井里,欧阳修挑出最小的一朵粉色花给儿子欧阳发戴在头上。夫人从外面回来,走得热乎乎的,红扑扑的脸庞上一对酒窝显得雪白。看父子俩簪花玩,便顺手掐了一朵黄色的牡丹胡乱戴上。欧阳修偏头打量夫人,凝视着夫人越晒越红,而不似别人越晒越黑的面孔,心里涌出一股内疚。心想自己有段时间没给夫人买花簪花了。于是,他走过去,把那朵黄色的花朵从夫人头上取下来,系在夫人天青色襦子的飘带上,然后又挑出一朵朱红色的桃形花苞,簪在夫人鬓前。之后,欧阳修问儿子,汝娘美不美?儿子一看娘鬓前、襟上都戴上了花,一边拍手一边咯咯地笑着嚷:"娘好看娘好看!"听孙子吆喝,郑氏背着手从厨房走出来。"爹爹!给奶奶戴一朵!"欧阳发朝欧阳修唤道。"哎哟喂,"郑氏说,"奶奶老也,戴上岂不成老妖精了?"欧阳修咧嘴一笑,瞅着娘头上一半白发一半黑发,说:"娘还是在洛阳时戴过。今日高兴,戴朵何妨?"郑氏便盈盈一笑,爽快地回答说:"只要吾孙儿高兴,奶奶今儿豁出去了。"欧阳修便挑出一朵深紫色的给娘簪上。"奶奶好看,奶奶好看!"欧阳发拍着手板大声嚷。

　　正当一家人乐得不可开交时,小衙役送来一封信。欧阳修打开一看,是苏舜钦途中寄来的。欧阳修知道,前不久,苏舜钦在范仲淹的推荐下,参加完学士院考试任集贤院校理后,立即赶往山阳迎接家眷回京。此信正是苏舜钦途中所寄。信中,苏舜钦以诗歌《舟中感怀寄馆中诸君》,抒发自己远大的志向。欧阳修读着苏舜钦的诗,脑海里竟浮现起苏舜钦的相貌来。苏舜钦高高大大,气宇轩昂。苏舜钦的诗歌笔力豪迈、雄浑,洋洋洒洒。欧阳修读起来荡气回肠。欧阳修提笔写就《答苏子美离京见寄》,从苏舜钦的体形

外貌到胸襟才情,再到治国安邦的政治才能,都高度赞扬,尤其是他的文辞诗风,欧阳修更是评论中肯,推崇备至:

> 众奇子美貌,堂堂千人英。
>
> 我独疑其胸,浩浩包沧溟。
>
> 沧溟产龙蜃,百怪不可名。
>
> 是以子美辞,吐出人辄惊。
>
> 其于诗最豪,奔放何纵横。
>
> 众弦排律吕,金石次第鸣。
>
> 间以险绝句,非时震雷霆。
>
> ……
>
> 少虽尝力学,老乃若天成。
>
> ……
>
> 使之束带立,可以重朝廷。
>
> 况令参国议,高论吐峥嵘。
>
> ……

欧阳修自己都没想到,若干年后,正是这首诗,成为后世研究苏舜钦诗歌的点睛之作,也正是这首诗,成为历史上对苏舜钦诗歌最中肯的评价。

由苏舜钦,欧阳修继而又思念起好友梅尧臣、尹洙来。此时,尹洙正任渭州(今甘肃平凉)知州,梅尧臣还在湖州监税任上。大家天各一方,忙于政务,很长时间都没有诗书往来了。很久不读梅尧臣的诗,欧阳修有点空落落的感觉。欧阳修一直认为梅尧臣的诗歌隽永,平淡中透着古意,朴实中蕴藏着一股淡淡的忧思,读起来有嚼劲儿。

政治革新如火如荼。文化上开创新的文风,还要靠文坛诗友们励精图治,砥砺前行。忽然,欧阳修感到肩上的担子沉甸甸的。

十一

庆历四年四月,欧阳修前往麟州(今陕西神木北)实地考察。

麟州地处西北边境。宋夏之战后,麟州及其附近的百姓被元昊掠夺殆尽,四处荒芜一片,州城供给困难。朝廷不少大臣提议废除麟州,但少数大臣又坚持保留,而有的大臣又提议将州治迁至府州(今陕西府谷)或岚州(今山西岚县)。到底废弃、保存,还是迁徙,何去何从,仁宗也拿不定主意。于是,便派欧阳修前去考察。

到达麟州后,欧阳修仔仔细细地察看了一番地形地貌,分析了一番地理位置,听取了各方意见,最后经过思考,撰写出《论麟州事宜》劄子。文章中,欧阳修首先陈述了麟州地理位置的重要。在他看来,麟州及其下属的五个兵寨构成了西部边境的一道屏障,拒侵犯者于千里之外;麟州一旦废除,五寨难存,州府将成为一座孤城,黄河沿岸的州县将沦为边戍;其次,从地形看,麟州高大险峻,属天险之地,易守难攻,如果迁移,麟州离黄河与府州不过百余里,迁移空间不过几十里。经过一番分析,欧阳修得出结论:麟州不可迁移,更不可废弃。至于如何解决供给和给老百姓造成的负担,欧阳修给出一系列建议。

此次出行,除了考察麟州的存废迁徙外,欧阳修还肩负着河东路官吏的考察和西部驻边部队粮草供给的协助事务。一路行来,欧阳修马不停蹄,吃尽苦头。

一天,正当他考察过麟州,赶往晋州(今山西临汾)的途中,得知朝廷传出"朋党"飞语。当欧阳修听见"朋党"这个词时,他的心一下子提到嗓子眼儿,他敏感地意识到此事不可麻痹大意,更不可小觑。

早在景祐三年，范仲淹因言事被贬，尹洙、余靖和他正是因诬以"朋党"遭贬。正是这个"朋党"，使他们染上瘟疫似的，吃尽苦头。

此事，并非空穴来风。

年初，欧阳修就预感到事情不妙。先是一批中上层官僚对限制任子做官和按资历做官的改革措施不满。接着，朝廷又派出一大批按察使，搞得地方官吏不舒服。贪官污吏倒是严惩了，庸碌不才也被剔除了，但很快，一大批不满官员纠集成伙，迅速向守旧派代表人物夏竦靠拢。

欧阳修跃身下马，站在峡谷深处的一条官道上，不禁打了一个寒战，表情肃穆。四周是呼呼的风声。

又是"朋党"！又是这个撒手锏！像一顶高悬头上的咒符，千百年来在朝廷斗争中屡试不败。欧阳修一路行来一路思索，当夜奋笔疾书，写下流传千古的《朋党论》。

"臣闻朋党之说，自古有之，惟幸人君辨其君子小人而已。"一开篇，欧阳修上来就直言不讳地说，朋党之说，自古有之。接着，笔力一转，欧阳修又说，他只是希望皇上能分辨出君子和小人。那么，君子和小人有何区别呢？欧阳修往下写道："大凡君子与君子以同道为朋，小人与小人以同利为朋。"欧阳修明明白白道出君子和小人的区别：原来君子讲究的是道，志同道合而结成朋党；而小人则看重利益，利益一致便结成朋党。然后，欧阳修表明自己的态度："然臣谓小人无朋，惟君子则有之。"欧阳修认为，小人之间没有朋党，只有君子之间才有朋党。这是什么缘故呢？欧阳修在文章的第二段一开头便诘问道，然后回答了这个问题。

"小人所好者，禄利也；所贪者，财货也。当其同利之时，暂相党引以为朋者,伪也;及其见利而争先,或利尽而交疏,则反相贼害,虽其兄弟亲戚,不能相保。故臣谓小人无朋,其暂为朋者,伪也。"欧阳修认为,小人喜欢的是地位和私利,贪图的是金钱和物质。当私利一致时,他们暂时勾结成为朋党,但这种朋党是虚假的。等到有利可图,他们就争先恐后。无利可图就交情疏远,甚至反过来互相残害,即使兄弟亲戚也不互相保全。所以,小人之间没有朋党,暂时结成朋党也是虚假的。"君子则不然。所守者道义,所行者忠信,所惜者名节。以之修身,则同道而相益;以之事国,则同心而共济。始终如一,此君子之朋也。"欧阳修是这样对君子评论的:君子却不是这样。君子坚守的是道义,所奉信的是忠信,所爱惜的是名节。用这样的标准来修身养性,彼此志同道合,又互相取长补短,有所进步;用这样的标准来为国家效力,所以能同心合力,获得成功。自始至终坚持到底,这就是君子间结成的朋党。

分析完这一切,欧阳修对皇上说:"故为人君者,但当退小人之伪朋,用君子之真朋,则天下治矣。"在欧阳修看来,作为君主,只要贬退小人的假朋党,重用君子的真朋党,天下就可以大治了。

议论完,欧阳修还引用史实,论述国家治理与朋党的关系,有力回击了政敌。告诉皇上大可不必一听"朋党",就闻之色变。

文章写完,欧阳修想方设法,快马加鞭,将文章送到仁宗手上。仁宗读罢,一度为之动容。

但过了几天,面对愈传愈烈的谣言,仁宗又坐卧不安,心生疑窦。

一天,仁宗满怀狐疑地问范仲淹:"朕过去只听说小人结党,没听说君子结党。君子也结党吗?"范仲淹听后一愣,思忖片刻,落落大方答道:"微臣在边疆带兵打仗时,发现骁勇善战的士兵,爱扎堆;而胆小懦弱的士兵也喜欢抱团。正所谓物以类聚,人以群分矣。现如今,朝廷君子小人各执一方,看皇上如何识别罢了。"说完,范仲淹和皇上对视了一眼。过了一会儿,范仲淹又补充说:"如果君子结为朋党,对国家有益无害,皇上还担什么心呢!"仁宗听后,心里咯噔一下,心想这话不是欧阳修《朋党论》的翻版吗?

十二

当改革如火如荼推进时,一大批官员因贪污堕落、碌碌无为或年老体衰被朝廷弹劾,利益受到影响,他们站到了新政的对立面。他们不断给仁宗写信,诽谤、诋毁革新和革新派人士。一些曾经正直中立的官员也反水疾言改革无序,规模太大,势头太猛,而有关朋党的流言蜚语不但没有消停,反而更加盛行。仁宗整天疑神疑鬼,不知如何是好。朝廷上下,一种山雨欲来风满楼的态势,压得人喘不过气来。范仲淹感到从未有过的压力,显得力不从心。

而此时,契丹和西夏正发生战争。契丹国王率军十万西征,要求宋朝断绝和西夏往来。项庄舞剑意在沛公,范仲淹担心契丹出兵西夏目的在于宋朝。鉴于自己当下处境,以及对西北边陲的布阵谋局、构筑工事、防御阵地都了如指掌,便请求辞去参知政事,出征西部边境,远离朝廷是非之地。

六月底,朝廷便批准范仲淹以参知政事的身份出使陕西,任河东路安抚使。

八月初的一天下午,朝廷上方几朵乌云飘来。仁宗正在书案前阅读奏折,突然,中书门下一名大臣领着一个小厮趔趔趄趄着来到殿前,声称有秘事禀报。仁宗睃了一眼身边侍卫,示意退下。两人行过礼后,小厮便从青衫袖笼里抽出一张书信,呈交仁宗。仁宗阅后,脸色大变,厉声喝道:"如此书信,从何得来?"小厮嘟噜着嘴结巴半天才说清楚缘由。仁宗抬头盯着大臣冷冷地问："叫朕如何相信？"大臣上前一步回答："启禀皇上，待微臣下去取来叛臣石介笔迹对证便是。""那朕如何相信是否是富弼授意？"仁宗目光如炬，直逼大臣微红的脸庞。大臣眨了眨眼皮，淡定地说："这个需要叫来富弼、石介审核询问。"仁宗不禁打了一个寒噤，腮上的肌肉像是被什么扯着，一上一下地抖动。仁宗略加思索，心想不能夜长梦多，便黑着脸高声宣："来人，速传富弼上廷。"

不一会儿，富弼穿着紫色三品朝服，头戴峨冠博带疾步来到仁宗面前。

刚行过跪拜礼起身，仁宗便把信纸递给富弼，冷冷地说："朕想知道怎么回事。"见仁宗一脸秋霜，脸黑得像要绞出墨来似的，富弼便有一种大祸临头的感觉。自从一个多月前，范仲淹离开京城之后，朝廷一直有种风声鹤唳的味道。刚才在路上，听着天边轰鸣的闷雷，富弼就有种不祥的预感。

接过信，一读完，富弼便知道仁宗宣他来的意思了。

"皇上信吗？"富弼凝视着仁宗，把信还给他。他看不出仁宗内心的想法。

看仁宗半天不吭声，富弼咧着嘴，冷笑两下哼着声说："谁人捣的鬼？陷害微臣。"说完瞪着旁边站的大臣和小厮。仁宗仍然不吭声。富弼只好又上前一步，说："启禀皇上，微臣非但没有授意过石介起草诏书，且微臣也不相信石介会蓄意谋反。此事事关重大，请皇上明察！"

听富弼连微臣非但没有授意石介起草废立皇上的诏书都省略说成微臣非但没有授意石介起草诏书，仁宗心想，给你富弼一百个胆，你也不敢。于是，仁宗横眼瞪着富弼，嘟囔："难道朕不知事关重大？汝说自己罢了，还替人打包票。岂有此理！"

富弼心里长长地舒了一口气。

"汝退下罢,朕心头尽是烦心事,不想见你们!"仁宗像赶苍蝇蚊子似地挥挥手,让富弼退下。

但是,当富弼一退下,仁宗又觉得不对了,仁宗越想越觉得险峻、可疑。

仁宗把信递给旁边站着的大臣,鼓起两颗黑葡萄似的眼珠子宣:"限二日内查清。"

事情要从庆历三年春天说起。吕夷简退任后,曾推荐夏竦任枢密使。欧阳修等几名谏官知道后,向仁宗直言反对此事。朝廷便改任杜衍为枢密使,派夏竦任亳州知州。夏竦只得悻悻离开。接着,石介又写出《庆历圣德颂》,将夏竦斥为奸臣,夏竦斯文扫地。为此,夏竦对石介和革新派人士刻骨仇恨。任亳州知州后,夏竦一方面上万言书给朝廷为自己辩解;另一方面,又暗中纠集党徒,散布"朋党"流言。朝廷上下,一时间闹得沸沸扬扬。除此外,夏竦还在家设置牌位,书写"夙世冤家石介"于牌位上,咒骂石介。夏竦还觉得不过瘾,便寻机报复,置石介死地而后快。紧接着,夏竦秘密派出一个妖女混入石介家,模仿石介的笔迹,涂改石介写给富弼的书信,胆大包天地伪造出一封废立仁宗的诏书来。

事情虽然查清,但毕竟震惊朝野。身陷险恶流言之中,富弼早已心灰意冷,再也无法安心在朝廷任职。仁宗即使不相信,但想起来还是心惊肉跳。果然,几天后,富弼便以枢密使身份出任河北宣抚使。石介免去国子监直讲,任濮州(治所在今山东菏泽市鄄城县旧城镇)通判。

七月底,欧阳修回到汴京时,范仲淹和富弼已离开朝廷。欧阳修深感局势不妙。好在苏舜钦已回京师进奏院任职。梅尧臣也解除湖州监税,回汴京等候新的任命,才让欧阳修心里好受些。

朋友相聚,多少让欧阳修感到一丝慰藉。

十三

出乎意料,没几天,欧阳修也接到朝廷新的任命,让他以龙图阁直学士,出任河北都转运使。这一次,欧阳修一下子蒙了,他知道此行责任重大,但此时朝廷革新派大将范仲淹、富弼已被抽走,局势对改革愈加不利,一片风声鹤唳的景象。这下自己再一走,他真的不知道局势会糟糕到怎样的地步。

果然,对于他的任命,谏官们纷纷感到不安。

为此,蔡襄立即上书《乞留欧阳修》札子。蔡襄认为,凡事都有轻重缓急。北部边境军需物资的筹备固然重要,但毕竟不能与朝廷的安危相比。筹备军需,任何官吏都能办到。而朝廷谏官、知制诰之职非天资聪慧、善于议论的欧阳修莫属。因此,蔡襄请求皇上留任欧阳修。接着,其他谏官也纷纷上书,要求留任欧阳修。但此时的朝廷哪里听得进意见,根本不把谏官们放在眼里。

而谏官们哪里知道,此次欧阳修外任,正是宰相晏殊的主意。

其实,晏殊早就对欧阳修心存芥蒂了,他甚至暗暗后悔当初在仁宗面前推荐欧阳修。这次,他是铁定主意要调走欧阳修。

一天,晏殊指着韩愈的一张肖像画对随行的大臣们说:"喏,此画多像欧阳修也,焉知欧阳修非韩愈转世耶?"

大臣们当然明白晏殊的意思。在宋人眼里,韩愈一生文章过人,但他恃才傲物,恣意妄为,尤其那张嘴,得罪了不少人。因此,对他的评价,有过不少非议。

何况,在晏殊看来,欧阳修还不及韩愈。晏殊永远都不会忘记康定元年冬天那场赏雪宴。正是欧阳修临时到场的搅局,讥讽他不顾边陲士兵，在家歌舞升平，让他在众人面前难堪。

这两年欧阳修当了谏官后，他更烦他了。他觉得欧阳修一天到晚奏折不断，论事不休，像个小麻雀似的。

看随行幕僚不吭声不出气的样子，晏殊瘪起嘴进一步评价说："吾看重欧阳修的文章，不看重他的为人。"

听晏殊如是说，大家便七嘴八舌议开了。有的说欧阳修文章不错，就是嘴不饶人，见啥说啥；有的说欧阳修就是一个敞嘴巴，说话没遮没拦。

晏殊的话不久便传到欧阳修的耳朵里。欧阳修心想，晏殊自己当个太平宰相，对是非功过不哼不哈，已经失职，还对别人的仗义执言说三道四。于是，欧阳修反唇相讥道："晏公嘛，小词最佳，诗次之，文又次之，为人又次于文也。"

事实上，正如晏殊所言，欧阳修的确奏折不断，在朝廷一天，就论事一天。就在他外任出发前的几天，欧阳修还在上书。针对仁宗下诏指责按察使太严苛，致使下面官员手足无措的诏令，他敏感地意识到此令将损害按察使的权威，致使治理整顿无法向前推进。意识到这一点，他立即上奏《论台官上言按察使状》，请求皇帝收回诏令。

仁宗阅后，又气又喜，十分矛盾，心想把欧阳修弄出去外任是妥当的。但另一面，仁宗又为朝廷有这样刚直敢言、穷追不舍的谏官欣喜。临行前，仁宗把欧阳修叫到身边，说要不多久，汝便可以回到京城。之于朝廷，朕还是看好汝直言敢谏。欧阳修想想，沉吟片刻，说："作为谏官，微臣害怕论事不足、论事不实，而如今，另有职责，再来论事恐怕犯越职之罪。"仁宗笑笑，立即"唉"了一声，说："只要议论切实精当，亦不必顾忌。"

紧接着，朝廷又进行了一番人事调整。革新派人士除杜衍上任宰相兼枢密使外,纷纷调离,就连中立的晏殊也被罢免宰相出知颍州。同时任枢密使的还有贾昌朝,任参知政事的有陈执中。十月,蔡襄被调离朝廷出知福州。革新派人物中只有杜衍,职务似乎高了,但更加孤立无援了。一时间,朝廷新政由杜衍这个德高望重的老臣苦苦支撑着。

但正是这种格局,守旧派便将目光盯住了杜衍,利箭正悄悄向他射来。

扳倒他,首先要扳倒他的女婿苏舜钦。一下子,守旧派将目标锁定在苏舜钦身上。

冬月里的一个晌午,天气出奇地好,是冬天难得的好天气。太阳像一团呼呼燃烧的火球,烤灼着殿堂。按惯例,进奏院幕僚们祀神之后有顿丰盛的宴会。以往,大家都是凑份子钱置办酒席,请歌伎。这次,苏舜钦不想让大家掏腰包,便和同僚刘巽各商量,拿出俸禄十千,加上卖办公废纸的公钱四五十索用来置办。这天,除进奏院的官吏参加外,热情奔放的苏舜钦还邀请了不少馆阁学士,场面弄得很热闹。大家意气风发,开怀畅饮。集贤校理王益柔更是喝高了,醉意中写下《傲歌》,曰:"醉卧北极遣帝扶,周公孔子驱为奴。"

此时,不巧,一个插曲发生了。一个叫李定的太子中书舍人很想参加这次宴会,便托梅尧臣给苏舜钦转达。谁知苏舜钦看不起李定的为人,一口否定了。李定便伺机报复,将苏舜钦卖废纸公钱宴请宾客、王益柔醉后写《傲歌》亵渎圣人的事,添油加醋地告知了御史中丞王拱辰。

这犹如给守旧派提供了一枚炮弹。

王拱辰自庆历以来,与范仲淹、欧阳修越来越不对付,政见不和而逐渐走向对立,最后与夏竦、贾昌朝等守旧派结盟。

真是瞌睡遇到枕头。王拱辰听后，心里一阵窃喜。他呼啦一声站起来，从鼻子里哼出一声："这还了得，即刻查办！"

事态骤然急下，苏舜钦当即遭到罢免。罪状竟然是贪污卖纸公钱大宴宾客。

接着，开封府尹派出宦官，将参加宴会的全体人员连夜逮捕入狱。

王拱辰和张方平联名上书，要求朝廷处死写《傲歌》的王益柔。

顿时，朝野上下一片惊悚。"进奏院事件"成为轰动朝廷的一桩重特大案件。

翌日，枢密副使韩琦听说后，全身汗毛都竖起了，立即跑去面见仁宗。

韩琦磕头施礼，便说："微臣听说吾皇连夜派遣宦官拘捕馆阁学士，朝野一片恐慌。苏舜钦等不过醉饱之过，皇上交代下属处理即可，何劳亲自过问。"

仁宗由于处理此事，一夜未睡，正呵欠连天，面如土灰。恍恍中，一副拿不定主意的样子。昨夜，他听枢密使贾昌朝和御史中丞王拱辰禀报时，他觉得他们说的句句是理；而此刻，他听韩琦说，又觉得韩琦的话有道理。

沉思片刻，他对侍吏宣道："唤宰辅大臣即刻前来议事。"

很快，几个穿紫色官服的宰辅大臣来到殿堂。一听说商议"进奏院事件"，枢密使贾昌朝便提议要熟悉此事的王拱辰参加。

仁宗便扭头对侍吏宣，唤御史中丞王拱辰。

王拱辰一来，噼里啪啦说了一大堆。最后，王拱辰咬牙切齿地吼了一嗓子："王益柔亵渎圣人，吾和方平觉得应判他死罪。"

王拱辰刚说完，仁宗的态度一下变了。他冷冷地瞟了韩琦一眼,没有一点热气地问:"韩爱卿还有何意见?"

韩琦怔了怔,上前一步说:"启禀皇上,微臣以为,王益柔醉后狂语,不足深计。拱辰、方平皆为皇上近臣,应以国家为重。现如今,边陲战乱,朝廷多少大事需要商议、筹划,却置之不顾,反而用尽心思,联名攻击王益柔这样一个区区小吏,用心何在?请皇上三思!"

仁宗眉毛一挑,将目光投向杜衍。杜爱卿意下如何?

杜衍一改过去直率的风格,耷拉下眼皮,淡然地摇摇头。自家女婿,叫他怎么开口。

于是,仁宗将目光依次睃向章得象、贾昌朝。

章得象看一眼站在他左边的杜衍,又看一眼站在他右边的贾昌朝,冲仁宗莞尔一笑,一副不置可否的样子,小声说:"启禀皇上,微臣没有异议。"

最后,贾昌朝上前半步,凝视着仁宗说:"启禀皇上,微臣以为,'进奏院事件'朝野皆惊,影响恶劣,此风不可长。亵渎圣人罪不可赦,朝廷应严肃处置。"

结果,苏舜钦以盗用公钱论罪,开除官职,贬为平民;王益柔被黜除集贤校理,贬至复州监税;其余十名参加宴会的官员均遭受贬谪。

五天后,仁宗下诏,指责朝廷大臣朋党为奸,指责执行新政的按察使们恣意苛刻,构织罪端;指责谏官们放肆异言,以讪上为能,以行怪为美。诏令的出台,无疑给革新派兜头一瓢冷水。

一时间,朝廷上下寂然一片,没人敢站出来说话。

正在京城等待新职的梅尧臣,目睹了事件的全过程。在《杂兴》中,他悲愤地写道:

主人有十客,共食一鼎珍。

一客不得食,覆鼎伤众宾。

虽云九客沮,未足一客嗔。

古有弑君者,羊羹为不均。

莫以天下士,而比首阳人。

后来,欧阳修收到苏舜钦回苏州老家离京前的一封信,读后,不禁扼腕长叹,为朋友坎坷的命运,为自己不能替朋友鸣冤叫屈。于是,欧阳修提笔在信的背后连连写下"子美可哀!子美可哀!"

果然,"进奏院事件"后,杜衍一下子人就蔫了,整个精气神垮了一大截。守旧派势力更加疯狂,一点不把杜衍放在眼里。杜衍根本无法发挥宰相兼枢密使的作用,多次向仁宗提请罢去相职出知地方。

年底,欧阳修卸去河北转运使回到京城。仁宗食言,并没让欧阳修回到朝廷,而是任命他代理知成德军(治所在今河北正定县)。春节一过,欧阳修再度离开京城,奔赴河北任上。

十四

春节刚过,守旧派向革新派发起了最后的总攻。首先,右正言钱明逸上书弹劾范仲淹、富弼,认为:"更张纲纪,纷扰国经,凡所推荐,多挟朋党,心所爱者尽意主张,不附己者力加排斥。"接着,参知政事陈执中又上书,指责杜衍结党营私。仁宗在他们的舆论包围下,完全不知所措,偏听偏信。正月底,便罢黜范仲淹参知政事,知邠州;罢黜富弼枢密副使,知郓州;罢黜杜衍宰相、枢密使,知兖州。几天内,连罢三人。朝廷上下沸沸扬扬。

韩琦气得忍无可忍,立即上书,为范仲淹、富弼辩护。

韩琦赞扬了范仲淹、富弼的赫赫功绩,陈述了近来朝廷臣僚攻击忠良，出于私愤。最后，韩琦中肯地说，此举非国家之福。望皇上明察。

韩琦的上书再次泥牛入海。相反，罢黜了韩琦枢密副使，出知扬州。

顷刻间，革新派领袖范仲淹、韩琦、富弼、杜衍统统被贬出朝廷。新政陆续遭到废止。

从邸报上，欧阳修知道时局已发生根本性逆转。他的心一下子沉入无底的深渊。

苦恼是一波一波扩散的。乍一知道，欧阳修的心像刀子剜了一下。剧烈的震撼后，接着有点木木的感觉。最后，痛定思痛，他思考着问题到底出自哪里。有形的无形的，萦绕心头的问题纷纷扰扰。他需要理出一个头绪来。

他再也坐不住了。

他当然知道不在朝廷，不在谏官任上，上书的分量将会微乎其微；他当然知道新政陆续废止，朝廷的决策铁板钉钉。但是，只要有一点点希望，他就会不遗余力。他将不管不顾，像飞蛾扑火般把自己迎上去。

他写下为朋党申辩，为朝廷废止新政提出异议的《论杜衍范仲淹等罢政事状》和《论两制以上罢举转运使副省府推判官等状》，快马加鞭送到朝廷和仁宗手上。

仍然石沉大海。

一波未平，一波又起。六月，欧阳修突然得知长女欧阳师不幸夭亡的噩耗，犹如晴天霹雳，痛彻骨髓。这是他第三次痛失幼子。一次又一次痛失亲人，一次又一次生离死别。接二连三的人生打击，使欧阳修的头发像染上白霜似的，一下子白了许多。眼疾也更加严重，视物变得模糊不清。情何以堪。不满四十岁的欧阳修心

力交瘁。在《白发丧女师作》中,他痛苦地写道:

> 吾年未四十,三断哭子肠。
>
> 一割痛莫忍,屡痛谁能当。
>
> 割肠痛连心,心碎骨亦伤。
>
> 出我心骨血,洒为清泪行。
>
> 泪多血已竭,毛肤冷无光。
>
> 自然须与鬓,未老先苍苍。

朝思暮想的女儿,再也不能相见,欧阳修肝肠寸断,剜心般痛。他一遍一遍地回忆女儿生前的音容笑貌,以及跟他亲热的情景,那么的天真可爱。令他一想起来就心痛万分。不知道该如何排遣自己的悲伤,欧阳修只好拿起笔,写下怀念爱女的绝唱《哭女师》:

> 暮入门兮迎我笑,朝出门兮牵我衣。戏我怀兮走而驰,旦不觉夜兮不知四时。忽然不见兮一日千思。日难度兮何长,夜不寐兮何迟!暮入门兮何望,朝出门兮何之?……八年几日兮百岁难期。于汝有顷刻之爱兮,使我有终身之悲。

生生死死,悲欢离合。

欧阳修家中又一个新的生命诞生了,这就是他的次子欧阳奕。

当欧阳修从河北任上回到家中,怀抱着出生不久的欧阳奕时,他的眼泪牵线般淌下来。

春节一过,欧阳修又回到河北任上。

接下来,伴随欧阳修的是一个无限惆怅和苦闷的春天。

很久没有这种感觉了。谏官任上,他几乎没有闲暇,像一个不停旋转的陀螺,除了忙,没有别的感觉。而现在,转过身,他琢磨着走过的路,心里一遍遍过滤,猛一回来,岁月已从指缝中溜走,不留痕迹。而生活本身,像赶了很长的路,却还停留在从前。他咀嚼着生活中的酸甜苦辣麻,五味俱全。之后,一种从未有过的无助和忧愁裹挟着他,让他喘不过气来。

傍晚时分,欧阳修呷了点酒,朝高楼趔趄着爬去。

凭栏处,他懒懒地倚栏眺望,田野纵横,山峦连绵起伏,暮色氤氲中显得阴森森的。凉飕飕的风吹拂着他的衣衫。忽然,他觉得自己又憔悴了不少,身子骨又瘦了一圈。一种淡淡的寂寥沁到他的骨子里。算了,还是回去喝酒吧,他想,此时此刻,即使对酒当歌,恐怕也意兴阑珊。突然,他感慨万千,几句诗从心底喷薄而出。于是,他即刻下楼,伏案记下刚才心里酝酿的《蝶恋花》词句:

> 独倚危楼风细细,望极离愁,黯黯生天际。草色山光残照里。无人会得凭栏意。　　也拟疏狂图一醉,对酒当歌,强饮还无味。衣带渐宽都不悔。况伊消得人憔悴。

夜晚,欧阳修想起远在京城的妻子,既思念又内疚。回想刚结婚时,虽然地处偏僻小县,物质生活简朴,但那里风光旖旎,生活悠闲,夫妻俩意味无穷,常常是我饮酒来你抚琴。后来,回到朝廷,官阶渐高,全身心投入到朝廷事务中。家中一切全靠妻子打理劳累。现如今,深感宦海沉浮,厄运难逃,或许将再度被贬。欧阳修感慨万千,提笔给妻子写信,寄托相思。在《班班林间鸠寄内》一诗中,他写道:

> ……
>
> 荆蛮昔窜逐,奔走若鞭扶。
>
> 山川瘴雾深,江海波涛飔。
>
> 跬步子所同,沦弃甘共没。
>
> 投身去人眼,已废谁复嫉。

山花与野草，我醉子鸣瑟。

但知贫贱安，不觉岁月忽。

……

我意不在春，所忧空自咄。

一官诚易了，报国何时毕。

……

子意其谓何，吾谋今已必。

子能甘藜藿，我易解簪绂。

嵩峰三十六，苍翠争耸出。

安得携子去，耕桑老蓬荜。

十五

庆历五年（公元 1045 年）夏天，一场政治迫害突然降临到欧阳修头上。

一天，欧阳修接到诏令，要他立即返京。欧阳修心里打了一个冷战，预感到某种不妙。但他无暇思索，稍作安排，便从镇阳出发，策马扬鞭，赶回京城。

按诏令时间，欧阳修来到殿堂外等候。他抻了抻皱巴巴的朱红色官服，理了理上面那些银鱼花饰。天气实在太热，官服像一件毛毯裹在身上，一出汗便黏糊糊的不舒服。正当他拾掇完往殿堂里走时，贾昌朝和陈执中从他身边走过，他们乜了他一眼，没跟他打招呼。从他们的眼神中，欧阳修读到一种明摆着的不满和不屑。谁怕！欧阳修心里告诫自己，兵来将挡水来土掩！

"回了？"一进殿堂，仁宗从上到下扫他一眼，用鼻子哼出声音问他。

"嗯。"欧阳修回答。他感受到仁宗落在他脸上的目光的分量，同时也感受到仁宗注视他的复杂表情。

过了一会儿，仁宗将目光移向钱明逸，宣："朕阅了钱谏官上书。今唤你们来殿堂，朕想问个究竟。"说着，仁宗的脸色阴沉下来。仁宗嗫起嘴继续说："此等乱事，非大非小，事关朝廷名声。朕望你们如实禀报，实不相瞒。尤其欧阳按察使官！"

听仁宗点到自己，欧阳修的心咚咚狂跳，快蹦到嗓子眼儿了。欧阳修一头雾水，扭头朝獐头鼠目的钱明逸看。

钱明逸额小脸大下巴颏尖，看上去像只老鼠。此人正是曾经奏劾过范仲淹、富弼的守旧派人物。

启禀皇上，钱明逸上前两步，施完礼，急促地说："正如微臣在上书中言，欧阳修按察使官一是行为不检，与张氏外甥胡来乱伦；二是图谋侵吞张氏财产，将张氏财产无端写于自己名下。"基于上述罪责，微臣建议朝廷罢黜欧阳修按察使官。

一语既出，举座愕然。

反应过来的欧阳修脑袋嗡的一声，简直像晴天霹雳，简直像五雷轰顶。

一派胡言！一派胡言！欧阳修冲钱明逸吼开了，脸已气成猪肝色。

早预感到一场政治迫害即将来临，但压根儿没想到会以如此方式爆发。

"哈哈！哈哈哈哈！"欧阳修龇出那两颗兔牙，丢出一连串响亮而撕心裂肺的冷笑。

仁宗"呼啦"一下站起身，有力地瞪了欧阳修一眼，不满地呵斥道："欧阳按察使官不必激动，有理不必音高。"

"启禀皇上,"钱明逸继续说,"微臣还有一句话没有讲完,倘若欧阳按察使官不服,吾可以出示一首诗词佐证。"

用诗词佐证。呵呵,大臣们面面相觑,胃口一下子被吊了起来,个个又惊又喜,像看猴戏般好玩。

只有欧阳修被钱明逸的话噎得直翻白眼。

"讲来。"仁宗的语气里竟然有一丝兴奋。仁宗心想,欧阳修的词他也读过不少,不知道钱明逸指的是哪首。

钱明逸趔趔趄趄上前走几步,站稳,抖开一张抄有欧阳修的词的黄纸说,词牌名叫《望江南》。说完,提高声音,绘声绘色地读开了:

> 江南柳,叶小未成荫。人为丝轻那忍折,莺嫌枝嫩不胜吟。留着待春深。　　十四五,闲抱琵琶寻。阶上簸钱阶下走,恁时相见早留心,何况到如今。

读完,钱明逸开始摇头晃脑地诠释:"此词说的是江南春早,柳叶儿刚刚冒头,枝头上绽出鹅黄色的一小片嫩叶儿。如此娇小柔弱,怎么忍心去折呢,连黄莺儿都不忍心在枝头吟唱呢。还是等到春深时吧。十四五岁了,开始怀抱琵琶调弦找调了。有时和同伴在台阶上玩掷钱赌输赢的簸钱游戏,有时又在台阶下跑来跑去的玩。那时候就关注了,何况现在呢。"

顿时,殿堂里响起一片叽叽喳喳的声音。

"大家可以揣度,此艳词,不正是欧阳永叔和张氏外甥的写照乎?"钱明逸稍加停顿,总结说。

"岂有此理!岂有此理!"欧阳修不禁勃然大怒,高声喧嚷。

事情要从十年前说起。当时,欧阳修的妹夫张龟正在襄城病逝后,欧阳修将妹妹和张龟正与前妻所生的孤女接到京城一同生活。几年后，张氏甥女出落得亭亭玉立。欧阳修考虑到其女和欧阳氏无血缘关系，便主持嫁给了自己的堂侄欧阳晟。不料，事后不久，欧阳晟发现其妻与家仆陈谏通奸，便将二人扭送到开封府审判。谁知开封府尹杨日严接审张氏一案后，发现张氏是欧阳修的外甥时，便喜不自禁。原来，杨日严在益州任知州时，曾因贪污渎职，遭到欧阳修的弹劾。杨日严一直怀恨在心，正愁没机会报一箭之仇。终于，机会来了。于是，杨日严密令狱吏严刑审问，发现张氏竟不是欧阳修的血亲外甥，便企图行刑诱逼。张氏女子哪见过如此阵势，便信口胡诌，污言秽语，声称欧阳修曾与她如何云云。杨日严如获至宝，欣喜若狂。但是，参与审案的开封府判官孙揆却不以为然，认为张氏所言与本案无关，而且，一面之词，无法证实。很快，事情传到当朝宰执贾昌朝、陈执中耳朵里。正愁没机会抨击革新派欧阳修的守旧派人物贾昌朝，立刻授意谏官钱明逸对欧阳修参上一本。

"还有佐证否？"仁宗不满地横了一眼钱明逸，嘟囔一句。

"启禀皇上，微臣暂时没有。"钱明逸发现宰相贾昌朝扭头瞥了他一眼，目光里既有失望又有一丝淡淡的忧郁。

"既然没有，那就再察？"仁宗的语气里暗含犹豫。

话音刚落，贾昌朝上前半步，底气十足地说道："启禀皇上，微臣有个建议。"

"爱卿请讲。"仁宗的眼睛里明显有了一丝光。

"此案事关朝廷名誉，建议再察，交由三司户部判官苏安世重审，再派一名内侍王昭明作为监勘官。"

欧阳修一听，眼珠子都快瞪出血了。欧阳修彻底心灰意冷了。绝望像潮水般涌来，继而又转化成愤怒。欧阳修知道苏安世一直系贾昌朝亲信，而王昭明刚与欧阳修发生过一点不愉快。前不久，朝廷曾安排王昭明随欧阳修一同出使河北,遭到欧阳修的拒绝。欧阳修曾当着王昭明的面回绝说:"侍从官出使地方,系朝廷惯例,岂有与宦官同行的道理?"

但是,事与愿违。贾昌朝以为王昭明会落井下石,伺机报复。而事实证明王昭明并非睚眦必报的小人,相反,他却不偏不倚,客观公正。

一天,深知宰相意图的苏安世对王昭明说:"既然有张氏外甥的口供在案,我们便依葫芦画瓢结案得了。"王昭明听后,厉声喝道:"此案皇上亲自过问,非大非小;且事关欧阳按察使官名声,毫无证据,吾辈岂敢罗织罪名胡乱判罪!"苏安世听后,一下子怔住了,再不敢肆意妄为。

最后,案子维持开封府判官孙揆原判。欧阳修因用张氏钱财购买田地写于妹妹欧阳氏名下,予以贬谪。

八月底,朝廷罢黜欧阳修龙图阁直学士、都转运按察使职务,贬为滁州(今安徽滁县)知州。

十六

庆历五年(公元 1045 年)深秋,万物飘零。告别镇阳,欧阳修带着家眷,渡黄河泛汴水,所到之处是一片萧瑟景象。

欧阳修伫立船头,两岸柳黄霜白。翩飞的雁群,一行行,像追着赶着来给他做伴似的,刚刚还在船尾,倏忽又飞到船头来了。行了一整天的船,好不容易挨到三更才合眼,五更时又被雁群凄厉的叫声惊醒,再也无法入眠,索性翻身下床,写下《自河北贬滁州初入汴河闻雁》诗:

　　阳城淀里新来雁,趁伴南飞逐越船。

野岸柳黄霜正白，五更惊破客愁眠。

历史总是惊人的相似。同是柳黄霜白，同是北雁南飞，欧阳修不禁想起九年前贬赴夷陵的情景来。头顶上没有烈日，温吞吞的阳光倾泻下来，也就是一星半点的温暖和光。两岸的山峦和植物被霜打后，不是枯黄就是灰秃秃的一片，没有丝毫生气。南飞的雁群和自己一样，不过也是匆匆过客。还记得当时自己曾写下"岁晚江湖同是客，莫辞伴我更南飞"的诗句。

船入长江，路经扬州时，欧阳修登上岸，拜访了贬为扬州知州的韩琦。

尽管才半年，韩琦看上去一下子老了一截。在朝廷时，欧阳修看韩琦是黑发里飘着白发，而现在是白发里找黑发。不过韩琦的脸庞却精神矍铄红光满面，明显比在朝廷好了许多。

半年不见，见欧阳修脸上明显有种怅然若失的神情。韩琦挂着笑，对欧阳修说："来得早不如来得巧。吾有一样东西，正欲交与汝观。"坐下来，还来不及沏茶，韩琦就迫不及待地说开了。接着，韩琦问欧阳修是否知道知制诰赵概近来上书的事。

欧阳修便回答："略知一二，详情不甚了之。"

韩琦站起身，从书案上一本书里抽出一张纸条递给欧阳修。他一看，上面誊抄的，全是赵概上书的内容：

"欧阳修以文章知名天下，乃皇帝最为亲近的大臣之一，不可以闺阁暧昧之事，轻加污蔑。我与欧阳修私交甚浅，欧阳修待我也并不友善，今天上书论救，完全是出于对朝廷体统与原则的爱惜。"

欧阳修读着，泪水模糊了眼睛，他憋着，不让眼泪滚下来。

声音虽然微弱，但它道出了人心。韩琦的声音从欧阳修背后响起来，一字一顿。

接着，欧阳修把自己满腹的委屈和愤怒，一股脑倾泻出来。尤其说到这次被诽谤与陷害，最终还是因为财物不明而遭贬谪时，他的脸一下子阴沉下来，腮帮上的肌肉像被什么扯住了似的，颤了一下。

韩琦连忙安慰他，说："永叔不必过于愤懑。这本是一桩奇天大冤。吾坚信，公道自在人心，迟早会有大白真相的一天。"

欧阳修听后，脸色逐渐缓了过来。

想了好一阵，欧阳修终于说："此次贬谪，吾以为是脱风波而去，避陷阱之危机，也算坏事变好事。"

韩琦一听，颔首带笑，学着仁宗的腔调，说："如欧阳修者，从何得来？"

说完，两人哈哈大笑。

看欧阳修的情绪好起来，韩琦立马起身，沏来茶水放在几案上。撸起胳膊挽起袖子说："半年不见，难得相逢，吾去厨房露一手，兄弟俩今儿喝个痛快。"

不一会儿，一盘红烧鲫鱼、一盘酱猪蹄髈和一大碗用白菜、萝卜、荠菜熬成的热腾腾的羹汤端上桌。韩琦取来家里最好的羊羔酒，给欧阳修斟了满满一大碗。喝着热乎乎的羊羔酒，嚼着美味佳肴，身上的寒气一扫而光。欧阳修的天空一下子明亮起来，比起来时通透了许多。

拱手告别韩琦，欧阳修回到船上，直奔滁州而去。

第　五　章

一

十月底,欧阳修一家抵达滁州。

这是一个位于长江和淮河之间,不大不小的山州,封闭,偏僻,民风淳朴。这次贬谪,跟上次不同。欧阳修心里一直在琢磨,如何在这个远离朝廷,远离朋友的边缘山州怡然自处;如何不虚度时光,让自己思考过的施政思路付诸实践。

其实,早在景祐元年,欧阳修就觉得繁苛的政令是一种灾难,是动乱之年不得已而为之的号令。通常情况下,应该遵循人情常理,宽简从政,不扰民,不轻易施令,鼓励百姓休养生息。欧阳修把这些思考曾写进《答西京王相公书》中:

> 某闻古之为政者,必视年之丰凶。年凶则节国用,赈民穷,奸盗生,争讼多而其政繁;年丰民乐,然后休息而简安之,以复其常。此善为政之术,而礼典之所载也。

初来滁州,欧阳修就表明了尊前贤的态度,观赏《庶子泉铭》,拜谒王禹偁祠堂,营造一种安居乐业的气氛。

一天,欧阳修来到琅琊山,寻找庶子泉和《庶子泉铭》碑刻。

琅琊山位于滁州西南,四周山峦叠错,峰壑秀丽,一年四季草木葱茏,是历史上著名的风景名胜。

庶子泉系唐人李幼卿以右庶子任滁州刺史时所凿。世人为纪念右庶子李幼卿,将泉命名为庶子泉。尔后,唐代著名书法家李阳冰在庶子泉旁篆书《庶子泉铭》,闻名于世。

走了半天的路,欧阳修来到一口大井旁,找到了闻名遐迩的《庶子泉铭》。还是十年前,欧阳修任馆阁校勘参与《崇文总目》编撰时,见过《庶子泉铭》的拓本。如今,见到真迹,欧阳修不禁激动不已,仔细观赏。忽然,在铭文之侧,欧阳修意外发现李阳冰篆书的另外十八个字。欧阳修的心激动得扑扑直跳,太神奇!欧阳修连连感叹道,莫非神灵不舍得将这稀罕之物分享给世人,便吞云吐雾般将其掩藏。欧阳修如获至宝,喜不自禁,连呼:"美哉! 美哉! 美哉!"当即吟出《石篆诗》:

寒岩飞流落青苔,旁斫石篆何奇哉。

……

我疑此字非律画,又疑人力非能为。

……

山只不欲人屡见,每吐云雾深藏埋。

群仙发空欲下读,常借海月清光来。

嗟我岂能识字法,见之但觉心眼开。

辞悭语鄙不足记,封题远寄苏与梅。

如诗所说,很快,欧阳修将其拓本分享给了好友苏舜钦、梅尧臣,并邀请他们赋诗吟哦。

接着,欧阳修又来到王禹偁祠堂。

王禹偁,字元之,北宋初年著名文学家。曾任左司谏、知制诰、翰林学士。一生忧国忧民,刚直敢言,曾三次被黜。太宗至道元年六月,因言事贬知滁州。在任期间,宽简仁政,深得百姓拥戴。尔后,滁州人在琅琊山修建王禹偁祠堂,以此祭祀。

一进祠堂,欧阳修就被一股浓浓的气氛包裹住了。青砖灰瓦的祠堂外面,一前一后,耸立着黑苍苍两棵古树,少说也有两三百年的历史了。欧阳修推开黑褐色厚重的木门,发出吱呀呀的响声。神龛上摆的是王禹偁的画像。欧阳修虔诚地点上香蜡,磕头祭拜,然后久久地凝视着先贤的画像。空气中弥漫着袅袅烟雾和木头散发出来的混合香味。

祭祀完毕,欧阳修走到祠堂后面的藏书楼里。在那里,他无意中翻到那本收有《谢上表》的发黄的线装书。其中那句"诸县丰登,绝少公事,一家饱暖,共荷君恩"让欧阳修站在那里琢磨半天。他没料到,自己冥思苦想的宽简仁政在这里找到了出处,而且五十年前就被这位先贤实践过了。面对这位知音,欧阳修心头一热,暗下决心,从此宽简从政。当即,欧阳修吟出《书王元之画像侧》:

> 偶然来继前贤迹,信矣皆如昔日言。
>
> 诸县丰登少公事,一家饱暖荷君恩。
>
> 想公风采常如在,顾我文章不足论。
>
> 名姓已光青史上,壁间容貌任尘昏。

经过一番思索,欧阳修决定从营造政通人和的环境做起。

官府应该做什么呢?

欧阳修开始引导官府发动百姓,凿池引泉,建造亭阁,移石造景,栽花植树,美化滁州环境。

一天,下属同僚给欧阳修送来一包新茶。欧阳修便邀请同僚们前来品茶。为了大家能饮上好茶,欧阳修特派衙吏前往琅琊山醴泉汲水烹茶。不巧，衙吏在回来途中，一个趔趄，将汲来的一罐子水洒了一地。时辰向晚，衙吏便自作主张，匆匆忙忙灌上路边的泉水，赶回衙府。茶奉上后，欧阳修刚喝了一口，就发现水的味道和醴泉的水迥然不同，但更清新可口。本来，欧阳修认为，醴泉的水是最好喝的，居然还有更好的。欧阳修便唤来衙吏询问。无可奈何，衙吏道出实情。欧阳修便当场喊衙吏带他去找那股泉水。泉水找到后，欧阳修不死心，又和衙吏一起，追根溯源。终于，在丰山深处的幽谷谷底，找到了泉眼。

丰山位于琅琊山的东面，山峰雄浑耸立，山谷溪流交汇，原始森林遍布。

不久，欧阳修便派人在丰山谷底疏泉凿石，建一亭子，取名丰乐亭。

为了使丰乐亭景区更丰满，更有看相，欧阳修绞尽脑汁，想尽办法。

一天，欧阳修在城东一个叫菱溪的地方，看见一块奇异的大石头。青灰色底子，碧绿纹面，湿润剔透的样子。一打听，原来是附近老百姓将它视为神物祭祀的。再一探究，才知道菱溪上原有六块这类石头。其中四块下落不明。还有一块小石，收藏在一户老百姓家里。欧阳修便唤人用牛将大石拖到丰山山谷谷底。自己又亲自去那户人家寻访，要回小石。最后，将大小二石分别安置在丰乐亭南北，供游人瞻仰、赏玩。之后，欧阳修将此事分别记录在《菱溪石记》和《菱溪大石》诗中。

除移石造景外，欧阳修还种植花树来美化环境。没有好花种，他便写信给扬州的韩琦要。韩琦赞赏了他的做法，很快寄来芍药等各色花种。欧阳修便命谢判官种上。他考虑得很细致，很缜密，花怎么种，树怎么栽，空间如何布局，时间怎么安排，他都亲自过问,并给出独特的见解。一天,他在给谢判官种花的报告背后回复说,空间上,要考虑不同颜色的配搭;时间上,要四季有花开,不间断,依次开放。他把他的想法郑重其事,用诗歌的形式写在《谢判官幽谷种花》诗中:

> 浅深红白宜相间,先后仍须次第栽。
>
> 我欲四时携酒去,莫教一日不花开。

环境好了,民丰人乐,但治安问题仍是一个隐忧。欧阳修便集思广益,唤来同僚一起商议。最后,欧阳修采纳了同僚的建议,在丰乐亭附近开出一块空坝子,既可作为州兵和民间射骑的习武阵地,又可防治土匪、盗贼,保障百姓安全。这一招果然奏效。后来,他在给韩琦的信《与韩忠献王稚圭》中,自豪地叙述滁州的治安状况:

> 山民虽陋,亦喜遨游。今春寒食,见州人靓装盛服,但于城上巡行,便为春游。

白驹过隙,转眼一年过去。回头走过的路,欧阳修踌躇满志,给朋友梅尧臣的书信中,他志得意满地写道:

> 某此愈久愈乐,不独为学之外有山水琴酒之适而已,小邦为政,期年粗有所成,固知古人不忽小官也。

二

冬去春来,欧阳修从蝇营狗苟、明争暗斗的京城来到民风淳朴的山州。渐渐,他爱上了既闲适又充实的山居生活,喜欢上了滁州的青山秀水,更喜欢上了当地朴实的民风。对滁州的环境,他逐渐熟悉起来,醴泉、庶子泉,王禹偁祠堂、归云洞、琅琊溪,他都了如指掌。一到休息,不去郊外出游,就去山里访古探幽,他像一只出笼的鸟儿,自由自在地飞翔和歌唱。不再用皇帝的逻辑和宫廷的语言,连篇累牍地撰写谏稿;不必操着官腔,编制了无生趣的制诰文字。和天地自然交融,欧阳修写出来的,全是生机勃勃的文字。

冬雪刚融,南山岭上的雪将融未融之际,白雪上寒梅吐蕊,深谷里传来泉水潺潺的声音。欧阳修来到山门口,辞退骑从,和山间野老漫步山林,边走边聊,意味深长。为记录此事,欧阳修写下《游琅琊山》:

南山一尺雪,雪尽山苍然。

涧谷深自暖,梅花应已繁。

使君厌骑从,车马留山前。

行歌招野叟,共步青林间。

夏季来临,欧阳修便独自一人去山谷探幽。穿行在溪流遍布的石头上。累了,席地而坐,和白发老翁闲聊着,有一搭无一搭。抬头一望,四周尽是高大的篁竹,响彻耳畔的是叮叮咚咚泉水流淌的声音。多么舒适多么惬意,宛如神仙日子,悠悠然,陶醉其间,欧阳修写下饱含感情的《幽谷泉》:

踏石弄泉流,寻源入幽谷。

泉傍野人家,四面深篁竹。

……

潺湲无春冬,日夜响山曲。

自言今白首,未惯逢朱毂。

顾我应可怪,每来听不足。

最爽心的日子数下雪的时候。自从滁州任上以来,一到冬季,

欧阳修便格外关注皑皑大雪。他的心与飞雪一道迎来丰年的春天,满怀喜悦,欧阳修写下《永阳大雪》:

> 清流关前一尺雪,乌飞不渡人行绝。
>
> 冰连溪谷麋鹿死,风劲野田桑柘折。
>
> ……
>
> 一尺雪,几尺泥,泥深麦苗春始肥。
>
> 老农尔岂知帝力,听我歌此丰年诗。

回忆汴京知制诰任上那段时间,欧阳修被革新的热情点燃,致力于新政的酝酿,推动,白天处理公务,调研社会;晚上撰写谏书和诰令,通宵达旦,拥有了政治家的辉煌。知滁州后,本来怀有满腹的委屈和愤懑。没想到,一片片云霞,一次次花开,清风明月,鸟鸣溪流,以及和樵夫野老的闲谈,消除了他内心的愁闷。随即,他以更加饱满的热情,豁达平实的心态投入到生活和文学的创作中,与自然融为一体,与民同乐。

三

正是杨花飞絮的暮春季节。一片桃红杏白,点缀着葱茏秀丽的琅琊山冈。僧人智仙穿着一件灰色衲衣,裹着白色绑腿,背着一捆烧柴,拎着一个空竹筐,身轻似燕地飞奔在羊肠子山路上。

路有点打滑,凌晨刚下过几颗雨,到处湿答答的一片。空气中有股清冽冽的草木味。智仙翕了翕鼻子,深深地吸了几口。一天中,他最喜欢清晨,尤其落雨后的清晨。

绕过翠屏岗,往左拐六七十米,就是那爿竹林了。智仙放下柴捆,搁在地上,抽出那把事先准备好的小铁叉,埋头挖起竹笋来。

春天一来,笋子长得飞快,一疙瘩一疙瘩地往上蹿,又肥又嫩。

　　智仙做着这一切,有条不紊。他知道欧阳修喜欢吃山里的竹笋、野菜,喜欢溪水里的肥鱼,喜欢喝泉水酿制的米酒。这些事,他在欧阳修的散文《醉翁亭记》中明明白白读到:"临溪而渔,溪深而鱼肥;酿泉为酒,泉香而酒冽;山肴野蔌,杂然而前陈者,太守宴也。宴酣之乐,非丝非竹,射者中,弈者胜,觥筹交错,起坐而喧哗者,众宾欢也。苍颜白发,颓然乎其间者,太守醉也。"今天是公假日,智仙想,不出意外,欧阳太守会来醉翁亭一醉的。当然,太守的醉并非酒醉之醉,太守的醉是摆姿势,寄情山水,因山水而醉,民乐为乐的一种陶醉,不然太守为何写"醉翁之意不在酒,在乎山水之间也"。

　　土湿地泡,几乎不费吹灰之力,智仙就挖了满满一筐笋子。当智仙背着柴捆和笋子,下到山坳时,朝霞像仙女撒下的一把把金线,倏忽映红了天空。智仙不敢朝天上望,怕透亮的天空亮晃了他的眼睛。刚来琅琊山时,智仙就听说过小沙弥望瞎眼睛的故事。路上,智仙摘了一朵野花,拿在手上一甩一甩的,把玩着。怕别人揶揄他花和尚,智仙便反手把花挂在背上的木柴上。穿过几道垭口,再行六七里,就听见咕咚咕咚的水流声。循声望去,抬头一看,便是那口从两山之间的缝隙处汩汩流出的酿泉。智仙来到泉旁,躬身去掬水喝。几口泉水下肚,智仙咂着嘴,咝咝吸气,一股清冽冽的山泉水穿肠而过。

　　拐过几道弯,智仙回到醉翁亭。一到亭前,智仙就瞥见梅树旁边的木桩上拴着的那匹褐色马。太守果然来啦。智仙的脸上挂着笑。现在,一到公假日,智仙就会翘首盼望这位诙谐幽默的太守大人。

　　眼前这个亭子,正是智仙特意为欧阳修修建的。原来这里只有一间破庙,智仙看欧阳修常常来此喝茶读书,有时甚至把公文都拿到这里来写,便在此基础上建一个新亭子。亭子建好后,欧阳修来此喝酒,微醺后便写下那篇著名散文《醉翁亭记》,并将此亭取名"醉翁亭"。一时间,醉翁亭,大家都这么叫,智仙也跟着这么叫了。智仙发现,自从有了《醉翁亭记》这篇刻在石碑上的文章,亭子骤然热闹了起来,操各地口音的各色人等慕名而来,前来观赏和求取文章拓本的络绎不绝,就连亭子周边卖茶水、炊饼的人都多了不少。

"法师回来了?"欧阳修抬头望着智仙,像老熟人似的和他打招呼。

智仙忙上前,双手合十,笑着说:"老衲去山中打柴,挖笋,有失远迎!有失远迎!"

欧阳修的眼光落在智仙背上那枝黄色的野花上,一笑说:"智仙法师将它送给老夫可好?"

智仙忙放下笋筐和柴捆,一边将花递给欧阳修,一边回答:"可好可好。老衲正愁着不知如何处置它呢,就遇见一个爱花之人。阿弥陀佛!"

欧阳修接过,顺手戴在鬓前,偏着脑袋笑问智仙好不好看。

智仙抿嘴一乐,露出两排雪白的牙齿,摆手说:"往右边挪挪更佳。"

欧阳修便取下花,往边上移移,重新戴上,随即脱口吟出那句"白发戴花君莫笑"的诗来。

"岂敢岂敢!老衲先去给太守沏茶。"智仙边说边退下。出了亭子,转身朝后面的厨房走去。

不一会儿,智仙端着欧阳修放在这儿的墨绿色茶杯,搁在八仙桌上。

正说着太守请用茶这句话,外面进来一个小沙弥,边喘气边高声武气对智仙喊:"师傅,来了几个学士模样的人,想取拓本,但库房没有毡子了。"

智仙扭头睨视小沙弥。"阿弥陀佛! 看汝惊慌失措。"智仙说。

听师傅呵斥,小沙弥吐出粉红色的舌头,扮了个鬼脸。

"取床上的卧毡即可。"智仙吩咐道。

"禀告师傅,我和师兄床上的卧毡早已奉献出去啦。"

"取老衲床上的即可。"

"这……"小沙弥的脸上一副吃不准的表情。

"去吧。阿弥陀佛!"

欧阳修粲然一笑,说:"小沙弥勿担心,毛毡一事,老夫这就交代衙役去办。保证晚上你们有毛毡寝安。"

说完,欧阳修埋头喝了一口热茶,然后安排衙役骑马购毡去。

其实,一连好几天,僧人们去集市买过好几回毛毡了。近来,来亭拓字的人越来越多。智仙听人说,居然有缴不出税款的商人,拿醉翁亭的拓本给监官抵税。

逛了半天,欧阳修也没看见衙役的影子,只好溜达回亭子等候。

过了大半晌,小衙役回来了。欧阳修问他为何耽搁这么久才回来。

小衙役脸涨得通红,羞答答说:"吾去山中体验大人写的《醉翁亭记》去了。"

欧阳修一愣,鼓圆眼睛问:"汝有何感悟?"

"吾观大人写的'若夫日出而林霏开,云归而岩穴暝,晦明变化者,山间之朝暮也。野芳发而幽香,佳木秀而繁阴,风霜高洁,水落而石出者,山间之四时也。朝而往,暮而归,四时之景不同,而乐亦无穷也……'"小衙役一口背诵了一大段,脸微微有些发红地说:"吾观是否如此。"

欧阳修愣愣地,盯着小衙役看了很长一会儿,压根儿没想到他会把如此长的一段文字一字不漏地背诵出来。

"果真如斯夫?"欧阳修对视着小衙役,调皮地眨眨眼睛。

小衙役放松下来,不似刚才羞赧了,想了想又说:"大人不愧文章太守。山中景象徐徐道来,简约而舒缓,风神之味十足也。"说着,小衙役顿了顿,继续说:"大人既写了一日之中朝阳的开朗,又含有暮色苍茫的晦暗,还有一年四季山景的迥异,用春花、夏木、秋霜、冬石,仅仅一句话,就道出了四季景观。妙哉!妙哉!"

更让欧阳修觉得奇葩的是,小衙役说完,他竟摇头晃脑地模仿欧阳修的句式说,吾之所以耽搁,是以大人的文章乐而乐也。

欧阳修听后,捧着肚皮哈哈大笑起来。略一思忖,他逗小衙役说:"那汝适才是否观到,滁州百姓肩挑背扛,踏歌而行;疲劳之人,靠树而憩;老人孩子,搀扶往来不绝?"

小衙役当然知道欧阳修的用意,忙答道,小生当然记得大人文章中曰:"至于负者歌于途,行者休于树,前者呼,后者应,伛偻提携,往来而不绝者,滁人游也。"小衙役一字不漏地背诵了一段。然后叹一口气说,只可惜小生适才并没看见其中的一种情况。

"哪种?"欧阳修追问。

"伛偻提携。"

欧阳修咯咯地大笑起来,说:"那好,老夫现就令你骑马前去购毡,途中必定见到。"说完,欧阳修从布衣口袋中掏出两贯钱来交给衙役。

衙役前脚走,通判杜彬后脚就来了。

杜彬怀抱琵琶朗声问欧阳修："太守到来可久？"

欧阳修咧嘴一笑说："老夫已到良久。"

智仙闻声端来茶水，放在八仙桌的另一端，对欧阳修和杜彬说："饭菜未好，两位大人是否对弈几盘？"

欧阳修和杜彬额首微笑。

杜彬便把琵琶竖起靠在亭栏的木凳上，倚栏坐下。两人开始对弈。

对于文章太守欧阳修来说，下棋，当然不是他的长项。偶尔他也会赢杜彬一盘两盘的，但毕竟是少数，多数时间还是杜彬获胜。

现在，杜彬是越来越喜欢他的这个顶头上司了。整天，他都想和这个大他几岁的"老翁"泡在一起。他们很相投，身上都有一股文人情怀。杜彬懂音律，弹得一手好琵琶，公务之余，对弈、品茗、饮酒、弹琴，欧阳修啥都乐意叫上他。

过了一会儿，一桌丰盛的午餐就摆上桌了。一盘红烧鱼、一盘油焖春笋，一盘凉拌蕨菜和一大碗鸡蛋蘑菇汤。最后，智仙还抱来一罐用泉水酿制的米酒。

咦，欧阳修鼓大眼睛，打量着桌上的美味佳肴，感叹一句：此日子可以和当年洛阳媲美也。

这样的时候，欧阳修就觉得自己是真的放下了。遭遇贬谪也丝毫没有影响他人生的豁达和对生活的热爱。他觉得自己一点都没有垮。自己不垮，谁又能把他击垮呢！

三盏酒下肚。欧阳修和杜彬都有点醉了。杜彬抱起琵琶忘情地弹奏起来。弹完一曲，还醉眼蒙眬地问欧阳修还要听何曲。欧阳修想一想，噘嘴说："吾不会。"一脸坏笑。

杜彬一愣，扑哧一声，哈哈大笑起来。

原来欧阳修刚来滁州时，州府举行酒宴为欧阳修接风洗尘。

酒喝到一半时,欧阳修忽然想起有人告诉过他通判杜彬擅弹琵琶。于是,他要求杜彬弹奏一曲。不料,杜彬一点不给他面子,反而乜他一眼,说自己不会。正是"吾不会"三个字让欧阳修很尴尬。但豁达大度的欧阳修,并没往心里去,只是一笑而过。一段时间后,一天,杜彬设宴款待欧阳修。酒过三巡,杜彬突然起身去里间抱出一把琵琶,弹奏起来。欧阳修一听,果然出手不凡,便啧啧称赞。这以后,杜彬一直视欧阳修为知己,公务之余两人常常形影不离。

半下午时,智仙忙完来到席间,陪欧阳修和杜彬聊天。时间不知不觉过去,转眼到了夕阳西下。人声马声脚步声杂然而行,三三两两游客往回走了。欧阳修站起身,风趣地说:"该将山林交还鸟禽了。"智仙笑笑,并不挽留,想起《醉翁亭记》的句子来:

> 已而夕阳在山,人影散乱,太守归而宾客从也。树林阴翳,鸣声上下,游人去而禽鸟乐也。然而禽鸟知山林之乐,而不知人之乐;人知从太守游而乐,而不知太守之乐其乐也。

四

欧阳修一辈子都不会忘记洛阳时给自己取的名字"达老"。在滁州,他时时告诫自己,身处逆境也要心志不移。正如孔子所说:"岁寒然后知松柏之后凋也。"天空下,他欣赏每一朵云彩,山林中,他醉心每一声鸟啼。纵情山水,自我排遣,不向贬谪沉沦。正是这种通透、豁达的人生态度,使他的诗词文章,犹如一朵朵苦难中绽放的绚丽花朵,给西昆体和太学体笼罩下的大宋文坛吹来一股清风。

初春的一个公假日,乍暖还寒,天上飘起了阵阵雪花。欧阳修邀约杜彬和两个下属幕僚,背上酒菜、炊饼,骑马去琅琊山赏雪。

晌午时分,雪越下越大。欧阳修慢悠悠地跟在马蹄印后头,边赏雪边构思诗文。杜彬和幕僚并肩策马跑到前头,信马由缰,来到了半山腰上的班春亭前,停下休息。杜彬下马拽住缰绳,站在亭前等欧阳修。他不想迎上去,怕打扰他。杜彬当然听说过欧阳修枕上、厕上、马上"三上"的故事。他知道欧阳修总是利用"三上"进行文字构思和思考问题。过了好一阵,欧阳修才赶上来。杜彬替他拴好马,进亭憩息。

　　很快,班春亭的老僧搬来两个烧得红通通的红泥小火炉。亭子里顿时温暖如春。围着火炉,他们喝酒,吃菜,吟诗弹琴。欧阳修坐在栅栏边,观赏着外面的风景,从上而下,俯瞰一通,天地山水像一幅幅淡淡的水墨画,素雅清心。欧阳修静静地欣赏着,心境变得无比恬淡。喝足看够了,也就该离开了。当僧人们听说欧阳修就是写《醉翁亭记》的大名鼎鼎的文章太守时,执意要把他们送到山下路口。欧阳修跨上马,直摆手说:"吾乘兴而来尽兴而归,贤僧不必客气。随意便好! 随意便好!"说完,策马扬鞭而去。

　　回家后,欧阳修记录下这次游玩,挥笔写下《班春亭》四行诗句:

　　　　信马寻春踏雪泥,醉中山水弄清辉。
　　　　野僧不用相迎送,乘兴闲来兴尽归。

　　几天后,气温渐渐回升。欧阳修脱去棉袍,穿上夹衣,来到丰乐亭附近,察看几天前谢判官安排人栽种的花草。春天的山谷地带,莺飞草长,花儿开得泼泼洒洒。一阵风过,花瓣树叶飒飒飘落,时不时沾在欧阳修的衣衫上。头上一轮银盘大小的暖融融的太阳,耳畔有鸟儿啁啾和蜜蜂、蝴蝶飞舞的嗡嗡声。这一切,让欧阳修心醉情迷,乐而忘返。

尔后,欧阳修意犹未尽地写下《丰乐亭游春》诗二首:

> 绿树交加山鸟啼,晴风荡漾落花飞。
> 鸟歌花舞太守醉,明日酒醒春已归。
>
> 春云淡淡日辉辉,草惹行襟絮拂衣。
> 行到亭西逢太守,篮舆酩酊插花归。

一时间,欧阳修忘却了世俗的烦恼,生活的苦难,生命回到本真状态。他像一只出笼的鸟儿,回到大地的怀抱,啼唱出一曲曲美妙的歌。在《画眉鸟》诗中,他抒发情怀,挥毫写道:

> 百啭千声随意移,山花红紫树高低。
> 始知锁向金笼听,不及林间自在啼。

无疑,欧阳修在滁州的日子是滋润的。永不放弃的乐观和豁达让他如鱼得水。而与杜彬这样的州僚共事又让他更添雅趣。在《与梅圣俞》中,他这样描述自己的生活:

> 某居此久,日渐有趣。郡斋静如僧舍,读书倦,即饮射,酒味甲于淮南,而州僚亦雅。

不知不觉,欧阳修的创作进入了黄金期。滁州期间,欧阳修写下一大批格调高雅艺术品质上乘的诗歌。除此外,在诗歌理论上也日臻成熟。

一天傍晚,欧阳修收到谢绛的儿子谢景初的来信,并随信寄来一大摞梅尧臣的诗稿。

原来,谢景初从小就喜欢姑父梅尧臣的诗,可以说是读着梅诗长大的晚辈后生。近年来,随着时间的流逝,谢景初担心梅尧臣的诗稿流失。因为他了解姑父梅尧臣。此时的梅尧臣已经四十五岁了,在诗坛颇有声誉和影响力,但自己却不注重作品的收集和整理。谢景初便自告奋勇,主动承担起姑父诗稿的整理事项来。信中,谢景初委托欧阳修替姑父梅尧臣的诗稿写序。

得知这一消息,欧阳修十分高兴。

于是,欧阳修抽出时间,把梅尧臣的诗稿从头到尾又读一遍。欧阳修一边品读一边琢磨,他感受着梅尧臣的生活经历和体验,或感叹或戚然或为之唏嘘。一路走来,梅尧臣太不易了,多次进士不第,令他身心疲惫;一直怀才不遇,官场失意沦为下僚,年近半百还一介青襟。欧阳修一声叹息,难道文场官场真是两相抵牾吗?欧阳修思索着,探索着,满肚子疑惑,试图找到答案。忽然一天,他在杜甫的《天末怀李白》的诗中,寻到了一星半点的蛛丝马迹。杜甫说"文章憎命达",接着,他又记起韩愈在《荆潭唱和诗序》中说:"和平之音淡薄,而愁思之声要妙;欢愉之辞难工,而穷苦之言易好。"

一番思忖一番探索,欧阳修在前人的基础上终于理清了创作和生活二者的关系。欧阳修发现,传世诗作大都出于穷困潦倒的诗人笔下,而一般诗人的作品大都随着时间淘洗掉了。凡胸怀天下满腹经纶的士大夫,大都喜欢浪迹山巅水涯,与花鸟虫鱼草木风云自然生灵为伍,与现实世界却格格不入,心存忧郁。所以,穷困潦倒的诗人往往更能抒发羁臣、寡妇的哀叹,写出常人难以表达的境界。这就是诗人生活越困顿、窘迫越能写出好诗的缘故。思索至此,欧阳修得出中国诗歌批评史上的卓越观点:"然则非诗之能穷人,殆穷者而后工也。"正是这个"诗穷而后工"的理论,阐述了生活与创作的关系。最后,欧阳修在序中无比痛惜地写道:"世徒喜其工,不知其穷之久而将老也! 可不惜哉!"对梅尧臣半生不遇,年华渐逝,欧阳修充满感同身受的痛惜和忧虑。

五

　　刚写完梅尧臣的诗集序言,欧阳修就听说一桩有关石介的匪夷所思的怪事。

　　庆历四年秋天,石介身陷夏竦一手炮制的假诏书案,被迫辞去国子监直讲,回到山东老家徂徕。一年后,石介病逝,年仅四十一岁。四个月后,即庆历五年冬天,一个叫孔直温的人因谋反被杀,抄家时发现他与石介曾有过书信往来。不料,此事传到夏竦的耳朵里,夏竦小题大做,散布谣言说石介没死,被郓州知州兼西路安抚使富弼派往契丹,勾结异族,图谋造反。仁宗听后,大惊失色,立即罢免富弼的官职,并诏令石介的家乡兖州开棺验尸。当兖州知州杜衍接诏令宣读后,州吏们当场就惊呆了,个个瞠目结舌,噤若寒蝉,不知如何是好。开棺验尸,在古代中国人看来几乎是不可理喻的天大的事。过了一会儿,终于有个叫龚鼎臣的州吏实在看不下去了,挺身而出,说:"吾愿以全家性命担保,证明石介确已逝去。"因为石介入棺时,龚鼎臣在场目睹了石介下葬的全过程。杜衍听后呼出一口长气,略感一丝欣慰地说:"年轻人敢言真话,品行可嘉,不过还是让老夫出面担保石介吧。"后来,朝廷看与契丹交界的北部安然无恙,才让富弼官复原职,石介免于开棺。但是,夏竦仍不甘休,庆历七年春出任枢密使后,更加丧心病狂,在仁宗面前又进谗言,说富弼最近又派石介去登州、莱州,勾结几万金兵叛乱。仁宗听后,惶恐不安,心想,信总比不信好。于是,再次下诏开棺验尸。此时杜衍已离职辞仕,地方官吏们便拿不定主意开还是不开。最后,想出一个办法:将丧葬时在场的邻里乡亲召集拢来,联名签字,出具担保上报朝廷。

此事才算告一段落。

真是奇天大冤也！欧阳修听说后，一方面悲愤难抑，另一面又为自己的无能为力深感不安。

一个阴风呼号的晚上，欧阳修躺在床上，难以入眠。庆历新政的前前后后，恍如昨日。他辗转反侧，披衣下床，翻开《徂徕先生文集》读起来。脑子里全是石介身穿青衫，略微佝偻，又高又瘦的身影。

打落牙齿和血吞。欧阳修一想起来就感到屈辱和愤懑不平。

> 记得金銮同唱第，春风上国繁华。如今薄宦老天涯。十年歧路，空负曲江花。　　闻说阆山通阆苑，楼高不见君家。孤城寒日等闲斜。离愁难尽，红树远连霞。

正是这首为远赴阆州（治所在今四川阆中）任通判的同年进士写的《临江仙》，道明了欧阳修的心境。

听说石介的奇天大冤后，欧阳修一度心灰意冷。石介惨烈的遭遇，让欧阳修再次感到仕途的残酷，人生的无奈。

春去秋来，转眼冬天来临。欧阳修常常枯坐窗前，望着窗外渐渐枯萎的树林，叶子从青绿变墨绿再至苍绿，一阵风过，萧萧落下，在地上打着旋儿；雁群在空中嘎嘎吼叫，朝南飞去；轻飘飘的太阳悬浮天上，泛着白晃晃没有分量的光。寒日孤城，难见天光。欧阳修掐指一算，仕途生涯整整十年。十年的艰辛曲折，雨雪风霜，在心中刻下道道痕迹。白驹过隙，人世苍茫，千般滋味，万般感慨。一种人生的渺小无力感紧紧地包裹着他，胁迫着他，让他喘不过气来。

六

一天,欧阳修接待了一个来自岳州的客人,此人带来一封腾宗谅的信,邀请欧阳修为即将竣工的偃虹堤写记。

腾宗谅何许人也?

腾宗谅,字子京,因被守旧派视为庆历新政"朋党"的外围人物,遭贬谪,任岳州知州。庆历六年,曾邀请范仲淹为重修的岳阳楼写记。

随后,范仲淹以支持腾宗谅的姿态,写下千古雄文《岳阳楼记》。其中"先天下之忧而忧,后天下之乐而乐""不以物喜,不以己悲"等名句闻名天下,享誉古今。

当欧阳修了解到腾宗谅修建的偃虹堤,并非贪图一时之名,而是除害兴利,百姓赞成的幸事时,欧阳修欣然提笔,写下《偃虹堤记》。

一时间,随着欧阳修诗词文章的传诵阅读,他的名气越来越大。全国各地青年学子纷纷慕名求教,有的给欧阳修写信,探讨文章学问;有的不远千里,跋山涉水来偏僻山州当面请教。

庆历六年初,科举考试张榜后,新科状元郎贾黯春风得意之际,写信给欧阳修报告情况,表达对欧阳修的崇敬。大冬天,进士魏广在赶往荥阳任主簿途中,绕道前来滁州拜访欧阳修,逗留数日,深入探讨。临行,欧阳修写诗赠别,并写信给晏殊鼎力推荐。对学子们提出的问题,欧阳修都一一作答,悉心辅导,生怕自己的才疏学浅而误人子弟。对于才华出众者,欧阳修竭力推荐。对于学子们寄来或带来的诗词歌赋,欧阳修总是仔细阅读,并择其优者编入《文林》丛集,交流传播。

正是青年学子的频频造访,让欧阳修突然无端地挂念起学生曾巩来。

说来也怪,正当此时,即庆历七年八月初的一天,欧阳修突然得知曾巩要来滁州的消息。

庆历二年,曾巩落榜回乡后,一直和欧阳修保持着书信往来。庆历六年,得知曾巩因病未能参加科举考试后,欧阳修去信慰问。此次,曾巩陪父亲奉诏进京,北上途中路经金陵,绕道前来拜访欧阳修。

又是在欧阳修思念他的时候出现。一连几天,欧阳修高兴得合不拢嘴。一辈子,欧阳修都不能忘怀初识曾巩的情景。那天,欧阳修正读着曾巩的文章,心里闪着想见见曾巩的念头,忽然猛一转身,曾巩已站在眼前。当时,欧阳修掐自己一把,还以为是做梦呢。此时,又在欧阳修想见曾巩的时候,曾巩忽然来临,他怎能不欣喜若狂呢。

一大早,欧阳修便安排衙役骑马去渡口迎接曾巩,自己却来到丰乐亭旁边新建的醒心亭等候。

晌午时分,曾巩在衙役的带领下,来到欧阳修面前。

“先生!弟子曾巩,前来拜见!”曾巩跃身下马,一进亭子,立即匍匐在欧阳修面前,磕头叩礼。欧阳修连忙上前拉住曾巩的胳膊说:“弟子免礼!”目光早已定定地落在曾巩身上。自从曾巩进来,欧阳修的目光须臾不曾离开过他。曾巩身穿一件灰色的大袖襦衫,头戴花冠,身板儿较几年前结实了些,眼睛还像过去那么清澈,举手投足之间也还和过去一样,洋溢着一股蓬勃气。

“是先茶后酒?还是饮酒用膳?”欧阳修凝视曾巩问,一脸爱意。

曾巩抿嘴笑笑,说:"弟子黎明早起,现已饥肠辘辘,不如直接饮酒用膳好。"

欧阳修会意一笑,叫衙役摆上酒菜。他喜欢的这个弟子正和他一样率真。

立即,衙役将四个漆盒一字排开,再抱出一坛黄酒放在石桌上。分别是一盒烧鸡,一盒酱蹄膀,一盒杂烩菜和一摞油馍。

虽然几年不见,但不陌生。文坛、局势、社稷、学问、文章,两人促膝漫谈,把酒言欢,其乐融融。欧阳修自己都奇怪,跟曾巩一起,仿佛跟其他弟子不一样似的,顿时自己都觉得年轻了许多。

聊着聊着,曾巩说起王安石来。

王安石,字介甫,抚州临川(今江西抚州)人,庆历二年进士及第。此时正任鄞县知县。

其实,早在庆历四年,曾巩就写信给欧阳修推荐过王安石。只是欧阳修当时已离京,在河北都转运使任上,不便向朝廷推荐。

因此,曾巩一提王安石的名字,欧阳修就记起读过的王安石的文章来。并把阅读王安石文章时发现的问题告诉了曾巩,并委托曾巩向王安石转达。

不知不觉,太阳落下去,月亮升上来了,正值中秋明月节,皓月凌空,欧阳修即兴叫曾巩为醒心亭写记。

曾巩思忖片刻,站起来,踱步来到亭前,瞻仰着亭子上方匾额上的"醒心"二字,问欧阳修:"先生笔下的醉翁亭焉在?"

听曾巩问起醉翁亭,欧阳修心里一悦,心想,子固果然悟性高,回答道:"于附近的琅琊山间也。"

"先生系姊妹亭用意乎?"曾巩睁大眼睛,目光从匾额移到欧阳修身上。

"正是尔。"欧阳修心想这亭记看来是选对人了。

果然，欧阳修一点也没看走眼。第二天曾巩交来的《醒心亭记》，从文章旨趣到精神境界，均深得欧阳修赏识。

庆历八年（公元 1048 年）元宵节刚过，欧阳修就接到朝廷诏令，转起居舍人，知扬州。滁州和扬州看似平级调动，但朝廷人事安排分量上却完全不同。

二月的清晨，刚下过一场春雨，到处湿嗒嗒一片。初升的太阳，照在青翠欲滴的柳树梢上，氤氲缭绕。花前酌酒，幕僚们聚集在杏花树下，给欧阳修饯行。不管喝酒，还是吹箫、抚琴，都流露出一股浓郁的离愁。坐在宴席间，欧阳修喟叹不已，内心被一种依依不舍的感情填满，呼啦一声，他站起身来，抱着酒罐挨个斟满，然后将杯子递到在座的人手中，和席上每个人一一碰杯，之后仰起脖子，咕咚咕咚几口吞下。最后，他定定地站在那里，拱手一揖，跃马扬鞭而去。

七

从隋唐以来，扬州就是东面商贾、军事重镇。大运河的开辟使它成为江淮间水陆交通枢纽。历史上文人墨客喜欢在此流连驻足，素有"天下三分明月夜，二分歌吹在扬州"的说法。提起扬州，给人的印象就是"花柳繁华地""温柔富贵乡"。

月底，欧阳修一家老少到达扬州任所。当晚，妻子薛氏在厨房煮饭，母亲郑氏一边拾掇屋子，一边跟欧阳修拉家常。

"扬州比滁州繁华热闹，生活境况要好些。娘可以安心了。"欧阳修把砚台、笔墨从布囊里取出来，摆在书桌上，对郑氏说。

"娘习惯了过清贫的日子，只要吾儿安心，娘自然安心。修不必为娘思虑。"郑氏蹲下身，在木盆中揉搓着擦灰的布帕子，扭头对欧阳修说。

掐指一算,半生过去,娘一直跟着自己颠沛流离,吃苦受罪。欧阳修一想起来,万分不安。

"修还记得绵州的那个小焦吗?"郑氏顿了顿,像想起什么似的问欧阳修。

"绵州的小焦?"欧阳修眨眨眼睛,在脑子里竭力搜索着。绵州的哪个小焦? 欧阳修始终想不起来。

"修儿忘了,娘给汝讲过的,就是汝父救过的那个小焦。"郑氏在一旁提示欧阳修。

"哦哦。"欧阳修沉吟片刻,拍了一下脑门,说,"就是吾父在绵州建求生堂免于一死的那个小焦吗?"

欧阳修总算想起来了。

"正是。"郑氏点点头,"为娘前段在滁州还偶见他啦。"郑氏便滔滔不绝把在滁州街上如何邂逅小焦,小焦如何感激涕零地回忆其父欧阳观的事对欧阳修讲了一遍。

"修儿,州县为官,切不可小觑随便,尤其性命攸关的事更不可虚妄。"郑氏收起脸上的笑容,表情肃穆地说。

"母亲大人高见!"欧阳修朝郑氏竖起大拇指,继续说,"汉朝法令,只有杀人者才处以极刑,而后法令日益严苛,死刑过多。"

"那吾儿就更需小心呐。"郑氏轻叹一句。

"吾娘放心,凡修经手的案子,只要不是杀人犯,法令许可范围,修当竭力保全其性命矣。"

"吾儿不愧夫君之后也。"郑氏蹲下身子,再次把布帕投进木盆,用手搓洗。

"娘以为修在滁州治理得如何?"

郑氏拧干帕子里的水,站起身,凝视着欧阳修说:"吾观吾儿治下的衙门像寺院一样清风雅静,祥和安宁,吾就知吾儿不错焉;若衙门成天吵吵嚷嚷,喊冤叫屈不断,吾就会为儿担心呐。"

欧阳修听后,乐得咧嘴一笑说:"母亲大人说的极是。母亲如是说,修就心安了。"

其实,这类提醒,欧阳修已经不止一次听郑氏说起过。郑氏多次讲述的父亲建求生堂、修防洪堤的事,对此,欧阳修早就烂熟于心了。

其实,不管在夷陵,还是在滁州;不管做县令还是当州官,欧阳修都一贯施行宽简政治,不求个人声誉,不求邀功请赏,顺应自然民心,无为而治。这一段,从滁州到扬州的路上,欧阳修更是一边赶路,一边从理论上对宽简政治进行思考、论证,形成可以指导实践的成熟理论。欧阳修认为,宽,就是反对苛酷,防止扰民;简,就是制止繁苛的政令,运用在刑狱上,就是要使犯人能免死的尽量免死。总之,施政要仁慈宽厚。

正是基于此,欧阳修在给杜衍、韩琦的信中,反复表达了宽简从政的信念。正是此信念,让他对杜衍二十年前治理扬州的情景,难以忘怀,并深情褒扬。在给杜衍的信中,他饱含敬意之情地写道:

　　忆为进士时,从故胥公自南还,舟次郡下(扬州),游里市中,但见郡人称颂太守之政,爱之如父母。某时尚未登公之门,然始闻公之盛德矣。因窃叹慕不已,以为君子为政,使人爱之如此足矣。

给韩琦的信,欧阳修更加明确了自己要一如既往地施行宽简政治。他写道:"疏简之性,久习安闲,当此孔道,动须勉强,但日问故老去思之言,遵范遗政,谨守而已。"

八

　　天气一天天热起来。不知不觉,欧阳修到扬州快小半年了。宽简政治下,扬州吏治很快迈入了有条不紊的轨道。公务之余,欧阳修腾出时间,打量起扬州的山水风物来。接着韩琦绘制的蓝图,欧阳修完成了平山堂、大明井、无双亭风景区的建设。

　　当然,平山堂的建设要从大明寺说起。大明寺建于南朝大明年间,系淮东著名古刹。唐代高僧鉴真曾到此讲经说法。寺庙盘踞半山腰上。天清澈澄明时,从上往下俯瞰,远远地能望见真州、润州、金陵等数百里远的江南各地。

　　初夏的一天中午,天气不算太热,空气中隐隐有风吹过。欧阳修带着两个州吏来到大明寺。极目远眺,风光尽收眼底。当即,欧阳修便决定在大明寺西侧修建一座亭堂。一个多月后,亭堂竣工,欧阳修再次来到大明寺。坐于亭堂内,放眼望去,欧阳修发现四周山峰与亭堂的檐角齐肩,触手可摸。他心里一喜,当即取名"平山堂",并兴致勃勃地来到堂前的空地上,种下一株杨柳,后人称之"欧公柳"。

　　这之后,大凡公休闲暇时,欧阳修便率领宾客部下前来观光游玩,或纳凉,或观赏荷花,或吟诗饮酒。当然,玩得最有趣的,是一种传花饮酒的游戏。

　　他们常常一大清早来到平山堂,去湖江采来莲花,分插于许许多多的盆子里,然后将花盆置于酒席间。顿时,亭堂里弥漫着一股沁人心脾的花香。在芬芳四溢的莲香中,饮酒行令。歌伎从盆中取来莲花,传到客人手中;客人接后,便摘下一片花瓣,再传给下一位。依次传递,直到花瓣摘尽。传至谁的手中,谁就该吟诗饮酒了。

正是平山堂旖旎的风光,活泼有趣的传花游戏,令欧阳修魂牵梦绕,终生难忘。以至事隔八年,送好友刘敞出守扬州时,提起平山堂,欧阳修还对平山堂山色空蒙的迷人风光、种下的那株垂柳,以及当年自己挥毫万字一饮千盅的才华和气度念念不忘。在《朝中措》中,欧阳修挥斥方遒,写道:

> 平山栏槛倚晴空,山色有无中。手种堂前垂柳,别来几度春风? 　文章太守,挥毫万字,一饮千钟。行乐直须年少,樽前看取衰翁。

八月,正是菊黄蟹肥丹桂飘香的季节。梅尧臣携夫人从老家宣城赴陈州(今河南淮阳),任镇安军节度判官,途经扬州,被欧阳修留下小住,过中秋节。

其实,一个多月前,梅尧臣授国子博士,携续弦新夫人刁氏回宣城老家探亲,路经扬州时才和欧阳修见过面的。但当时时间仓促,两人都没尽兴。三年不见,要说的话很多,要交流的领域又那么宽广,国事、文学、史学,即使一宿不睡,也聊不完。两人便约定等梅尧臣探亲返回,再来扬州。

中秋节这天,欧阳修家像过年一样热闹喜庆。老老少少一大清早都起来了。母亲郑氏带着八岁大的孙子欧阳发,把房前屋后彻底打扫了一遍,又将窗棂、八仙桌、官帽椅、书案、柜子、茶几等家什擦抹了一通,直到窗明几净;夫人薛氏和欧阳家妹妹在厨房忙活着,煮蟹、烧鹅、熬羹汤、炸油馍、温黄酒,忙得不可开交,屁股都没碰一下凳子。从衙门回来,欧阳修一头钻进书房,拾掇半天,直到客人到来。

临近黄昏,欧阳修家里来了一高一矮两个男人。高的叫许元,是扬州的地方官吏;矮的叫王琪,滞留扬州遭贬的官吏。他们都是欧阳修专门喊来陪梅尧臣的。两个人前脚刚到,梅尧臣夫妇后脚就到。客人坐下后,欧阳修便拿出备好的黑釉盏和一坨茶叶来招待他们。梅尧臣鼓大眼睛,仔细一看,果然是那套建安造的黑釉盏。梅尧臣是第二次看见这套瓷器,第一次是庆历三年,欧阳修在京城任谏官时。梅尧臣瞅着那套瓷器,墨绿色的釉面,细如兔毫的花纹,又薄又透,灯光下泛出青幽幽的光。再瞅那坨茶叶,上面注有"蒙山紫笋茶"。"好茶配好器也。"梅尧臣在一旁赞叹道。"好茶叶好器皿配良友也。"欧阳修瞥一眼眼前的朋友,把意思落在"良友"二字上。梅尧臣十分清楚,这套黑釉盏,是欧阳修珍藏的宝贝,平素里心痛得要命,生怕打碎,一般情况下是舍不得拿出来用的,除非贵客临门。茶叶更不消说,有白居易的诗歌做证:"扬子江中水,蒙山顶上茶。"梅尧臣深知自己在欧阳修心目中的分量,只是嘴上不说罢了。

欧阳修动手沏茶,先用沸水将茶盏逐个冲烫,然后把茶叶放进茶碗里,注入少量沸水,调成糊状,最后再冲沸水,用茶笼搅动,使茶末上浮,形成粥面,茶汤上便有了一层薄薄的白沫。顿时,屋子里充满一股淡淡的茶香味。

品完茗,他们来到天井里的八仙桌旁,喝酒吃菜,等月亮出来。不巧,月亮没露脸,一朵乌云却飘到头顶。不一会儿,雨就淅淅沥沥下起来。他们只好将桌椅搬回室内。好在欧阳修请来的歌伎已到,一边饮酒一边欣赏歌舞,也兴趣盎然。

过了一会儿,欧阳修拿出收藏已久的月石屏请大家欣赏。欧阳修将月石屏擎过头顶,说:"落雨无月,观月石屏代替焉。"大家便齐刷刷把目光投向欧阳修手中的砚屏上。是一枚紫色的砚石屏,呈月形,看上去晶莹剔透,乖巧玲珑。随即,欧阳修有感而发,写下《招许主客》。梅尧臣唱和写下《依韵欧阳永叔中秋邀许发运》。接着,欧阳修又写下《中秋不见月问客》。梅尧臣又唱和《中秋不见月答永叔》。王琪唱和《答永叔问客》。随后,欧阳修还写下《紫石屏歌》。梅尧臣再次唱和《咏欧阳永叔文石砚屏二首》。就这样,四个文士,愣是把一个中秋宴会,搞成了一个十分精彩的赛诗会。

千里搭长棚,没有不散的宴席。送别梅尧臣,欧阳修长久地沉浸在离别的伤感中。回顾两人二十年的交往,聚少离多,没有哪一次像现在这般难受。的确老了,欧阳修心里感慨道。即使比梅尧臣年轻的自己,也满头白发了。当夜,欧阳修便情深深写下《别奉寄圣俞二十五兄》:

> 离合二十年,乖暌多聚集。
> 常时饮酒别,今别辄饮泣。
> 君曰吾老矣,不觉两袖湿。
> 我年虽少君,白发已揖揖。

九

翌日,欧阳修又想起另一位好友苏舜钦。立即将《观石屏歌》改为《月石砚屏歌寄苏子美》,寄给千里之遥的苏舜钦。很快,苏舜钦寄来《永叔月石砚歌》作为酬答。

但是,欧阳修万万没想到,这竟是他得到的苏舜钦的绝笔。

收到苏舜钦寄来的诗歌唱和没几天,欧阳修就得到苏家仆人报丧的消息。欧阳修整个人一下子坍塌了,栽倒在椅子里,半天站不起来,不肯相信自己的耳朵。欧阳修狠狠地瞪着报丧的仆人,一脸恐慌。最后,当他看见来人满脸忧戚时,才回过神来。"哀哀子美,命运多舛。"欧阳修从腔子里冲出一句悲叹,一时间喉咙发哽,嘴皮动了动,再也没吐出声音。过了好长一会儿,欧阳修才站起来,翻出几天前收到的苏舜钦写的那张诗笺,反复在掌心里摩挲着,鼻子一酸,一泡老泪汹涌而下,砸在宣纸上,滴滴答答。

一幕幕往事在脑海浮动。

天圣七年,胥偃家的一次家宴上,欧阳修和苏舜钦邂逅了。两个意气风发的年轻人,一碰面就有说不完的话。本来,欧阳修前一宿没睡好,打算晚宴后立即回屋补瞌睡,没想到和苏舜钦一见如故,大有不说不快之感。尤其知道彼此还是半个绵州老乡后,两人又近一层。那一夜,他们侃侃长谈,直到凌晨四五点钟才散。

不久,在虹桥旁边的王氏酒楼上,他们又见面了。当时石延年也在场,他们谈得很投机。和欧阳修一样,苏舜钦鄙视空洞、浮靡的宋代文风,提倡文风改革。从此,欧阳修视苏舜钦为一生的知己。

景祐三年,欧阳修遭贬到夷陵。正是苏舜钦写信安慰他,振奋精神,善处逆境。苏舜钦一番话,把欧阳修说得心里热乎乎的。

后来,"庆历新政"期间,欧阳修和苏舜钦在一片对美好生活的憧憬中,怀着大干一场的抱负,开始了他们的事业。他们跃跃欲试,壮志凌云,无论在政治改革还是文学领域,他们都携手同心,砥砺前行。

突然,一场政治迫害降临到苏舜钦的头上。庆历四年的冬天,天气异常的寒冷,干燥。形势急转直下,空气中弥漫着一股一点即燃的火药味。"进奏院事件",一个偶然又必然的导火索,呼啦一下,便将苏舜钦卷入到一场万劫不复的噩运中,遭受重创的苏舜钦,被撵出京城,回到苏州老家。

一晃几年过去,苏舜钦从痛苦失望中走出来,建沧浪亭,写

《沧浪亭记》，寄情山水怡然自得，一步步完成精神上的自我救赎，人生格局得到升华。

四年过去，欧阳修期待着才华横溢的苏舜钦有东山再起的一天。果然，形势有了一些微妙的变化，朝廷开始重新起用他，任命他为湖州长史。但呜呼！天妒英才，正准备走马上任之际，苏舜钦忽然病逝苏州家中，享年四十一岁。

"哀哀子美，命止斯邪？小人之幸，君子之嗟！"欧阳修一次次深情喟叹，在《祭苏子美文》中，痛心疾首地写道。

这是一个阴冷潮湿的冬天。一连几天，北风呜呜地狂吼着，将树叶刮了一地。一连十几天，欧阳修再没出过门，每天都是衙门和家两点一线。入秋以来，严重的眼疾一直缠绕着他，眼前总像有只黑蛾飞来飞去，伴随着一波一波的胀痛，视力突然下降了许多，他读书、写作变得日益困难，而故友的凋零又使他眼疾愈加严重。

半年前，欧阳修的另一个好友尹洙也逝世了。

洛阳结交以来，不管文学革新，还是政治改革，尹洙都是欧阳修志同道合的战友。景祐三年，尹洙因"朋党风波"被贬后，虽然与欧阳修千里相隔，天各一方，但始终保持着密切的书信往来。庆历五年秋天，欧阳修身陷"盗甥"流言时，尹洙也被守旧派以滥用公款替部将还债的罪名贬为知州（治所在今河南均县）监酒税。翌年，尹洙身患重疾。均州地处偏僻，得不到治疗。时任邓州（治所在今河南邓县）知州的范仲淹听说后，立即上奏朝廷，请求允许尹洙来邓州治疗。而朝廷的批示姗姗来迟，尹洙的病一拖再拖，竟至膏肓。等三个月朝廷批示下达后，尹洙到达邓州不久，便溘然逝去。

一位英才就这样在滚滚红尘中，像流星陨落，消失得无影无踪。更让欧阳修郁闷的是，生前凄凉，死后更加凄凉。除了留下几个嗷嗷待哺的幼儿外,尹洙没留下一点钱财,连护枢归乡的经费都成问题。欧阳修听说后,慷慨解囊,资助家属处理后事。

"嗟乎师鲁!辩足以穷万物而不能当一狱吏,志可以狭四海而无所措其一身!"欧阳修在《祭尹师鲁文》中愤愤不平。

然而,正处于悲痛之中的欧阳修,写的墓志铭竟遭到尹洙家属和门生的诘难。

一天傍晚,欧阳修快离开衙门时,一位名叫孔嗣宗的年轻男子,从邓州赶过来找到欧阳修,把他堵到门口说:"大人不知,余为师鲁先生之门生。今前来与欧阳大人接洽,有关拟写的《尹师鲁墓志铭》一事。"

欧阳修一听,返身带他回到公廨,唤来小厮,为远道而来的客人沏茶。

欧阳修睁大眼睛,大惑不解,问:"老夫不是派人昼夜赶路将墓志铭送达乎?"

小伙子拍拍身上挎着的布囊,说:"墓志铭早已收悉。"小伙子略一停顿,接着说:"不怕大人不悦,大人的文章太简,不足以表达师鲁先生一世英才和古文写作的地位矣。"小伙子说完,脸上有一层不易察觉的自得意满。

"太简?"欧阳修一脸惊讶,哼出半句。他克制着自己的不悦。他确实不悦,但很快平静下来。他觉得跟眼前这位才认识几分钟的年轻后生谈墓志铭的写作意图,不至于吧。于是,他淡定地问:"此意仅汝之意呼?"

刚才还只是有点隐约的得意,此刻,小伙子底气很足。"小生既来,当然不仅代表个人拙见,其中也含尹夫人之意。"小伙子噘着嘴,轻浮地吹了一口茶碗上的水沫。

欧阳修一下怔住了。

正是这篇墓志铭！写以前,欧阳修回忆起明道元年洛阳时与尹洙、谢绛同写《双桂楼临辕阁记》的情景。欧阳修决心尽可能在墓志铭中遵循尹洙古文写作的风格,简而有法,能少一个字绝不多一个字。墓志铭写好后,欧阳修逐字逐句地又改了一遍。还好,统共才八百多个字。这令欧阳修很满意,心想,一定要简约而不简单,尹洙要是九泉之下有知,也一定会啧啧赞赏的。

但此时,他完全没有料到,情况和他想的完全不同。

欧阳修摇摇头,只好耐着性子解释说:"墓志铭系碑文之作,碑上刻字,尤需简短意深;二则,所谓'简而有法'说明文章用意深厚而文字简要,系对尹洙古文的极高评价。"

小伙子脸上起来一副桀骜不驯的表情,反驳说:"欧阳大人,文章只八百来字,仅有'简而有法'四字。汝以为,非能说明问题。""哼,极高评价,"小伙子说着翻了个白眼,继续说,"后生以为,作古文自尹洙先生始,但大人都却只字未提。故大人应添补或更换之。"说着,小伙子从布囊里取出那张墓志铭,放在几案上,用两根手指推到欧阳修面前。

欧阳修瞥了一眼小伙子,说:"士子有所不知,宋初以来,倡导古文者,师鲁前已有柳开、穆修等人,恕老夫不敢妄为矣。"

说完,欧阳修就离开了。

后来,欧阳修万万没有想到,不但尹洙家属、门生不领情,连范仲淹也认为,欧阳修写的墓志铭虽词意高妙,可传于后世,但叙事过于简略,不尽如人意。最后,他又委托韩琦另写一篇,洋洋洒洒,比起欧阳修写的来要长两三倍。后来,欧阳修一想起这件事,就很不是滋味,憋到第二年,欧阳修才在《论尹师鲁墓志》中,再次阐述自己的观点。

十

皇祐元年(公元 1049 年)初,欧阳修以眼疾严重为理由,向朝廷请求调知颍州(治所在今安徽阜阳)。

扬州与颍州比,毕竟江南要冲,政务杂乱繁多,与外界交往接待重,使不愿意在应酬上花时间的欧阳修大伤脑筋。加之欧阳修近来身体诸多不适,眼疾日趋严重,母亲大人又年近七十,垂老羸弱,总是病恹恹的。

一个多月后,欧阳修得到批准。简单移交后,便立马启程上路。

乘小船,经运河,溯淮水而上。欧阳修的心情轻快如飞,毕竟,这是他自愿选择的州郡。

黄昏,船行到淮河岔口——涡口(今安徽怀远县东北),泊至岸边。欧阳修上岸吃饭、住宿,遇上从陈州(今河南淮阳)回宣城经涡口的梅尧臣。梅尧臣此行因父亲去世,刚解除陈州通判,回宣城奔丧。

从茅房方便出来,欧阳修正准备去岸边随便找家小食店吃几口饭。刚走几步,欧阳修一惊,看见一个又高又瘦的熟悉的背影。由于眼疾,隔着几米远,欧阳修不敢相认。他怕自己没看清楚,便朝那个熟悉的身影呼喊着跑去。

梅尧臣循声转过背来,定定地站在原地,一脸惊讶,做梦也不会想到会在涡口偶遇永叔。

"人生何处不相逢。"欧阳修一巴掌拍在梅尧臣背上说。梅尧臣这才回过神来。

两个人便站在路口,唠叨半响,聊着彼此的近况。

随后,欧阳修拉着一脸悲伤的梅尧臣,来到岸边一家酒楼喝酒聊天。

得知梅父新逝,欧阳修不便点荤菜,要了两盘素菜、一盘油炸花生米和一壶米酒。梅尧臣知道欧阳修喜欢食鱼,便说:"永叔不必管我,涡口鳜鱼鲜美,不食可惜。"两人正说着,见一老翁提着一个鱼篓进店卖鱼。梅尧臣立即唤来老翁,购下篓里剩下的两尾鳜鱼。

当老翁拎出两尾鳜鱼时,梅尧臣端详着鳜鱼,惊呆了。黄绿色的身体,灰白色的肚腹,体侧两边几粒不规则的棕色斑点。"天呐,"梅尧臣惊叹道,"还记得午桥相会时那天晚上吃的鳜鱼的颜色吗?简直一模一样。"

欧阳修仔细打量一番,点点头。

梅尧臣感到一阵恍惚,半天没吭声。十八年前洛阳的情景,一幕幕浮现眼前。

那是怎样的盛景,怎样的辉煌时代啊。

洛阳推官厅里,文士汇聚,灿若星河,诗文游宴不亦乐乎。那时的他们一定不会想,也不会相信,这一切,转眼像蒸发掉一样,消失得无影无踪。到如今,钱公已逝,洛阳文士张汝士、谢绛、杨子聪、尹源、尹洙都先后作古。

剩下欧阳修和梅尧臣,白发相对,坐在窗前,望着窗外日暮的苍凉,只能将定格在记忆深处的美好过去,一遍遍反刍,一遍遍回忆。梅尧臣一个激灵,倏忽变得凄惶起来。

隔着桌子,两位老友,凝视着对方。

掰着指头算,永叔不过也才四十三岁,但人看上去却显老相,头发、胡子全白了,不像个壮年人。刚才听说视力下降,梅尧臣还不以为然。现在,他发现眼前的老友总是眯缝着眼睛,看来眼疾果然严重。

梅尧臣呢？在欧阳修看来,不知是梅父刚逝世不久,伤心过度,还是真的老了,梅尧臣看上去颓然不堪。欧阳修看梅尧臣一直不搛花生米吃,问其原因,才知道是牙齿不好,嚼不动。呜呼！欧阳修不禁长叹。

天涯白发不期而遇。多么不忍离别,多么不愿听到报时的钟声。但人生总会离别,钟声总会响起。手握金樽,挥泪告别,两个人都有一种怅然若失的感觉。欧阳修一阵感慨,口占一首《夜行船》词来：

> 忆昔西都欢纵,自别后,有谁能共？伊川山水洛川花,细寻思、旧游如梦。　　今日相逢情愈重。愁闻唱,画楼钟动。白发天涯逢此景,到金樽、孰谁相送？

十一

二月十三,欧阳修抵达颍州。

颍州,位于颍河之南,淮水之北。地处平原,气候温和。物产丰饶,风景秀丽,城郊的西湖可以与杭州西湖媲美。民风淳朴、政务清简。欧阳修一到颍州,就喜欢上了这块丰饶的土地。

其实,欧阳修与颍州的缘分,还要从一个歌伎说起。

那是庆历五年(公元 1045 年)深秋的一天晚上的故事。欧阳修贬知滁州时,路经颍州,被当地一个州郡官吏请去西湖边喝酒。宴会上,遇见一个会唱他的诗词的歌伎。当然会唱欧阳修诗词的歌伎不止一个,关键是,这个歌伎不是只会唱一首两首,而是若干首,几乎就是全部。这简直令欧阳修瞠目结舌。欧阳修心里一热,血直往上涌。当天晚上,三十九岁风华正茂的欧阳修无比激动,像遇上千古知音似的,心潮澎湃。当即,欧阳修便对这个天资聪慧的歌伎说:"他年,吾定来颍州做太守。"欧阳修自己都没想到,随口一说的豪言壮语,竟在他心里发了芽,生了根。几年后,他像坚守一个秘密似的,把自己的承诺藏在心底,不敢忘记,直到向朝廷申请调动颍州。

但事与愿违。来颍州后,欧阳修四处打听,也不知歌伎去向。

这多少让欧阳修有些失落。

初到颍州,第一个公假日,欧阳修就在州官的陪同下,迫不及待地来到西湖边。

临近中午时,太阳终于冒出头来,照在碧波荡漾的水面上,波光粼粼,像一块碧绿的琉璃瓦。放眼望去,湖的四周,密密麻麻长满绿树。而近处,湖岸边,风一吹,柳树发出簌簌的声响。欧阳修定睛一看,柳芽早已爆开,抽出枝条,长成大片大片的叶子。先前的鹅黄早已变成青绿。随风扬起的海棠花瓣,吹得满地都是。鸟儿在树林里啾啾地叫着,像跟人说话似的。欧阳修脱去长袍,穿一件灰布夹衫,不冷不热,十分惬意。不知不觉,太阳落下去,月亮升上天空。月光像与小船捉迷藏似的,一会儿跑到船尾,一会儿又追到船头。银色的月光把船照得透亮。妙哉!妙哉!欧阳修和州吏们一边喝着小酒一边欣赏着西湖美景。倏忽,欧阳修心里咯噔一声,月光下,他想起那个唱他诗词的姑娘。

"海棠应恨我来迟。"欧阳修沉吟一句。

深夜,欧阳修回到家中,他在《初至颍州西湖》诗中浪漫深情地写道:

平湖十顷碧琉璃,四面清阴乍合时。
柳絮已将春去远,海棠应恨我来迟。
啼禽似与游人语,明月闲撑野艇随。

　　　　每到最佳堪乐处,却思君共把芳卮。

　　不料,四十三年后,苏轼出知颍州时,看见西湖撷芳亭上这首诗时,不禁哈哈大笑,指着"柳絮已将春去远,海棠应恨我来迟"一句诗,对随从说:"永叔这句诗,岂不是杜牧的'绿叶成荫'的翻版乎!"

　　苏轼这句话,石破天惊,一语中的,揭开欧阳修诗歌中蕴藏着的所有秘密。

　　相传,晚唐诗人杜牧做宣州幕僚时,出游湖州,途中爱上一名女子。十四年后,杜牧出任湖州刺史,寻访这位女子,但女子早已出嫁,并已生儿育女。为此,杜牧怅然赋诗曰:"自是寻春去较迟,不须惆怅怨芳时。狂风落尽深红色,绿叶成荫子满枝。"

　　春去夏来,西湖上的荷花全开了。荷花盛开,是西湖最美的季节。泛舟湖上,欧阳修沉浸在西湖美景中。对西湖的留恋,对颍州风物的陶醉,使欧阳修跟颍州的缘分越来越深,萌发了将颍州作为退休后定居和终老的地方。在《思颍诗后序》中,欧阳修饱蘸感情娓娓叙道:

　　　　皇祐元年春,予自广陵得请来颍,爱其民淳讼简而物产美,土厚水甘而风气和,于时慨然已有终焉之意也。

十二

　　"每到最佳堪乐处,却思君共把芳卮。"来到颍州,扬州的风土人情,还是令欧阳修念念不忘,尤其平山堂里文士们击鼓传花的游戏,让欧阳修记忆犹新。好在来颍州不久,欧阳修身边很快就聚集了一批文人学士,新的朋友圈子很快形成。

最先熟悉的,是颖州通判吕公著。

宋代通判往往是朝廷安排来监督地方长官的州郡副职。一般情况下,州郡长官与副职通判的关系不易协调,甚至紧张。而吕公著又是老宰相吕夷简的儿子。欧阳修两次被贬,饱受吕夷简的排斥和打击。面对政敌的儿子,欧阳修没有选择报复,而是冷静观察,不带一点偏见。一段时间的交往后,欧阳修发现,吕公著跟他父亲截然不同,淡泊名利,专注学问,是一个脾气温和、秉性善良的谦谦君子。很快,欧阳修改变对吕公著的防范态度,逐渐成为无话不说的好朋友。后来,欧阳修赴京任职时,推荐过两个人当谏官,一个是王安石,另一个就是吕公著。

此外,文士刘敞、王回也属欧阳修的至交。当时,刘敞、王回也寓居颖州。刘敞是一位上知天文下知地理,知识渊博的学者。任京都大理院评事时,恰逢丁忧,便与欧阳修在颖州有了交往的机会。王回则是一位德高望重的儒生。两年前,欧阳修就从曾巩那里读到过王回的文章,并给予过很高的评价。

一天,吕公著、刘敞和王回在欧阳修家中斗茶聊天。忽然欧阳修就说起宝元元年(公元 1038 年)颖州知州蔡齐建州学的事情。欧阳修思忖片刻,问在座的三个人,为何不在西湖之畔扩州学,创颖州西湖书院呢?

欧阳修讲起范仲淹、晏殊在南京应天府(今河南商丘)兴办应天府书院的事。欧阳修说:"范仲淹、晏殊都是当代文人士大夫尊崇的长者。晏殊在任南京应天留守时,兴办应天府书院,邀请范仲淹执教,探讨各种政治主张,倡导浓厚的学术氛围。"

很快,三个人同意欧阳修的意见,一拍即合,你一言我一语,商议起新建西湖书院的事情来。

几年后,如欧阳修所愿,西湖书院成为名噪天下的书院,颖州成为文风昌盛,名人荟萃的地方。

推官张洞,欧阳修的另一位挚友,在一起诉讼案中,欧阳修偶然发现并结识了他。

一天,欧阳修收到朝廷解除乡民刘柳二死刑的判决。

原来,刘柳二的哥哥刘甲曾勒令其弟鞭打自己的妻子。一阵暴打后,刘柳二不忍,抛下竹杖,与妻子抱头痛哭。刘甲知道后,不依,再次强令刘柳二鞭打妻子,至死。于是,刘柳二被府吏判处死刑,得到欧阳修的认可。推官张洞不同意此判决,认为教唆犯刘甲才是主犯,刘柳二是从犯,不应当判处刘柳二极刑。但官吏们不听,仍然坚持原判。张洞只好不再过问。不得已,欧阳修只好上奏朝廷,让朝廷重审此案。不料,朝廷判决与张洞意见完全吻合。从此,欧得修便另眼相看,从心里喜欢上这位耿直正义的年轻人,并几次送书法给他。

另外几个年轻学士,既是欧阳修的学生,又是他的朋友。欧阳修在滁州时,才华横溢的焦千之就和徐无党、徐无逸两兄弟拜访过他,深知欧阳修在文坛的分量。

认识那天,学士们很激动,徐无逸兴奋得跳起来,激动地说:"永叔大人,此人中之宝,若失,焉知何处寻来?"说完,文士们炽热的目光瞧着欧阳修,半天说不出话来。后来,一番交往后,欧阳修也越来越赏识这几个博学多才的年轻人。即使徐无党进士及第,去外地做官,欧阳修也多次赠其书法。

皇祐元年(公元1049年)夏天的一天,天气热得像个蒸笼,即使啥事不做,也会闷出一身汗来。焦千之和徐无逸来到颍州,千里迢迢投身欧阳修门下。欧阳修凝视着眼前的两个年轻人,高兴得合不拢嘴,本来就包不住牙齿的嘴巴,咧得更厉害了。欧阳修不禁沉吟道:"自吾得二生,灿灿获双琪。"看看徐无逸天资聪慧,如白玉般晶莹剔透;焦千之则更像一块寒冰,皎洁清亮。忽然,欧阳修顿生一丝凉爽。

事后,欧阳修在《伏日赠徐焦二生》的诗中,好生生把徐无逸和焦千之称赞了一番:"徐生纯明白玉璞,焦子皎洁寒泉冰。清光莹尔互辉映,当暑自可消炎蒸。"

正是欧阳修的评价,吕公著非常器重焦千之,聘他做他儿子和侄子的先生。皇祐二年(公元 1050 年)夏,吕公著被召回京师任职时,焦千之也被邀请随行前往。

若干年后,正是这个焦千之,被朝廷选拔重用,召试舍人院赐进士出身,担任国子监直讲,成为欧阳修学术思想的传承人之一。

此时,《新五代史》的编写,已经整整十五个年头。颍州期间,欧阳修的闲暇多了一些,这对致力于《新五代史》的研究和撰写大有益处。每遇疑难,欧阳修总是和刘敞讨论。完成后,他又让刘敞先睹为快,恳请提出修改意见。显然,刘敞的高度评价对欧阳修的后期修改,很有价值。颍州文人名士汇集,欧阳修多次拿出书稿,征求意见。正是这种严谨的治学态度,使欧阳修完成了这部名垂千古的历史巨著。

十三

皇祐二年(公元 1050 年)的春末夏初,旱情十分严重。入春以来,颍州就没有下过一场透雨,春旱连着夏旱。正当小麦抽穗、扬花季节,春雨比油还珍贵。秧苗栽种下去,一直没返青,眼看再干下去,将枯死田里。除农作物外,人畜饮水都成问题。欧阳修心急如焚。

一大清早,欧阳修便率领州吏,来到颍州郊外的张龙公庙,祭祀天地神灵,祈求老天爷降雨。或许欧阳修的虔诚感动了上苍,祈雨返回的路上,一场小雨便淅淅沥沥下开了,虽不大,但时间长,绵延了一整天,像甘霖滋润大地。一路上,欧阳修看见老老少少喜笑颜开,才松了一口气,脱口便占出一首《喜雨》:

> 大雨虽滂沛,隔辙分晴阴。
>
> 小雨散浸淫,为润广且深。
>
> 浸淫苟不止,利泽何穷已。
>
> 无言雨大小,小雨农尤喜。
>
> 宿麦已登实,新禾未抽秧。
>
> 及时一日雨,终岁饱丰穰。
>
> 夜响流霖霖,晨晖霁苍凉。
>
> 川原净如洗,草木自生光。
>
> 童稚喜瓜芋,耕夫望陂塘。
>
> 谁云田家苦,此乐殊未央。

欧阳修再次感到水对农业的重要。于是,下定决心,发动颍州百姓,大兴水利,从白龙沟和西湖筑堤开渠,引水灌田。另外,欧阳修还上报朝廷免除各类徭役,使老百姓休养生息。

在欧阳修眼里,西湖一直就是一块风水宝地。与颍州结缘与西湖为伴,是欧阳修一生的夙愿,也成为欧阳修治理西湖的原始动力。首先,欧阳修组织人力疏浚西湖,淤泥洼地,将十顷碧波连成一片,遍植莲藕,形成十里荷塘的气势。在此基础上,又增修楼台亭阁,蔚为壮观。在晏殊当年栽种的两株柳树前,建双柳亭。在十里长堤,种植柳树和花草林木,使西湖更加秀美。最后,组织修建三座拱形石桥,并命名宣远、飞盖和望佳,将西湖的岸与岛,岛与岛连接起来,方便了游客,增添了景色,一箭双雕。

担任几处地方长官后，欧阳修对民间疾苦了解越来越深。

一天，欧阳修去郊外视察旱灾回来，路过城门口，看见一大群人将城门围得水泄不通。欧阳修上前看了半天，才发现原来是官府在城门口向灾民抛售酒糟。欧阳修看见一老翁正在为秤没称够和两个小吏理论。小吏根本不把老翁放在眼里，板着脸，粗鲁地训斥老翁，嚷："不要就算？无人逼你买！"老翁只好忍气吞声地闭了嘴。刚才还在一旁替老翁斡旋的人看老翁不再嘀咕，也就只好闭了嘴。空气中一股刺鼻的酸臭味铺天盖地而来，熏得欧阳修睁不开眼睛。瞅着灾民拎着瓶瓶罐罐、大锅小锅、木盆，前来购买，欧阳修心里一种说不出的滋味。按照宋朝的规定，酒属政府专利，各州府都有专门负责酿酒的机构。只有偏远乡村，才允许民间酿造，由此政府还要收取高税。官府从农民手中征收糯米，酿酒去卖，获得丰厚利润；又在春荒缺粮季节，把废弃的酒糟贩卖给无粮可吃的农民，还以为老百姓做好事自诩，与老百姓斤斤计较。

欧阳修简直看不下去了。作为官府的一员，欧阳修着实感到汗颜，恨不得有条地缝钻下去。他站在那里，看着一群面黄肌瘦的灾民，和领到手的沤得黑乎乎的酒糟，鼻子一阵酸楚。

接下来的一整天，欧阳修闷闷不乐，既感到社会的不公，又感到十分愧疚。回到衙门，怀着深深的自责，欧阳修一吐为快，写下《食糟民》一诗：

> 田家种糯官酿酒，榷利秋毫升与斗。
>
> 酒沽得钱糟弃物，大屋经年堆欲朽。
>
> 酒醅瀺灂如沸汤，东风来吹酒瓮香。
>
> 累累罂与瓶，　　惟恐不得尝。
>
> 官沽味醲村酒薄，日饮官酒诚可乐。
>
> 不见田中种糯人，釜无糜粥度冬春。

还，来就官买糟食，官吏散糟以为德。

……

十四

千里搭长棚，没有不散的筵席。接下来的日子，颍州州府充满了一种离别的情绪。先是六月，吕公著任满回京，率焦千之一同前往；接着，推官张洞应晏殊征辟，前往永兴军经略司任掌书记；最后，七月中旬，欧阳修接到调令，改知应天府（治所在今河南商丘），兼南京留守司事。

一次次变动，一次次迁徙，欧阳修倦怠了。一种致仕归隐的想法悄然盘桓心间，他暗暗下定决心，打算将来在颍州买田置房。正是离开颍州的途中，欧阳修的归隐计划越来越清晰，越来越明确。以至他在写给梅尧臣的诗中坦露心迹，邀约梅尧臣一起归隐颍州安度晚年："行当买田清颍上，与子相伴把锄犁。"

一到应天府，欧阳修就遇到一件蹊跷的事。

上任第一天，一阵寒暄后，幕僚中一个小个子男人走上前，郑重其事地对欧阳修说，当地五郎庙很灵验，希望知州大人率官吏前往祭拜。欧阳修一听，心生疑窦，半天不明白小个子男人为何一上来就说此事。欧阳修便愣愣地盯着眼前这个又矮又小的男人看。小个子看欧阳修半天不表态，执拗说，知州若不理，恐有大不吉矣。欧阳修这才明白了他的意思，意思是非去不可，否则将有不祥临头。那小个子语气里含有一丝若有若无的恫吓。

幕僚们把目光齐刷刷地投向欧阳修。

目光里的意思很明确：去还是不去？

当然不去。欧阳修想。他从来不信邪。

不去乎？余想看看,有何不吉？

小个子哪里知道,州府来的是一个犟驴,一个遇上问题就死磕的主。

小个子男人只好收回目光,脸上立即起来一层灰白。

翌日,欧阳修正吃着午饭,忽听背后有人唤他,扭头一看,又不见人。欧阳修很奇怪,回头继续吃饭。突然,欧阳修发现筷子不见了。问身边的幕僚,谁都摇头说不知道。

几天后,有幕僚传言,说在五郎庙的泥塑神像手中发现了欧阳知州丢失的筷子。

欧阳修听后,心里有了主意,便借坡下驴,对州吏们说:"天下庙宇,皆从善愿,岂有作祟之理! 既然如此乖戾,关掉也好。"

当即,欧阳修便下令打上封条,将庙宇关闭。

南京(今河南商丘),显然不似滁州、颍州单纯。官场如此,民风也如此。南京、西京、北京(今河北大名)同为北宋的陪都,是"北宋"的大都会之一。政要名流络绎不绝,形形色色往来其间。

幕僚们看欧阳修不是懦弱无能的主,局势很快得到扭转,风气一下子正了许多。

庆幸的是,在应天府,欧阳修还遇上了一个可以倚重的得力助手苏颂。

苏颂,字子容,福州同安人。南京留守司的一名推官。其父苏绅被指斥为天下奸邪。但欧阳修不讲血统,不看门户,只注重个人素质。该苏颂行使的职责,欧阳修放手让他去干。公文奏疏之类的起草,全部委托给他。欧阳修对下属说:"苏颂精明能干,做事谨慎得体,值得信赖,经他处置的事情,吾就不必再过目。"由此,欧阳修抽出更多的时间从事研究和创作。

除此之外,在南京,还有一位情兼师友的长辈级人物,那就是德高望重的杜衍,欧阳修的半个"顾问"。

庆历七年春,杜衍致仕退居南京。对于杜衍,欧阳修一直敬佩不已。早在二十多年前,杜衍任扬州知州时,欧阳修随胥偃从汉阳前往汴梁,途经扬州,就亲眼看见了当地老百姓对杜衍的尊重。这令二十郎当岁的欧阳修很震撼,暗下决心,将来做官,一定要做杜衍那样的官,为君子之政,使人爱之如此。后来,在庆历新政的改革中,杜衍又以他的政治才能和气节操守,赢得了欧阳修对他的敬意。

七月底的一天,欧阳修到应天府后的第一个公假日,他去杜府上拜谒了杜衍。

听说欧阳修要来,杜衍忙从书房钻出来,站在门廊候驾。

几年不见,杜衍的头发全白了,人愈发显得清瘦,驼着背,整个人看上去明显矮了一截;穿一件葛麻制的凉衫,宽袍大袖;满头银发,一丝不乱地梳上头顶,用髻抓着。

"拜见杜祁公!"欧阳修跳下马,三步并两步奔上前,躬身行礼。

礼毕,一抬头,欧阳修遇见杜衍噙满泪水的目光。杜衍佯装一笑,说:"老夫不料,汝会来此做知州。以老夫拙见,做过几处知州,也该回朝廷矣。"

欧阳修心想,杜衍看见他,不免会想起女婿苏舜钦来。

果然,杜衍问他:"听人说永叔正整理《子美文集》?"

"是,"欧阳修回答,"刚编完《子美文集》十卷本,前两天才给文集拟完序。"

唉,杜衍长叹一声,泪水盈眶。

想起刚才杜衍说他该回朝廷的事,欧阳修摇摇头,一脸无奈,说:"长辈当知世事难料。"

"永叔太过凛然正气。"杜衍把沏好的一杯茶顿在茶几上,瞥一眼欧阳修说。

"长辈不是亦如此乎?"欧阳修凝视着风烛残年的杜衍,心里一阵痛。

"是,是。若无庆历新政的改革失败,岂会沦落来做一个知州呢?"杜衍沉吟一句。声音很小,但还是被欧阳修听见了。

欧阳修心想,这番话,不是知己,谁会说呢。

还好,还有一席用武之地。他想起什么似的,黯然神伤地说:"惜哉子美! 竟付出生命之代价。"

杜衍听欧阳修说起女婿,噙在眼眶里那泡老泪夺眶而出。痛楚和愤懑油然而生。"关键朝野积弊愈发严重矣。"杜衍脸涨得通红说,声音有些颤抖。

"看我,竟惹杜祁公伤心、生气了。大不该! 大不该!"欧阳修忙不迭地说。刹那间,赶紧把话题换到衣食住行上。

晚饭时分,杜衍邀请欧阳修留下吃饭喝酒。欧阳修没有推辞,爽快答应。虽耄耋之年,不胜酒力,杜衍还是陪欧阳修小酌了几口。一老一少聊得十分投机,最后,竟赋诗酬唱起来。

这以后,欧阳修不管有事无事,都会主动去杜府坐坐,嘘寒问暖。遇到州府棘手的事情,欧阳修便主动向杜衍讨教。杜衍也乐于给欧阳修当参谋出主意。有时候,他们干脆啥话不说,坐下来就喝酒吟诗,也是不亦乐乎。

十五

转眼,欧阳修到南京已经一年多了。一年来,朝廷时不时传出风言风语,有的甚至把欧阳修说得很难听。

应天府属水陆要冲,是汴京连接淮海乃至东南地区的重要交通枢纽。达官贵人络绎不绝,迎来送往任务繁重。欧阳修到此后,一改过去的做派,不搞厚此薄彼,无论官阶高低权势大小,一律以同样规格接待。这让一些人很不习惯,回京城后便有微词传出,有的甚至不遗余力地诋毁、诬陷欧阳修。

朝廷便派出专人来南京暗访。结果,并非如此,相反发现欧阳修在南京受到百姓普遍爱戴,人称"照天蜡烛"。仁宗得知情况后,十分喜悦,决定召欧阳修回京城委以重任。

天有不测风云。这当口,欧阳修的母亲郑氏病逝,享年七十二岁。

顿时,欧阳修的世界,天崩地裂。

坐在八仙桌旁,欧阳修紧闭双眼,不说一句话,任凭两行老泪无声地滚落下来。不仅仅是撕心裂肺,不仅仅是痛彻心扉,这些文字对生离死别的分量还是不够,只能是其中一部分,一小部分。

欧阳修冥想着,这一生,如果没有母亲的非凡与睿智,他不可能有如今的成就;没有母亲一生一世的陪伴,他也不可能走到现在。在他的记忆中,除了当初去胥偃家拜师求学,他几乎没有离开过母亲,不管天涯海角,不管庙堂江湖,他沦落到哪里,母亲就辗转跟到哪里,毫无怨言,自始至终,不离不弃。是母亲给了他一个温暖、踏实的家,无论云淡风轻,还是沉沉浮浮。母亲就像一棵树,年轻时,枝繁叶茂,替他遮风挡雨;年老时,树叶落光,雨雪风霜日晒雨淋里练就筋骨干枝,傲然挺立,让他坚定,让他感到无所畏惧。

很快,欧阳修向朝廷请假,扶柩前往颍州,为母亲送别。

福不双至,祸不单行。正当欧阳修沉浸在丧母的悲伤中,又得知范仲淹病逝的噩耗。母亲的逝去,已如五雷轰顶;挚友的辞世,又让欧阳修感到雪上加霜,悲不自胜。

本来,欧阳修还企盼着抽时间与范仲淹小聚的,攒了一肚子话想跟范仲淹倾诉。不料噩耗纷至沓来。

庆历新政失败后,范仲淹被贬知邠州,然后又调知邓州、杭州、青州。前不久,欧阳修到颍州后,听说范仲淹要求调到颍州。对此,欧阳修有一点意外,预感到一丝隐忧。在他看来,一贯以事业为重的范仲淹,不到万不得已,是不可能自荐来清闲之地的。早听说范仲淹患病,不胜繁务,但没料到如此严重,人还未走到颍州,途经徐州就病逝了,享年六十四岁。

这一生,欧阳修再也没等来范仲淹。

时间到了皇祐四年(公元 1052 年)的夏天。欧阳修感到,这一年夏天没有一点夏天的味道,无缘无故,他会感到一丝寒冷,即使三伏天,他的脊背也会感到阵阵凉意。这种感觉裹挟着他,无处不在。他生出一种四面临风的感觉来,从脊背一直冷到心底。

这是一个令欧阳修无比悲恸的夏天,从肉体到精神,仿佛都安顿不好似的。

生活还得继续,欧阳修不允许自己沉沦。

至此,欧阳修撰写的皇皇巨著《新五代史》七十四卷,历经十七年,经过后期的修改、补缀,终于完成。紧接着,欧阳修又潜下心来,将多年收集的金石碑帖整理出来,取其精华,拟写出八九十篇,著书为《集古录目》。

经过一番冷静思考,欧阳修决定把母亲郑氏葬到吉州泷冈(今江西永丰凤凰山)。翌年,即皇祐五年(公元 1053 年)夏天,欧阳修扶柩南下,并将过世多年的胥、杨二夫人一并附葬。

欧阳修的确是个闲不住的人。一到吉州,他就遍访欧阳家氏族人,回颍州后,立即梳理、设计、撰写出包括谱序、谱例、世系图、世系录、先世考辨等几方面内容的《欧阳氏谱图》,成为中国私家修谱的第一例。更为可贺的是,欧阳修自己都没料到,若干年后这个修谱,成为中国历史上家谱的模本,与苏洵后来所编的苏氏族谱合称为欧、苏二谱。

作为深受儒家思想影响的欧阳修,不仅注重家族世系的发展、兴衰成败,还十分重视对家族后代的培养和教育。

一天,欧阳修收到时任象州司理的侄儿欧阳通理的一封信,信上说要买当地的朱砂送给叔叔。欧阳修立马回信拒绝了他,并告诫说:"昨书中言欲买朱砂来,吾不阙此物,汝于官下宜守廉,何得买官下物?吾在官所,除饮食外,不曾买一物,汝可安此为戒也。"

其实,欧阳修对侄儿说的这番话,正是当年母亲郑氏对他说过的话。

记得年少时,每当年三十这天,母亲就会挂出传家宝七贤画来,让他和妹妹祭拜。母亲通常会将兄妹俩拉到画前,行过三拜九叩之礼后,说:"娃娃们要像图画上的人一样,做个品行端正,才能过人的贤德之人。"

直到欧阳修进士及第后,一天,母亲郑重其事地将六幅七贤图交到欧阳修手上,告诉他说:"此物系先父之物,是汝父任绵州推官时,唯一留下的物品。"接着,郑氏直愣愣地盯着欧阳修,语重心长地说:"吾儿谨记,汝父为官守廉,一生不曾买过官下之物。此唯一纪念矣。"

郑氏的这番话,似烙铁,深深刻进欧阳修年轻的心里。

从此以后,欧阳修十分注重自己的操守品行。多地为官,也不曾购置过官下一物,这让欧阳修成为习惯,也心安理得。

回完侄儿的信,欧阳修从书柜里取出七贤图画来,仔细端详。尽管用宣纸裹着,但时间久远,上面的粉尘还是落个不停。欧阳修忙拿来掸子,小心翼翼地掸去上面的灰尘,准备第二天拿到装裱店去装裱。

翌日，欧阳修从装裱店一回家，忙钻进书房，写下《七贤画序》一文，以示纪念。

皇祐六年(公元 1054 年)三月，朝廷改年号"至和"。

时间到了至和元年(公元 1054 年)五月。天气一天比一天热了。服丧刚刚期满，欧阳修就被朝廷召回宫中，官复原职。

临走前，欧阳修恋恋不舍，去了趟去思堂。那是庆历年间，晏殊在颍州任知州时所建的亭台。一进门，欧阳修径直去到回廊前，瞻仰了一下自己当年种植的那两棵柳树。只见柳树枝繁叶茂，已高过檐沿，在房顶撑起一片绿荫。欧阳修不禁想起五年前，亲手种植这两棵柳树时的情景。此情此景，仿佛昨日。欧阳修掰着指头一算，来颍州一晃五年过去了。欧阳修一阵恍惚，世事沧桑，无限感慨涌上心头。曾几何时，这种人生的幻灭感越来越重了。一首《去思堂手植双柳已成荫因而有感》，脱口占出：

> 曲栏高柳拂层檐，却忆初栽映碧潭。
>
> 人昔共游今孰在，树犹如此我何堪。
>
> 壮心无复身从老，世事都销酒半酣。
>
> 后日更来知有几，攀条莫惜驻征骖。

十六

本来想秋后赴京，再赶写几十篇集古录。无奈，朝廷一再催促，欧阳修只好沿颍河上溯，至陈州(今河南淮阳)，紧赶慢赶六月一日前抵达京城。

顾不上舟车劳顿，欧阳修一大清早就起床洗漱，然后走进一家路边小食店，吞下一大碗豆粥，急忙觐见皇上去了。

欧阳修跟跟跄跄往大殿走,一种从未有过的陌生感忽然而至。这一回,的确太长了。欧阳修心里说。这一回,跟上一次的确大不同。哦,是的,那时他管它叫"回归"。这一次,他明显觉得,他其实不属于朝廷。望着眼前巍然屹立的殿堂,欧阳修甚至怀疑自己曾经在此待过。

跪拜礼后当仁宗与欧阳修的目光对视时,仁宗嘴里发出"咦"的一声惊讶。

"爱卿何以至此?朕实不敢相认。"仁宗注视着须发皆白的欧阳修,脸上立即起来一层怜惜。

"颓然憔悴一老翁。"欧阳修洒脱一笑说。

"爱卿外任几年?去了几多州郡?"仁宗显然想弄清楚欧阳修衰老的原因,追着欧阳修问。

"十年矣。十余个州郡吧。"

欧阳修看着仁宗的脸庞回答。欧阳修心想仁宗倒是没什么变化,面皮看上去还是那么白皙,清秀,甚至没有一颗老年斑。

"今日回朝,有何打算?"仁宗问欧阳修。可能只恢复了龙图阁直学士,无实职官衔的缘故,或许看欧阳修如此衰老,仁宗动了恻隐之心才如此问。

"微臣近年老暮颓废,皇上圣明,望赐微臣一外放州郡官罢。"

"唉,"仁宗轻叹一声,说,"朕遍观大小官吏,做小吏时,尚敢直谏;一旦位高权重,则顾忌重重,恐于直谏。如汝者,无论官大官小,均敢直言,不多也。朕看,汝还是留京师,休去州郡尔。"

欧阳修嘴巴动了动,想说什么,硬生生把话咽了回去。

仁宗立即唤来侍臣,给欧阳修抱来一套官服。

一个月后,欧阳修被任命为吏部的一个下设机构权判流内铨,负责幕职州县官的选拔、考核、调动等事宜。

很快,善于发现问题的欧阳修,立马就找到了朝廷用人上的弊端。欧阳修发现,近年来,由于科举、门荫等途径,具备当官资格的人选越来越多,而官场职数有限,待官者只能住在京城等候。而其中,孤寒贫困之人居多,常常一等,就是一年半载。有时,好不容易候来一个职位,又被权贵子弟近水楼台得了去。针对此问题,欧阳修立即呈上《论权贵子弟冲移选人》札子,请求朝廷关注孤寒贫困之人,限制权贵子弟特权。不料,此奏札一呈上,立即得到仁宗赏识,当即便命令三班依照执行。

　　此札子无疑给以权谋私者致命一击。谁也没想到,遭遇了众多坎坷和不幸的欧阳修,仍然初心不改,像勇士,一回朝廷就向朝廷流弊开炮。

　　于是,又一桩流言与阴谋出笼了。

　　不几天,有人伪造出一封署名欧阳修的奏章,指名道姓地抨击一些实权在握的宦官,并要求仁宗罢免。一夜之间,这份奏章在朝野上下广为流传。霎时,宦官们便将利箭一起射向欧阳修。一时间,对欧阳修恨之入骨的宦官,与一些对欧阳修不满的朝臣暗中勾结,伺机报复。

　　不久,机会终于来了。

　　一个叫胡宿的翰林学士与欧阳修关系密切。他的儿子胡宗尧走程序,由吏部考察改任京官。材料报上后,仁宗不同意,认为此人犯过法,只能按资历逐级提拔。

　　原来,胡宗尧在常州任推官时,上司知州擅自将官船借人,胡宗尧遭牵连,受到过朝廷处分。

　　接着,御前会上,欧阳修发表意见,认为胡宗尧是替上司顶罪,而且已获赦免,按规定,可以改任京官。

　　会议一结束,仁宗就收到弹劾欧阳修的奏章,反戈声响彻一片,宦官们群起攻之,有说他徇私枉法的,有说他侵夺皇权的。为平息事态,朝廷决定罢黜欧阳修权判流内铨职务,出知同州(今陕西大荔)。

上任不到半个月,欧阳修就被罢免了。历史仿佛又跟他开了个不大不小的玩笑。再一次,欧阳修成为流言与阴谋的受害者。

而历史,从来都有正反两面。

另一面,朝中大臣纷纷挺身而出,仗义执言。其中,吏部吴充,上书替欧阳修说话;知谏院范镇多次发声,为欧阳修鸣不平,并要求将谗佞之徒公之于众,恢复欧阳修的职务。

范镇在殿堂上铿锵地说,吏部流内铨有不同意见,实属正常,而谄媚者竟居心叵测认为这是侵夺皇权。微臣担心如此下去,会造成朝廷上下不良风气,将后谁还敢说话呢?!

仁宗听后,犹豫不决。

宰相刘沆观皇上举棋不定,便使出缓兵之计,对仁宗说:"皇上为何不留下欧阳修,让他与宋祁等共修《唐书》。"

仁宗听后,心头一喜,连忙颔首称赞刘沆好主意。

第二天早朝,不等欧阳修开口辞别,仁宗抢先对欧阳修说:"修勿去同州,且修《唐书》。"

又过一段时间,刘沆上奏仁宗,请求同意欧阳修接替翰林学士曾公亮,权判三班院,负责低级武官的提拔、考核、调动。

仁宗听后,抿嘴一笑说:"修不仅是一名好的差遣官,还是一名好翰林,让他接替曾公亮吧。"

于是,至和元年秋天,欧阳修从龙图阁直学士擢升为翰林学士,兼史馆修撰。两个月后,接管三班院。

翰林学士,是皇帝最亲近的侍从官。欧阳修第一天进入学士院,就得到皇帝亲赐的官服一套、金带一根、镀金银鞍辔马一匹,让大臣看见都眼馋。

十七

从朝廷出来,欧阳修来不及换官服,一件圆领大袖,腰间束着一根革带,头戴幞头,便火急火燎地往虹桥附近的酒馆赶。

走了好半天,欧阳修才气喘吁吁地来到一家名叫"十千脚店"的酒馆门前。说是脚店,格调却不低,二层彩楼,红红绿绿的门脸。欧阳修仰头一望,匾额上四个金粉大字,正是弟子曾巩说的地方。欧阳修便迈出一只脚往里走。正这时,看见一个黑脸膛男子,牵着衣襟,橐橐橐,迎面朝他跑来。突然,黑脸膛戛然停住,回头张望,等候落在身后的另一名男子。欧阳修定睛一看,后面的男子正是弟子曾巩。

"先生!弟子子固拜见!"曾巩上前,拱手一揖说。

"介甫拜见欧公!"黑脸膛站在曾巩身后,也拱手一揖,朗朗大声招呼道。

曾巩连忙退后一步,和黑脸膛并排站着,指着对方向欧阳修介绍,"先生,介甫也。"

果然是王安石!欧阳修一怔,难怪脸色这般黧黑,皮肤这般粗糙。

欧阳修颔首微笑,凝视着王安石,清了清嗓子说:"多次听子固说起,也阅过汝的诗文,但一直无缘相会。今日相见,终偿夙愿。"

曾巩和王安石当然懂得欧阳修的意思。曾巩在欧阳修面前不止一次提起过他这个临川老乡,而且给欧阳修看过王安石写的诗文。庆历七年,曾巩曾写信给王安石,表达过欧阳修想见王安石的意思。信中,曾巩直截了当问王安石,欧公甚欲一见足下,能作一来计否?胸中事万万,非面不可道。王安石也一往情深回信,说非先生无足知我也。但终因游宦一方,两人一直无缘见面。

看见王安石,欧阳修的目光一刻未曾离开。王安石宽皮大脸,双眼皮,大眼睛,蒜头鼻,嘴唇棱角分明;穿一件灰不拉叽的布褙衫,皱巴巴的,领口袖口都磨毛了,带子也没系,一副不修边幅的样子。

王安石也对视着欧阳修,不急不缓地说:“后生久闻欧公大名。尤其那篇《醉翁亭记》,奇文也,江湖庙堂广为传颂,后生更是爱不释手。”

曾巩看两人只顾说话,半晌不挪步,连忙提醒他们往里走。

三个人便并排着走进酒楼,坐下说话。

瞅一眼不再冒热气的茶碗,欧阳修说:“老夫不暇,朝堂冗事缠身,姗姗来迟,让二位久等。”

“欧公繁忙,介甫来京候令;余一闲人,无碍。”说着,曾巩提起茶壶,往欧阳修面前的茶碗倒茶。

“介甫还在等朝廷新的任命?”欧阳修问。

“诺。”王安石回答。

之前,欧阳修就听说过王安石不愿入朝廷当馆阁的事。本来,进士及第,为官一任后,可参加朝廷馆阁考试,然后任馆阁之职。馆阁职务虽然清淡,无实权,但毕竟是仕途高升的一条重要通道。而且一经入选,便可跻身社会名流之列。王安石似乎对此不感兴趣,不仅不主动报名参试,还对宰相文彦博的举荐、朝廷的特旨召试,婉言谢绝。

但是,正是这种不落俗套、特立独行的气质和个性,让欧阳修看到王安石身上的不凡之处。

另外,欧阳修赏识王安石,还有一个重要原因,就是王安石的博学多才。欧阳修发现,王安石是一个纵横家、杂家,集孔子、孟子、儒教、道教、文学于一身,物象万千,卓尔不群。

这让欧阳修一见王安石,就叹为观止。

欧阳修心想,得跟他好好聊聊。

"茶就不品了吧?"欧阳修提议说,"直接饮酒。"心想时候不早了,喝酒谈事更方便。

"诺,诺。"王安石和曾巩同声附和。

于是,唤来店小二,他们点了黄酒、糖醋鲤鱼、酱猪蹄、虾肉包子和蔬菜羹汤。

等菜的当口,曾巩问起欧阳修的眼疾来。

欧阳修说:"一直坚持服汤药,总不见好,眼前似有黑蛾飞,恐难治愈矣。年轻甚好,年轻无疾。"欧阳修长叹一声,打量起坐在他对面的两位年轻人来。

"先生不必焦急。古人说,病来如山倒,病去如抽丝。只要坚持服药,方可治愈。"说完这句话,曾巩笑笑,觉得不该把话说得过满。于是改口说:"哦,不,方可好起来。"

欧阳修盯一眼曾巩,思忖片刻,索性把心里话统统掏出来。

"老夫自幼细读太白、韩愈诗文,深感文坛西昆体、太学体风靡,浮艳晦涩之风盛行。老夫半生砥砺,与文坛革新派一扫绮靡文风,鼎力推行诗文革新运动。如今,老夫老矣,壮士暮年,惟寄希望汝辈才俊。"

欧阳修说着,将目光深情地投向王安石。

王安石一抬头,目光被灼了一下。聪明的王安石心领神会,一下子全明白了。

但王安石啥也不说,他内心清楚,他的兴趣志向不在文学。少年时,他就立志要做圣人,奉孟子为圭臬,而非韩愈,当政治家,提倡改革是他一生的梦想。他跟欧阳修不一样,文学于他,仅仅是第二位。

但这一切欧阳修并不知道。见面的第二天,欧阳修就迫不及待地托人带去《赠王介甫》一诗。诗中,欧阳修热情洋溢地写道:

> 翰林风月三千首,吏部文章二百年。
>
> 老去自怜心尚在,后来谁与子争先?
>
> 朱门歌舞争新态,绿绮尘埃试拂弦。
>
> 常恨闻名不相识,相逢樽酒盍留连。

王安石不能再缄口不语了,对欧阳修的青睐,他只能婉言拒绝,在《奉酬永叔见赠》中,他娓娓写道:

> 欲传道义心虽壮,强学文章力已穷。
>
> 他日若能窥孟子,终身何敢望韩公?
>
> 抠衣最出诸生后,倒屣尝倾广座中。
>
> 只恐虚名因此得,嘉篇为赆岂宜蒙!

人各有志,不可强求。即便有种说不出口的遗憾,欧阳修也很快释怀了。当他得知朝廷还缺两名台谏官时,他还是不由自主地想起了王安石,举荐了他。朝廷虽然没有立即采纳,但他的推荐毕竟举足轻重,引起了朝廷的关注。不久,朝廷就破格任命王安石为群牧判官。王安石起初推辞,最后,在欧阳修的再三劝说下,他才勉强上任。

十八

初夏的一个公假日,天气在一夜之间变得燥热起来。云朵像被灼热的阳光融化了似的，裸露出一大块白乎乎的天空。欧阳修和翰林院三个下属骑马来到郊外游玩，眼睁睁看见一匹飞奔而来的雪青马，踩死一条黄狗。欧阳修忽发奇想，提议大家用最简短的文字叙述此事。其中一人，略加思索，大声说："有黄犬卧于道，马惊，奔逸而来，蹄而死亡。"另一人思忖片刻，接过话茬说："有黄犬卧于通衢，逸马蹄而杀之。"第三个人想了半天，一直没说话，过了好一阵，才说："有犬卧于通衢，遇马而死。"欧阳修一听，哈哈大笑说："照此修史，一万卷也撰不完矣。"三个下属便异口同声，问："永叔意下如何？"欧阳修瞥一眼路边躺着的死狗，捋了捋胡须，盈盈一笑说："逸马杀犬于道，六字足矣。"三人听后，惭愧半天，比起自己的冗赘来，深为欧阳修的文字简洁折服。

一天下午，天热得透不过气来。欧阳修收到范仲淹之子范纯仁的来信，要他修改《范公神道碑铭》其中那段范仲淹写信给吕夷简和解的事。信中，范纯仁毫不客气地说："吾父从未与吕公和解过。欧公应改之。"读完信，欧阳修琢磨半天，心想，这是我亲眼看见的事实，怎么就没发生过。年轻人怎么知道？经过一番深思熟虑，欧阳修决定遵循事实，不予理睬。不料，无独有偶，富弼读罢碑铭，也不以为然，专门托朋友徐无堂向欧阳修转达他的不满。欧阳修很纳闷，压根儿没想到，此碑铭没有引发政敌的攻击反而招致范公亲人和朋友的怨嗔。

其实，撰写碑铭，欧阳修一直很谨慎。范公逝世两年，欧阳修迟迟都不肯动笔，直到范公亲人、朋友再三催促。一方面，欧阳修深感"平生孤拙，荷范公知奖最深"，撰写碑铭义不容辞；另一方面，他深知追忆范公一生，意味着对大宋历史近三十年的回顾和评判。写得好，名垂青史，皆大欢喜；搞不好，稍有不慎，便容易招来政敌的攻击，落下把柄，遭人詈骂。一路写来，欧阳修心有余悸，如履薄冰。景祐年间,"朋党"风波,范仲淹和包括欧阳修在内的追随者,遭到朝廷贬谪;不久,吕夷简也被罢黜相位,两败俱伤。后来,西夏战事爆发,吕夷简恢复相位,范仲淹也临危受命,任陕西经略安抚副使。外患面前,范仲淹深明大义,主动写信与吕夷简和解,朝野上下交口称赞。这一事实,在欧阳修看来,彰显了范公心胸开阔不计得失,以江山社稷为重的士大夫精神风范,值得颂扬。

然而,事情并非如此简单。

欧阳修倒抽一口冷气,六月暑天,脊背上爬出一层冷汗。

欧阳修不禁想起几年前,也是为写碑文,尹洙的学生前来找他对簿公堂,一番诘难,惹得大家很不舒服。没想到,事隔几年,同样的尴尬再度发生,欧阳修真是憋屈得慌。

不知不觉,时间到了至和二年(公元 1055 年)正月。欧阳修才从低落的情绪中走出来。

初春,宫廷里门壁上到处贴满了帖子,风一吹,伴随着噗噗的响声,翩翩起舞。这些帖子大多是翰林学士拟写的赞美帝王后妃的溢美佳句。每逢节日节气张贴出来,增添喜庆,俗称帖子词。

这天,仁宗批阅了一下午奏章,颇感疲惫,便走出书斋,来到宫院溜达。此时,刚落过一场春雨,红梅初绽,空气清新。仁宗深深地吸了一口气,猛一抬头,看见一幅帖子词上写着:"阳进升君子,阴消退小人。圣君南面治,布政法新春。"仁宗眼前一亮,十分赏识,心里又默念了一遍。显然,这不是一般的粉饰太平之作,更没有谄媚讨好之嫌,除了契合新春节令外,更多劝谏的意思。仁宗的精神为之一振,忙唤来侍从官询问此帖系谁的佳作。侍从官回答,欧阳永叔也。仁宗粲然一笑,沉吟一声说,难怪。于是,又令人将皇后、嫔妃诸阁中的帖子词一一取来,细细研读。发现用心良苦,篇篇都寓含劝谏之深意。仁宗心里不禁感叹,侍从之臣做到如此地步,也就差不多了。

此后,凡有翰林学士院的文书送达,只要出自欧阳修之手,仁宗必唤人取来,亲自过目,绝不遗漏。

十九

时至六月,欧阳修憋屈得慌,实在不想留任朝廷,申请出知蔡州(今河南汝南)。不料,朝廷顺水推舟,很快下诏同意欧阳修以翰林侍读学士出知蔡州。

事情要从一位女佣的死亡说起。至和元年(公元1054年)腊月的一天,寒风凛冽。宰相陈执中家中一位女佣突然死亡。家奴们将尸体抬到官府,请求检验。果然,尸体上满是伤痕。一时间,朝野上下沸沸扬扬,流传两种说法:一种说女佣是陈执中亲手打死;另一种说女佣是被陈执中爱妾阿张打死。孰是孰非,一时间闹得满城风雨。压力之下,朝廷只好令开封府立案审查。可是,一拖半年过去,直到至和二年春,案子都没有了结。一天,朝廷突然下令,撤销案子。这种不了了之的做法,立即遭到台谏官们的反对。其中,殿中侍御史赵抃铁骨铮铮地对仁宗说:"女佣即便有过失,也应送官府断定处置,而不能违朝廷之法,立私门之威;若为阿张所杀,自当捉拿阿张交与官府以正典刑。执中家不克正,而又伤害无辜,如何可以?!"仁宗听后,从一大堆奏章中抬起头,探出半颗脑袋,也一眼赵抃,又埋头批阅起奏章来。任凭赵抃说得白泡子翻,也不答一句。这令站在一旁的欧阳修急得干瞪眼,心想,仁宗分明拒纳忠言,包庇宰相,善恶不分,黑白不辨。

立即,欧阳修给出了自己的意见。在《论台谏官言事未蒙听允书》中,欧阳修直言不讳地写道:

> 近年宰相多以过失因言者罢去，陛下不悟宰相非其人，反
> 疑言事者好逐宰相。疑心一生，视听既惑，遂成自用之意，以
> 谓宰相当由人主自去，不可因言者而罢之。

末尾，欧阳修还批评仁宗"好疑自用而自损"，提醒仁宗要"察言事者之忠，知执中之过恶，悟用人之非"。

但仁宗根本听不进去，照旧不理，弄得欧阳修很没趣的，深感作为一名侍从官，留在朝廷一点用处都没有。一种深沉的失落感牢牢地拽住了欧阳修。引退的念头，像春天的草木，经风一吹就势不可当地萌发出来。于是，就有了欧阳修不想再留任朝廷，申请出知亳州的一幕。

仁宗的态度铁板钉钉，表面成全顺应，实则借坡下驴。

这就引发了朝廷一批忠良的反感上书。侍御史赵抃和知制诰刘敞强烈呼吁挽留欧阳修。迫于压力，仁宗才出面挽留。

六月底，陈执中被罢黜相位，出知亳州。朝廷任命文彦博、富弼为宰相，受到文武百官的一致好评。

事情偏偏凑巧。陈执中罢免的诰词，朝廷居然安排欧阳修拟写。

真是冤家路窄，陈执中心想，这下肯定没什么好果子吃了。因为，从庆历新政起，欧阳修和他一直是政敌，两人常常针尖对麦芒，即使同朝为官，也互不往来，严重时，朝廷相遇，两人也常常把头扭向一边，假装没看见。这下好了，欧阳修终于逮住了报复的机会。

但是，在欧阳修看来，陈执中虽然与他持不同政见，且关系紧张，但为人处世一直清高自守，颇有主见。

诰词出来，陈执中一看就惊住了，他几乎不相信自己的眼睛，把一篇诰词看了又看，直到完全记住欧阳修给出的评价："杜门绝清，善避权势以远嫌；处事执心，不为毁誉而更守。"

陈执中心头一热,与欧阳修几十年罅隙,压根儿没想到欧阳修会如此评价他。

事后,陈执中誊写了一份寄给他的一位好友,感慨说:"即使与余相知甚深的人,也难以将余的为人总结得如此精到。余真后悔,为何不早识欧阳修呼?"

二十

八月,契丹国主耶律宗真过世。欧阳修出使契丹,参加翌年初举行的新契丹国主耶律洪基登基典礼。

至和二年(公元 1055 年)冬天,北风呼啸。欧阳修一行从汴京出发了,经过一个多月的长途跋涉,终于到达了与契丹接壤的雄州(治所在今河北雄县)城下。

夕阳西下,欧阳修伫立城头,眯缝着一双眼睛,远远望见被风吹得东倒西歪的不知名的树和立于枝头叫唤着的寒鸦,荒凉一片;再远处,一条弯弯拐拐的河流,干枯萎缩成一根虚线,若有若无。仅仅一河相隔,从雄州到契丹都城上京少说也有两千里。想到此,欧阳修心里涌起一股浓郁的思乡情。暗暗地,他在心里告诫自己,不要思家吧。一首《奉使契丹初至雄州》口中占出:

> 古关衰柳聚寒鸦,驻马城头日欲斜。
>
> 犹去西楼二千里,行人到此莫思家。

站立城头,欧阳修四处巡视,打量着来来往往的男女老少。长期在边地生活,抵抗契丹入侵,个个晒得面皮黧黑,皮肤粗糙,能骑擅射,看上去剽悍强壮,即使孩子,也会骑马,妇女也会拉弓射箭。虽然,朝廷与契丹签订了屈辱的"澶渊之盟",年年向契丹纳绢送银,但边地疆界仍不安宁,骚扰不断。官吏们只顾苟且偷安,一再叮嘱百姓,一旦发生纠纷事端,必须退让讨好。身居界河,连在界河捕鱼都不敢。身临其境,欧阳修想到此事,就感到屈辱和烦恼。当夜欧阳修就把白天在边地的所见所闻所感记录下来,写进《边户》诗中:

> 家世为边户,年年常备胡。
> 儿童习鞍马,妇女能弯弧。
> 胡尘朝夕起,虏骑蔑如无。
> 邂逅辄相射,杀伤两常俱。
> 自从澶州盟,南北结欢娱。
> 虽云免战斗,两地供赋租。
> 将吏戒生事,庙堂为远图。
> 身居界河上,不敢界河渔。

紧赶慢赶,几天后欧阳修一行终于抵达上京,受到契丹的热情款待。晚宴上,除皇亲国戚外,大部分王公大臣都来了。全都为了一睹欧阳修的英姿。一位契丹大臣热情地拉着欧阳修的手说:"谁叫你欧阳学士名气如此大呢!"

庆典一结束,欧阳修就匆忙踏上归途。一路上,河水全都封冻了,阳光照在上面,反射着迷离的光芒。雪花纷纷扬扬,马蹄踏在厚实的雪地上,发出嚓嚓的清脆之声,让人感到一种速度的飞驰。一想到即将回到温暖如春的家乡,欧阳修一路谈笑风生,说不出的高兴。

往返六千里。二月底,汴河水开始解冻的时候,孱弱多病的欧阳修终于回到了京城,向朝廷交出了一份圆满的答卷。

五月,小满刚过,汴京城就发生了一场历史上罕见的大洪灾。

几十年来,大宋的天气没有这么糟糕过。一连七八天,下了好几场瓢泼大雨,仿佛要把天下漏似的。河水泛滥,江河决堤,汴京城汪洋一片。一大片一大片的民房被洪峰冲垮,低洼处变成了可以撑船的水凼。老百姓四处逃窜,哀求呼号。

欧阳修家人也和大家一样,东躲西藏,不知如何是好。不等洪水消退,一家人又回到住处,白天住在屋里,脚下蹚着洪水;夜晚露宿木筏上,直到洪水退去。

对于习惯了过太平日子的皇帝来说,洪水当然来得太突然太猛烈了。站在朝堂,欧阳修看见窗外大雨如注的背景下,瘦削单薄的仁宗蜷缩在龙椅上,身体瑟瑟发抖,活像一只振翅的瓢虫。

接着,朝廷下诏,让大臣们纷纷上书,议论时政弊端。因为在天下感应的时代,人们大都认为自然灾害是上天对人的警告和惩罚。欧阳修也不例外,于是,他挖空心思,竭忠尽智,一鼓作气,拟写出《论水灾疏》《再论水灾状》和《论狄青》札子三篇奏章上交朝廷。在《再论水灾状》中,欧阳修推荐了包拯、张瑰、吕公著、王安石四人,希望得到朝廷重用。另外,为安定天下民心,欧阳修呼吁皇上尽快立储。原来仁宗有过三位皇子,但时运不济,三位皇子先后夭折。

此后,一批大臣也随之上书,请求立储,并罢黜狄青枢密使职务,任命韩琦为枢密使。

上书谏言刚刚消停,欧阳修又迎来了老朋友相会。

一天清早,欧阳修从家里出来,来到临街的一家小食店门口停下,在马桩上拴好马,进店要了一碗白粥,快马扬鞭朝汴河边赶去。

原来,前一天,欧阳修听说梅尧臣来京了。等不及梅尧臣来找他,他便找上门去。汴河洪水刚刚退去,舟船在河里穿梭如箭,岸上人头攒动。欧阳修穿过一摊烂泥地,跨过一片沼泽,终于在河东侧的一片又黑又矮的棚户区,找到了梅尧臣的住处。

站在门口,欧阳修往里张望,屋里黑乎乎一片。本来就有眼疾的欧阳修,什么也看不清。人在门口,挡住了唯一的光线,屋子顿时更暗了。这时,坐在门口看书的梅尧臣发现了他,赶紧起身迎上去。欧阳修这才看见了梅尧臣,梅尧臣立即点亮油灯。欧阳修这才发现棚屋根本没有窗户,只有窄溜溜的一扇门。

欧阳修凝视着梅尧臣,五年不见,梅尧臣看上去又黄又瘦,脸呈菜色,一副看上去风都要吹倒的样子。

欧阳修心想自己已是朝廷高官了,可朋友还在底层当低级小吏,怀才不遇。欧阳修一阵心痛,扫视一眼梅尧臣家徒四壁的家,更感悲戚。欧阳修下决心,一定要帮助朋友渡过难关。

第二天一大清早,欧阳修便托人给梅尧臣捎去二十匹绢和五石粮食,以解燃眉之急;不几日,欧阳修又向仁宗鼎力推荐梅尧臣。这一次运气不错,欧阳修的愿望没有落空。朝廷不久就任命梅尧臣国子监直讲。终于,梅尧臣一家可以在京城安定下来了。

欧阳修总算可以回家睡一个囫囵觉了。现如今,欧阳修的四个儿子,个个都英姿勃发。大儿子欧阳发满打满算有十八岁了,在京师太学堂师从大儒胡瑗念书。最小的儿子欧阳辩也有八岁了,正是淘气的年龄,常常把欧阳修夫妇搞得哭笑不得。老三欧阳棐,欧阳修最喜欢的儿子,刚过十岁,渐渐露出热爱读书的秉性。

每次,欧阳修在书斋里挥毫泼墨,临帖练习书法时,欧阳棐都守在一旁,静静地观看父亲习字,直到深更半夜。薛氏心痛儿子,便三番五次进屋撵人。小家伙本来已经困得不行,但还揉着一双惺忪的睡眼,对薛氏说:"母亲莫吵,孩儿不困,让吾再观爹爹一会儿。"欧阳修听后大喜。其他儿子早就瞄一眼走人了,唯独棐儿,硬是津津有味,都吆喝不走。欧阳修顺手将刚写完的《鸣蝉赋并序》送给棐儿,以资鼓励。

二十一

嘉祐二年(公元 1057 年)正月,欧阳修被仁宗授予"文儒"二字,接受诏命负责礼部贡考。同时,接受诏命的还有翰林学士王珪、龙图阁直学士梅挚、知制诰韩绛、集贤殿修撰范镇,梅尧臣为参评官。诏命一到手,考官们奔赴贡院,与外界隔离,行使职责。

六个考官,从大年初七到二月底,五十来天不与外界接触,俗称"锁院"。

还好,锁院期间,除拟考题和试前准备外,诗歌唱和,成了考官们闲暇时光的唯一娱乐。考官们个个能诗擅赋,幽默诙谐,一场贡考下来,积攒的诗词歌赋,少说也有上百首。

此次贡考,无疑是千年科举考试最闪耀的一榜,为北宋政坛、文坛乃至思想界选拔出一大批精英。仅文学领域,就有苏轼、苏辙、曾巩脱颖而出,占据了宋代古文六大家中的半壁河山。至此,唐宋古文八大家中的宋代六家全部聚齐,从此,宋代文学迈入了鼎盛时期。

尤其苏轼的出现,石破天惊,令欧阳修一生都自豪不已。

黄昏时分,几案上的蜡烛燃成了一截淡蓝色的灰烬,举子们陆续退出考场。先头还座无虚席、烟雾缭绕、像春蚕吃叶发出沙沙声音的考场,一下子人去楼空,寂然一片。随后,考官们紧张而严肃的忙碌便开始了。收好试卷,将试卷上考生的籍贯、姓名等内容,用纸条遮住,俗称"糊名"。然后,另行编号。最后将试卷的内容重新誊抄一遍,再加盖贡考印章。做完这一切,他们才开始阅卷。阅卷之初,先由初考官初判,定出等次。然后,再由复考官复判。

之后,结合两次判卷结果,定夺出名次。最后,启封,揭出糊名,恢复其举子的姓名、籍贯,定夺出礼部贡考最终录取的名单,上报朝廷,以供殿试最后裁决,俗称"定号"。

按程序,苏轼的试卷,首先进入参评官梅尧臣的视野。梅尧臣刚阅了几句,心就扑扑跳起来。太不一般了!这篇策论的写作造诣已炉火纯青,放眼考场,几无对手。梅尧臣精神为之一振,忽然,梅尧臣意识到这次当参评官最大的意义,可能就是发现这篇雄文了。梅尧臣腾的一声站起来,橐橐地跑过去,将试卷递给主考官欧阳修。欧阳修一口气读完,心潮澎湃,捧着试卷的双手略微有些颤抖。他太激动了,按捺不住内心的激动。他扭头朝梅尧臣看,脸庞发红地说:"圣俞,千载难逢的雄文也!"梅尧臣颔首微笑,半天说不出一个字来。

最后,评定名次时,梅尧臣指着那张试卷不假思索地说:"状元郎非他莫属!"其他考官也同声附和,没有异议。这下却难倒了主考官兼负责人欧阳修。欧阳修拿起又放下,放下又拿起,足足审视了十多分钟。最后,他和几位考官对视一眼,努努嘴说:"诸位,吾思量半天,定榜眼更为合适。"梅尧臣心领神会,心想,永叔避嫌,看样子,他也猜到了此文系弟子曾巩所著。

但是,揭开糊名时,考官们一下子傻眼了,试卷上明明写着苏轼的名字,而非曾巩。

苏轼何许人也?欧阳修和在场的考官对视一眼问。由于激动,声音微微颤抖。

大家这才告诉他,苏轼,字子瞻,二十二岁。

何处人士?欧阳修眨巴着眼睛,把这几年他所知道的各地崭露头角的年轻人在脑子里搜寻了一遍。

梅尧臣灵机一动,记起欧阳修曾说过苏洵拜访过他的事。于是,提醒说,此人系眉州苏老泉之长子也。

一瞬间,欧阳修的记忆闪过一年前与苏洵一家认识的情景。

那是嘉祐元年初夏的一天中午,天气闷热,让人透不过气来。一朵乌云飘浮过来,遮住了大半块天空。天倏地黑下来,滚过一两声闷雷,眼看就要下雨了。欧阳修站在轩窗边,探出半颗脑袋,望望天,又瞧瞧门外。心想这个苏洵,要来就赶快来,千万别让雨拦住了脚。

自从读了苏洵寄来的文章,欧阳修再也无法忘记和他年龄差不多的这个眉州人了。苏洵的文章老辣,有嚼头,恣意纵横,气象万千,深深地吸引了欧阳修。欧阳修看来,未来的散文就应该循着这个方向发展。于是,欣喜万分的欧阳修,当即回信约见苏洵。苏洵没料到,堂堂翰林学士这么快就邀请自己。苏洵接到信后,回信答应翌日便去府邸拜访欧阳修。

正当欧阳修急得火急火燎时,天井里传来薛氏的声音:"欧公,客人来啦!"

薛氏抱着一堆从晾衣绳上收下来的衣服,领着三个男人,一前一后地进屋了。

"欧阳学士!欧阳夫人!老泉一家三口在此拜见!"走在前面的苏洵望着欧阳修,站在门槛边说。此人约莫五十岁上下。欧阳修心想这大概就是苏洵了。三个高个子男人一字排开,单腿跪下,欲行跪拜礼。欧阳修立即上去,拉住他们的胳膊说:"免礼!免礼!"欧阳修凝视着苏洵,问:"汝苏老泉吧?""正是,欧阳学士。"苏洵回答。接着,苏洵一手拉着一个男子说:"欧阳学士,这是吾的两个儿子,一个叫苏轼,一个叫苏辙。"随即,两个男子拱手一揖,齐声道:"晚辈拜见欧公及夫人!"

欧阳修夫妇齐刷刷地将目光投向两位年轻人。

"此次来京,意为陪两个儿子参加翌年的进士考试。"苏洵抿嘴一笑说。

　　"请坐下谈话。"薛夫人将胳膊肘上的一抱衣服临时放下,指着欧阳修对面的一圈木椅说。

　　欧阳修从书架上取下那套墨绿色的官窑瓷器,递给夫人。

　　夫人会心一笑,心想今日来的三个客人果然非同寻常。茶皿很久没有动过了,上面落满了灰。薛氏知道凡有贵客临门,欧阳修才舍得拿出来用。

　　欧阳修打量着苏洵的两个儿子,高大魁梧,一袭青布长衫,软底布鞋,浓重的巴蜀口音。叫苏轼的长得蛮有特点,额头高大、高颧骨、虬髯。比起苏轼来,苏辙倒是标致得多,微笑时,嘴角总是挂着一丝羞涩的表情,一看就是弟弟。

　　刚坐下,苏洵便从随身携带的布囊里摸出一封信,递给欧阳修。

　　欧阳修来不及细看,见署名"张方平",欧阳修微微蹙了蹙眉,但不快的情绪很快就散了。

　　半年后,苏洵才得知,益州知州张方平,曾经是欧阳修的政敌。庆历新政时期,张方平任御史中丞,曾与韩琦、范仲淹等人掰过手腕。苏洵心想,要不是欧阳修不计宿怨,心胸开阔,张方平的推荐信只会帮倒忙了。

　　过了一会儿,薛氏提着一个小铜壶和洗净的茶皿进来。欧阳修接过,搁在几案上。然后拉开抽屉,取出那包早日准备好的"峨眉雪芽",用木勺舀出茶叶投进瓷壶里,再将沸水倒入壶中冲泡。欧阳修一边沏茶一边说:"仁宗送的贡品呢,一直舍不得喝,一直等识货的人。"苏洵笑得满脸皱纹,说:"吾就住峨眉山脚下呢。"

　　"吾出生绵州,算半个老乡。"说完,欧阳修哈哈一笑。品着好茶,欧阳修提起苏洵的文章,兴致勃勃地说:"吾一生读文章无数,其中最欣赏尹师鲁和石守道,但时而仍感不够完美。前几天读汝之文章,感觉甚好!"

整个下午,伴随着窗外滴滴答答的雨声,欧阳修和苏氏父子三人侃侃而谈。

不知不觉已近黄昏。当欧阳修把苏氏三父子送出家门时,已是雨后初霁,一抹红彤彤的晚霞亮透了整个天空。

望着苏洵的背影,欧阳修心里说,这个苏洵不简单啊。

几天后,欧阳修将苏洵的二十二篇文章一起呈上朝廷,并拟写《荐布衣苏洵状》,高度评价了苏洵的文章和人格。接着,欧阳修又写信给富弼,引荐苏洵。一时间,苏洵的文章传遍朝野。

没料到,不简单的苏洵,还有一个不简单的儿子苏轼,以及一个不简单的小儿子苏辙。

欧阳修喜出望外,像中了头彩似的欣喜若狂。

名册一出来,欧阳修就跑去面见仁宗,说:"陛下,大喜啊!此次贡考,微臣发现了一个旷世奇才呢。"仁宗正和几个大臣在球场上蹴鞠,踢得满头大汗,便心不在焉地回答:"哦,是吗?"欧阳修不死心,他没有看见仁宗脸上惊喜的表情。他便站着不走,执拗地说:"皇上还没问他的名字呢。"仁宗蹙了蹙眉,叹口气说:"唉,汝个犟驴啊,汝告诉朕不就得了。"看仁宗停下来,听他说话,欧阳修这才盯着仁宗的眼睛说:"他叫苏轼,是眉山苏老泉的儿子。""哦,好了,好了,朕知道了。"仁宗的语气里透着不耐烦,说完飞也似的接球去了。

结束了五十多天的隔离,欧阳修感到轻松和惬意,有点身轻似燕的感觉。入院时,还凋敝残冬,出院时,已草长莺飞,春意盎然了。阳光洒在眼前的景物上,光影婆娑,一切都在风中颤动。枝头上挂满了青杏,空气中弥漫着家家户户寒食节熬饴糖的甜香。欧阳修心想,要是能给孩子们报个信,给老翁留一碗糖粥多好。

但是,愉悦的心情一下子就灰飞烟灭了。一场群起的闹事风波骤然而至。

贡考揭榜的第二天,一大清早,欧阳修上早朝的路上,就被一群闹事者团团围住。他们指指戳戳,推推搡搡,斥责谩骂,甚至翻出庆历年间的"盗甥案"诬陷欧阳修。他们大都是一些落榜的举子以及举子们的亲戚朋友,还有不少社会上不三不四的混混。

欧阳修对此十分冷静。一切都在他的意料之中。

作为主考官,欧阳修有自己独特的见解和对科举考试的理解。多年来,欧阳修一直致力于宋代文风的改革,提倡古文,摒弃诡异浮艳的"太学体""西昆体"。欧阳修试图通过科举考试这根无形的指挥棒,实现自己的文学主张。此次贡考,他抓住了这个难得的机会,向着自己的文学主张迈向了一大步。

庆幸的是,正当欧阳修感到压力重重时,仁宗给予了他无声的支持。按照常规,贡考后的殿试,还要黜落很多,最终决定名册和排名的顺序。但嘉祐二年的殿试,仁宗百分之百信任自己命名的这个"文儒",硬是没让一个人落榜,一切按礼部贡考公布的名单,原封不动地再公布了一次。

很快,欧阳修收到一大批新科进士的谢师信。其中,苏轼向欧阳修寄出《谢欧阳内翰书》,表达自己诚挚的谢意。五百字的短简,苏轼写得洋洋洒洒,不落俗套,既短小精悍,又力透纸背。欧阳修读得痴醉,像捧着个宝贝似的,把玩半天,不肯放下。

看老父如此兴奋,儿子们凑上头去,看热闹。欧阳修把信交给儿子们传阅,说:"记住老翁的话,三十年后,世人只会说到苏轼而不会提到老翁了。"

欧阳修的意思再清楚不过:未来的文坛属于苏轼!

儿子们听后,半信半疑,一个吐舌头,扮鬼脸;一个撇嘴巴,不以为然;另一个干脆什么都不说,捂嘴哂笑。

不要不信,老父说的全是真心话。欧阳修望着三个儿子,认真而又温柔地说。

当夜,欧阳修抑制不住内心的激动,写信给梅尧臣说:"读轼书,不觉汗出,快哉!快哉!老夫当避此人,放出一头地也。可喜!可喜!"

读苏轼的文章,有件事情,一直装在欧阳修心里。

一天,苏轼来拜访欧阳修。欧阳修问苏轼,汝在《刑赏忠厚之至论》中说,远古尧帝时,有个人犯了罪,司法官皋陶三次提出要杀他,而尧帝又三次赦免他。此典故出自哪里?苏轼回答,在《三国志·孔融传》中。

苏轼走后,欧阳修取出《三国志》,仔细阅读,找遍整本书也没发现苏轼说的典故。欧阳修感到很蹊跷,第二次见面,又问苏轼。

苏轼呵呵一笑,说:"当年曹操灭袁绍,将袁绍的儿子的娇妻赏赐给儿子曹丕。孔融不满地说,当年武王伐纣,将商纣王的宠妃妲己赏赐给周公。曹操不服,忙问此事出自哪本书。孔融说,虽无依据,不过以今日之事推测古代罢了。所以,学生也只根据尧帝为人好仁慈,皋陶的执法严格来推测罢了。"

欧阳修听后,颔首称赞说:"善读书也。"

事后,欧阳修多次在人面前夸奖苏轼,并感叹说:"此人善读书,善用书,他日文章必独步天下也!"

此后,欧阳修又引荐苏轼,认识了宰相文彦博、富弼,枢密使韩琦等一大批朝廷名臣,介绍苏轼与弟子曾巩、晁端彦等交往,使苏轼在新生代文人中发挥更大影响,使文士之间加强联系,薪火相传。

作为一代宗师,欧阳修的评价对刚步入文坛、仕途的苏轼,可谓意义非凡。很快,苏轼便受到文坛的青睐和热捧,名扬天下。

二十二

不知不觉,时至初夏。说来也奇,刚过完五十大寿,欧阳修就患了"五十肩"。一连好多天,欧阳修的肩膀疼得无法睡觉,手举不起来,连吃饭、穿衣都成问题。

到了盛夏,连续几天暴雨,像去年夏天一样,汴京城汪洋一片。欧阳修家的房子又开始漏雨,外头下大雨,屋内下小雨。一到夜里,一家人根本无法睡觉。大大小小端盆子,提木桶,拿木瓢,接水倒水舀水,通宵达旦。大雨刚过,又遇酷暑高温,一连七八天的红火大太阳,把先前的湿气一股脑儿蒸发出来。

天气又湿又热,加上疲劳过度,欧阳修一下子就病倒了。人陡然老了十岁。而这段时间,除撰写《新唐书》外,朝廷政务又多,一会儿要搞各类祭祀活动,一会儿又要接待契丹等周边使者。病中的欧阳修,深感精力不济,体力难支。不得已,欧阳修又上书朝廷,请求外调较为轻松偏僻的洪州(今江西南昌)小郡。其实,早在去年冬天,欧阳修就向朝廷申请过,只是当时,朝廷任命他礼部贡考,欧阳修的愿望便扑了空。

跟以往一样。欧阳修的请求仍然没有得到朝廷的批准。

嘉祐三年(公元 1058 年),欧阳修的身体更差了,旧病又添新疾,严重的风眩症让他忍不住向朋友诉苦。同时,他愈发怀念在滁州那种闲云野鹤般的日子,一想起来,就让他魂牵梦绕。

回忆往事,恍如昨日。"环滁皆山"的滁州风光仿佛就在眼前,不过匆匆十年,弹指一挥间,自己竟成了一个名副其实的老翁。遥想当年,安排谢判官栽下的各色花卉,红白深浅,如今在幽谷间是否花开花落,一任春风吹拂,无人怜惜。山野樵夫还记得当年那个与民同乐的醉翁吗?欧阳修一阵多愁善感,拿起笔,在滕头写下《忆滁州幽谷》八句诗:

> 滁南幽谷抱千峰,高下山花远近红。
>
> 当日辛勤皆手植,而今开落任春风。
>
> 主人不觉悲华发,野老犹能说醉翁。
>
> 谁与援琴亲写取,夜泉声在翠微中。

没有赢来闲差,反而任务更加重了。嘉祐三年(公元 1058 年)六月,朝廷任命欧阳修龙图阁学士,权知开封府。

开封,北宋的首善之区,东西南北的交通枢纽。皇亲国戚达官贵人多如牛毛,裙带关系老树虬枝,盘根错节。社会各色,三教九流混迹其间,无形中比其他州郡更为繁杂。朝廷向来注重开封府尹的人事安排,一般由皇亲国戚或有名望的大臣担任。北宋初期,太宗和真宗就担任过开封府尹。随后,知开封府,人们习惯加一个"权"字,权知开封府,自然与其他州郡分量不一般。而且,朝野上下流行一种说法:朝廷首脑,多从翰林学士、开封府尹、御史中丞中晋爵产生。

开封府难治,开封府尹难当,和现在的京官难当是同一个道理。加之,欧阳修的前任开封府尹包拯,刚毅威严,名震京师,这给欧阳修无形之中增添了压力。有人得知欧阳修任开封府尹后,替他捏了一把汗,认为包拯治理有方,欧阳修施政没有出彩的地方。行还是不行?面对置疑,欧阳修直截了当反驳说:"人的性格、才华、气质各有长短,吾岂能丢掉长处,勉强自己,用短处去迎合他人,博取浮誉呢?!"

不刻意捞取功名,不故意烧所谓的"三把火",欧阳修一如既往,像在滁州、扬州治上一样,遵循自然规律,不滋事,不扰民,宽简从政。

开封就是开封,复杂程度其他州郡无法比拟。上任后一段时期,吏治不但没有好转,反而更加混乱。欧阳修深感形势严峻。一天,一个叫梁举直的宦官,唆使一个小衙役触犯法律。处置时,接二连三传来说情声。一天之内,开封府就收到朝廷的"内降"三回,明确要求宽恕免罪。欧阳修知道后,气得吹胡子瞪眼睛,坚决不肯,且立即上奏朝廷,驳回"内降",最终将罪犯绳之以法。欧阳修的举动,无疑给权贵们扇了一记响亮的耳光。京城上下,顿时清静了许多。

一转眼,嘉祐四年(公元 1059 年)元宵节来临。按以往,京城元宵,必然灯火辉煌,万民出游,以彰显岁丰人和,国泰民安。而这一年,春天似乎来得特别晚。立春好几天了,郊外还覆盖着一摊一摊的积雪,和煦的春风吹不进来似的,汴京城一派萧瑟的景象。不到下午,店铺就一间间打烊了,市民失业,柴米油盐价格飙升,老百姓忍饥挨饿,时时传出有人饿死和投井跳河的消息。欧阳修全力以赴,一边组织力量,赈灾济困;一边上奏《乞罢上元放灯》札子,言之凿凿,情之切切,说服皇帝停止灯展,还市民以休养生息。

无论欧阳修还是包拯,谁都没料到,千年之后,他们的执政理念会让人念念不忘。七百多年后的清嘉庆年间,人们为纪念欧阳修和包拯,在开封府衙的东西两侧,各竖一座牌坊,一边写着"包严",另一边写着"欧宽"。

欧阳修的眼疾越发严重了。为了赶进度,尽快完成《新唐书》,欧阳修不得不熬更赶夜。油灯下,写一会儿,他便什么也看不见了。开春后，关节炎又复发了。欧阳修感到力不从心，于是，接连上了三道札子，恳请辞去开封府尹职务，出知洪州。

而此时，欧阳修的名气如日中天。执政大臣谁都不想放欧阳修走，怕舆论哗然。奈何，欧阳修只好留驻京城。其实，欧阳修自己也明白，在给朋友的信中，他道出了其中的玄机。

洪州没有去成，但朝廷还是在新年之后免去他开封府尹的职务，令欧阳修轻松了许多。

二十三

欧阳修并没闲着，随即，朝廷任命他御试进士详定官。

贡考一结束，欧阳修就全身心投入到《新唐书》后期的撰写、统稿中。

此时，在唐书局任职的，还有宋祁、范镇、王畴、梅尧臣等。

其实，早在庆历五年，唐书局就已经设立。到至和元年的十年间，唐书局人数已达十人之多。而事实上，撰写事务一直拖拖拉拉。纵观全程，只有宋祁一人，自始至终潜心著述。

宋祁何许人也？

宋祁，字子京，安州安陆（今湖北安陆市）人，北宋著名的文学家、史学家，词人。天圣二年（公元1024年），宋祁与哥哥宋庠同举进士，礼部排名第一。殿试时，章献太后认为弟弟不可名列哥哥之上，硬是将宋庠升为状元，宋祁却从礼部贡考状元降为第十名。从此，宋氏兄弟的故事传遍天下，史称双状元，又称大宋小宋。

宋祁官至龙图阁学士、史馆修撰、知制诰等职。

宋祁诗词工丽，一首《玉楼春》中的诗句"红杏枝头春意闹"，红遍朝野，传遍天下，故世人称宋祁"红杏尚书"。

而一首《鹧鸪天》，成就了他一桩美妙的姻缘。

一天，宋祁在外面喝完酒往家走，路过虹桥附近一条逼仄的街道，只见朝廷的一列马车嘚嘚驶过。宋祁连忙闪到一边，听人轻唤一声，小宋！宋祁一抬头，目光被灼了一下。只见一个妙龄女子正从车内探出半颗脑袋朝他看。四目相视，一瞬间，宋祁愣住了。姑娘粲然一笑，露出一口白牙。车队一闪而过。宋祁站在那里，望着远去的车队和稍纵即逝的美人的背影，心旌摇荡。回家后，宋祁回想起刚才的情景，如梦如幻，无限的惆怅倏然而至。在宋祁心里，变成了一首《鹧鸪天》。宋祁即刻来到书案前，大笔一挥，就把唐代诗人李商隐的"身无彩凤双飞翼，心有灵犀一点通"的诗句和他的词句融和起来，浑然一体，天衣无缝：

> 画毂雕鞍狭路逢，一声肠断绣帘中。身无彩凤双飞翼，心有灵犀一点通。　　金作屋，玉为笼，车如流水马游龙。刘郎已恨蓬山远，更隔蓬山几万重。

新词一出，京城上下，立即传唱开了。后来，此事传到仁宗耳朵里。

一天，闲来无事，仁宗令近侍大臣唤来那天马车上的宫女们，询问那天是谁叫的小宋。其中，一个宫女羞答答地站出来，脸绯红地小声说："那日婢女去侍宴，半道上，一个大臣对我们说，瞧，这就是小宋。婢女便脱口叫了一声。"仁宗听后，哈哈大笑，立即派人招来宋祁。宋祁听仁宗询问此事，吓得浑身发抖，埋头不敢视人。不料，仁宗却调侃说："刘郎不必嗔恨，蓬山并不远呀。"说完，当着众人的面，立即将宫女赏赐给了宋祁。朝堂上羡慕的目光齐刷刷投向宋祁。

正是这个才华横溢的宋祁,可能受文史资料和古奥文风的影响,撰写《新唐书》时,总是喜欢用一些怪僻生涩的字眼。欧阳修统稿时,发现这个问题。碍于情面,欧阳修不便明说。毕竟,无论年龄、资历,宋祁都堪称他的前辈。思索良久,终于有一天,欧阳修想到了一条锦囊妙计。

一天早晨,宋祁刚进门,欧阳修就提笔在唐书院门上写下八个大字:宵寐非祯,杜阀洪休。

宋祁沉吟了好一会儿,半天才弄明白欧阳修的意思,不以为然地说:"你这意思不就是夜梦不祥,题门大吉嘛,何必如此神神道道?"

欧阳修扑哧一笑,说:"吾不过模仿汝写《新唐书》之文笔罢了。汝在《李靖传》中写的'震霆天暇掩聪'不就是迅雷不及掩耳之意乎?"

宋祁定定地看着欧阳修,当即明白了眼前这个龇着两颗兔牙的小个子男人的良苦用心。

二十四

卸任开封府尹后,欧阳修的肩周炎好多了,但不幸的是,他又患了哮喘。气紧胸闷,一宿一宿难以入眠。欧阳修不得不向朝廷请假,在家休养。即使养病,欧阳修也没闲着,精神稍好一点的时候,他便披衣依偎床头,写一两则朝廷的逸闻趣事。后来,他把这段时间写的几十篇散文随笔积攒起来,编成《归田录》。梅尧臣和刘敞成为最早读到他这批作品的朋友。

一天上午,一个雨霖霖的夜晚后,天气闷热难挨。梅尧臣和刘敞结伴来到欧阳修家。欧阳修病后的这段时间,他俩一直是欧阳府邸的常客。

刘敞抱来一只端溪产的绿石枕和蕲州产的一条竹席子。

欧阳修很喜欢，当着他俩的面，欧阳修把绿石枕和竹席子铺在床上，躺上去，啧啧赞赏道："老夫笑纳，日后就不惧酷暑矣。"说完，欧阳修翻身收起来，乐呵呵地放进衣橱里。

梅尧臣和刘敞的到来，令欧阳修很开心，宛如炎炎夏日吹来一缕凉风。坐在竹椅上，泡一壶好茶，一边品茶一边阅读欧阳修近作，个中滋味，不亦乐乎。精神稍好一点的时候，欧阳修便端坐琴前，给他们抚琴弹曲。

近年来，由于眼疾严重，欧阳修不得不减少阅读时间。练习书法和抚琴弹曲成为他日常生活的一部分。自从年轻时跟朋友孙道滋学琴以来，欧阳修几乎没间断过。《流水》是他最喜欢弹的曲子。年轻时，弹它，没什么感觉，只觉得旋律雅致，好听而已。年轻人，谁会担心时间呢，时间不就像牛身上的毛发嘛，多得数不清。但眨眼，人生就到半百，走到知天命的年龄呐。掰着指头，回望过去的五十年也就眨眼之间。

欧阳修全神贯注地投入到音乐中，身体微微颤抖。琴声由高转低，由快变缓，回环往复。先是激荡奔腾，犹如快马飞驰；然后转向低吟浅唱，如汩汩流水；最后戛然而止，留下一声叹息。透过琴声，梅尧臣和刘敞体会到欧阳修对生命的深情和挚爱。

夏退秋进，天气一天比一天凉爽了。欧阳修又恢复了白天上班，夜晚著述的生活。

一天，欧阳修读书到深夜。正在兴头上，忽然听见有声音从西南方向传来。子夜静寂，声音划破黑夜，呼啸而至。欧阳修感到一阵惊悚，仵一听，像淅淅沥沥的雨声夹杂着簌簌的秋风，澎湃而来，宛如夜惊的波涛汹涌而至。刹那，风雨骤至，又像金属撞击发出的刺耳尖厉的声音,或者像夜行军,听不到号令,却传来人马齐刷刷走过的声音。

欧阳修心里一凛,眼前,又一个秋天来临,又一个万物凋敝的季节。几天前,还酷暑难挨,秋天怎么说来就来。欧阳修心里大惑,喊来童子询问。

"此何声也?汝去观之。"欧阳修命令童子。

过了一会儿,童子从外面回来,回答他:"星月皎洁,明河在天,四无人声,声在树间。"

童子说完,不以为意,坐下就打起瞌睡来。撇下欧阳修,暗自思量。

一幅秋天的画面,闪过欧阳修的脑海。

秋色惨淡,天空布满阴云,四处烟雾纷飞;秋天的容颜清冽冽的,气息寒冷,直刺人的肌骨;秋天意态萧条,山河寂寥。如此这般,欧阳修心想,秋声怎么不凄切?

欧阳修转念一想,思索道:春夏天,草木葱茏,到处一片惹人喜爱的生气勃勃的景象。然而,一旦秋风掠过,青草就会枯黄,树木就要落叶、凋零。自然怕秋,人也怕秋,秋后有人将被问斩,生命结束。秋天又常常是征伐的时节。春华秋实,生老病死,都是不可抗拒的自然法则啊。多么无奈,多么匆忙,欧阳修心想,草木无情便罢了,而人,作为万物之灵长,许许多多的烦忧触动着你的心怀,许许多多的烦事劳累你的筋骨,所谓百忧感其心,万事劳其形,有动手中,必摇其精。站在轩窗边,欧阳修望着秋夜,心想,何况我们还要企盼我们的体力、智力所不及的愿望和事物呢。难怪啊,红润的面庞会一天天衰老,乌黑发亮的头发随即变成花白。呜呼!欧阳修一声喟叹,人生非金石,焉能长寿考。

正想着,欧阳修猛一回头,看见童子勾着头,坐在那里呼呼大睡。四周,虫子唧唧大叫,像给他的叹息助兴似的。

在那个秋夜,当即,欧阳修把他的所听所思所感,一股脑融入笔端,写成一篇流芳千古的奇文《秋声赋》。

二十五

嘉祐五年(公元 1060 年)春,一场瘟疫突然降临汴京城。梅尧臣不幸染上,人一下就病倒了。一个星期后,溘然病逝。

挚友骤然离去,留下孤儿寡母和年迈的高堂老母,欧阳修顾不上悲伤,忙里忙外,一边向朝廷请求录用梅尧臣的长子梅增为官,解决梅家的后顾之忧,一边又四处募集资金,解决梅家老小临时生计问题。欧阳修自己还将一处房产转卖变现,资助梅家。经过一个多月的努力,欧阳修终于为梅家募集到数百千钱。

梅尧臣的后事刚安排妥当,欧阳修就病倒了。七月初的一天上午,他强打起精神,来到汴河边都门外,为梅尧臣最后送行。伫立岸边,欧阳修望着载着梅尧臣的灵柩的船渐渐远去,眼泪哗的一下冲出来,佝偻的身体一阵颤抖。欧阳修忍不住了,他抱着自己的双膝蹲下身来,一股剜心的悲痛接踵而至。回家的路上,欧阳修高一脚低一脚,精神恍惚,一个趔趄摔倒在地。蹊跷的是,他居然不知道痛。

他闷声不响地回到家中,把自己关在书房里。平时,这个贮藏万卷书的书房又小又窄,而此刻,却显得那么空空荡荡。圣俞啊,你一定知道为什么。欧阳修在心里对梅尧臣说。好多天了,见不到老友,此时此刻,他多想和他聊聊。

三十年了,往事像潮水涌来。

圣俞啊,还记得午桥庄吗?那可是我们初识的地方。接着,欧阳修在心里吟诵着诗句："昔逢诗老伊水头,青衫白马渡伊流。"难忘啊,圣俞,初逢你时,你是那么的风度翩翩。香山百楼上,你可是喝醉了,硬说八节滩水拍石滩的声音像烹茶。还记得吗?吾贬谪夷陵、滁州,是你多次写诗勉励。清风镇会晤,多么舒心惬意的日子,咱们一起吟诗唱和,说古论今。就是那一回,你赠我诗歌,说我像陶渊明那样志存高远,坚守气节,要我扫除胸中愁烦。之后,咱俩的好大哥谢绛去世,我去襄城看你,你大老远骑马来郊外接我。我们肩并肩,策马前行,亲如兄弟。分别时,我俩抱头痛哭,哭已逝的大哥谢绛。哦,还有那次涡口镇,那个不期而遇的地方。我去颍州,你从陈州赶往宣城奔父丧,真是天涯无处不相逢啊。你还记得吗?饭馆里,你从一个老翁手上买来鳜鱼,你说跟我们在洛阳初识时吃的鳜鱼长得一模一样。圣俞啊,这些往事,点点滴滴,我还记得清清楚楚,恍若昨日,你怎么就离开了呢?!走得如此匆忙。圣俞啊,难道你还在生刘敞的气吗?刘敞他嘴巴敞,心直口快,说话没遮没拦,连他自己也没想到会一语成谶。

那是三月的一天,欧阳修设宴庆贺梅尧臣晋升尚书都官员外郎。席间,刘敞冷不丁开了一句玩笑:"圣俞的官职大概到此为止了。"

本来,大家正说说笑笑,一听这话,一下子就僵住了,气氛紧张起来。

刘敞大概也觉得自己说漏了嘴,忙补充:"昔有郑都官,今有梅都官。"

欧阳修心里咯噔一下。他深知梅尧臣有太多的磨难,太多的委屈,太多的不幸。

他瞥了一眼梅尧臣,发现他一张脸涨得黑紫,人恼得一句话不说。

本想着日后,跟他说道说道,没料到,再也没机会了。

如今,《新唐书》已接近尾声。本想修完后,上奏朝廷,邀功请赏,或许能为你赢得一次晋升的机会。可你却撒手人寰,怎不叫人痛心疾首。

三十年转瞬即逝。圣俞啊,你虽然比我年长五岁,但你身体健康,面色红润,原以为你会比我长寿,没想到你却走在了前头。洛阳"七交",撇下我一人留在世上。呜呼!欧阳修喉咙发哽,声音哽咽,再也说不下去了。独坐书房,一种痛彻骨髓的悲伤牢牢地攥住了他。随着梅尧臣的逝去,欧阳修似乎感到属于自己的时代也随之远去。

第 六 章

一

　　盛夏,欧阳修进呈朝廷《新唐书》二百二十五卷。为了与五代修撰的《唐书》区别,这部新修的《唐书》,史称《新唐书》。其中,欧阳修撰写本纪十卷,宋祁撰写列传一百五十卷,志五十卷,其余表十五卷由范镇、梅尧臣等人修撰。欧阳修最后修改统稿。按照惯例,朝廷修书,虽然参与者若干,但署名一般只列出修书者官职最高的一个人。而欧阳修明确说,宋公撰修列传,功深且时久,吾岂可掩其名,夺其功焉。宋祁听后,一番感慨说,文人自古好其名,此事前所未有也。

　　《新唐书》上奏后,仁宗大赞,立即诏命所有修撰人员晋级升官,并赏赐金银器物以资奖赏。

　　此次,欧阳修升为礼部侍郎。但他一点也高兴不起来,想起梅尧臣,便有一种说不出的遗憾。

　　撰毕《新唐书》,了却欧阳修人生一桩大事。梅尧臣的离世,让欧阳修倍感人生寡淡无味。

　　此刻,唯一让他牵肠挂肚的就是回江西老家,修葺父母的坟茔。他是那么怀念"物物佳"的老家,那么向往家乡枫叶红稻花香的日子。今生今世,梦寐以求的,不就是宁静而简单的山野生活吗?酿酒烹鸡,耕田织布。生命累了,真的别无所求。

一连三道奏札,他的愿望还是落了空。只能将心愿,像一粒种子埋进心里,写进《寄题沙溪宝锡院》:

> 为爱江西物物佳,作诗尝向北人夸。
>
> 青林霜日换枫叶,白水秋风吹稻花。
>
> 酿酒烹鸡留醉客,鸣机织苎遍山家。
>
> 野僧独得无生乐,终日焚香坐结跏。

嘉祐五年(公元 1060 年)夏,得知朝廷翌年将举行制科考试,欧阳修当即就想到苏轼两兄弟。制科与进士不同,制科是皇帝特别下诏亲自主持的御试,考生须由两名朝廷重臣推荐,并上报五十篇文章,学士院资格审查合格后,才可考试。很快,欧阳修与天章阁待制杨畋联系,联名保举苏轼两兄弟。而此时,苏轼兄弟正好服丧期满,回到汴京,任命官职不久,正准备秋凉赴任。二人得知消息后,一番惊喜,当即便辞去官职,等待考试。果然,不负众望,苏轼一炮走红,跃居榜首,被录为三等。(按惯例,一、二等为虚设,三等实际为最高级别。)苏辙也荣获第四等的好成绩。欧阳修听说后,欣喜若狂,立即找来两兄弟御试上写的策论,细细品读,一番研究,为此写下文论《试笔》。

正是欧阳修孜孜不倦的推荐,改变了苏轼两兄弟的人生轨迹。

刚举荐完苏轼、苏辙,欧阳修又向朝廷举荐章望之、曾巩、王回等任朝廷馆职。

正是欧阳修的多次举荐,使年过半百的布衣苏洵,于嘉祐六年(公元 1061 年)八月,被朝廷任命试校书郎,参与朝廷《太常因革礼》的修撰。

对优秀者竭力推荐,使之成为朝廷栋梁;而对那些一度失足的年轻人,欧阳修也不放弃,循循善诱,使之改变命运成为有用之才。

一天,欧阳修收到一个叫吴孝宗的年轻人的一封长信和十几篇文章。欧阳修一口气将文章读完,盛喜,立刻回信叫吴孝宗来见他。

吴孝宗收到信后,受宠若惊。第二天一大早,穿上一身崭新的衣服来到欧阳修的府邸。

跪拜礼后,吴孝宗将半边屁股挂在太师椅上,绷紧身体,半天不敢说一句话,略显猥琐。

欧阳修看着他,有点奇怪,又不便多问,转身拾掇出那套墨绿色茶皿,给吴孝宗泡茶。

欧阳修一边冲茶泡水,一边对吴孝宗说:"此器皿,很久没人动过,仅汝之同乡曾子固和眉州苏老泉父子用过。"

提起曾巩,欧阳修问后生:"汝文章如此精彩,但老夫为何从未听汝之同乡王介甫、曾子固提起过呢?"

听欧阳修说起同乡王安石和曾巩,吴孝宗的脸唰的一下红到耳根。

"余,余,很惭愧。"吴孝宗结巴起来,头垂到胸口。

过了好一会儿,吴孝宗才鼓起勇气,清了清嗓子,说:"余年少不知,曾做过不少错事,名声不好,故不被王介甫、曾子固二位赏识。"

说完,吴孝宗的头垂得更低了。

欧阳修凝视着眼前的年轻人,心里泛起一股怜惜,轻叹一声说:"知耻愿改善矣。"

吴孝宗这才缓缓抬起头,呷了一口茶。

"世上所谓君子,与众人没有什么不同,君子与众人,智者与愚夫,区别不在于孰犯过错误,而在于孰知过便改。"欧阳修说完,喝了一口茶,略作思忖,又说,"而且,不影响汝成为圣贤。"

欧阳修把茶盏顿在几案上,声音洪亮地继续说:"颜回被后世称赞,是他不犯同样的错误;孔子善于自我更新,就像浮云掩不住日月的光芒;子路初入孔门,一度莽撞粗鲁,争强好胜,但在孔子的教导下幡然醒悟,终于成为一代名臣。"

吴孝宗看着欧阳修,眼睛里有一丝亮光掠过。

之后,欧阳修将话锋一转,乐呵呵地笑着说:"吾得曾子,已二十载,现又得汝,既喜且叹矣。区区一个江西,怎么会有如此多的贤才啊。"

听欧公把自己与曾巩相提并论,吴孝宗嘀咕一句:"余之文章当真如欧公所言乎?"

看吴孝宗一脸的不自信,欧阳修"咦"了一声,咧嘴说:"当初曾子的文章也如汝一般,像汹涌澎湃的黄河水,稍加疏导即可。"欧阳修凝视着吴孝宗,呵呵地笑着,眼睛里有温柔的光。

欧阳修一番话,醍醐灌顶,吴孝宗顿觉轻松了许多。

当晚,吴孝宗从欧阳修家吃完饭出来,天已经黑透了。站在门廊边,吴孝宗规规矩矩地给欧阳修鞠了一个大躬,健步如飞地消失在夜幕中。

十年后,即熙宁三年(公元 1070 年),吴孝宗如愿以偿,荣获礼部贡考第一名。

二

秋去冬来。正当欧阳修多次上奏外知洪州而遭拒绝时,忽然一天,朝廷传来圣旨,任命欧阳修为枢密副使。

消息一传出,同朝为官的一些朋友前来道贺。欧阳修一家更是为之欢呼雀跃,尤其四个壮小伙子,当即就攀着爹爹的肩膀,把欧阳修举过头顶。小儿子欧阳辩嚷嚷着,不懂枢密使是做啥的官,忙向大哥欧阳发打听。欧阳发哪里顾得上,一把将他推开,朝两个弟弟努努嘴说:"快告诉他,吾急着要将喜讯告诉娘。"说着,闪身趱进了厨房门。"啥官?管军事的官。"二哥欧阳奕白了一眼四弟说。三哥欧阳棐站在一旁,不急不缓地告诉弟弟:"枢密副使者,朝廷最高机关副长官也。"欧阳修站在那里,看着几个无忧无虑的儿子,心想,年轻真好,那时的自己,也就儿子这把年纪,一门心思一展鹏程。说小一点,为欧阳家振兴门庭;说大一点,为君为国为民效力。期待朝廷重用,使所学有用武之地。而现在,欧阳修摆摆头,没有特别的喜悦之情,相反,却多了一丝无奈。

原来,这次提拔跟宰相韩琦的鼎力举荐分不开。

韩琦自己都说不清楚,这是第几次在仁宗面前推荐欧阳修了。只要有一线希望,韩琦就将欧阳修力挺到底。因为他知他、懂他、敬重他。显然,他们属同道者。

一天傍晚,天将黑未黑之际。仁宗忙完,从大殿出来,看着官墙边蔫不拉叽的花儿,心情寂寥,逛到拐角处,碰上韩琦,仁宗便唤上他,陪他溜达。话题不知不觉聊到朝廷用人上面。韩琦说起了韩愈:"韩愈者唐朝名士也。天下人期望韩愈为相,而朝廷却不采纳。其实,本来用韩愈,未必对唐有多少裨益,而历史上,却一直拿此说事。"韩琦说着,侧目看仁宗的反应。索性继续说:"欧阳修者,今之韩愈也,陛下若不用,臣恐怕后人诽谤吾朝,像唐人样。陛下,不如试用一下,让后世知道。"仁宗听后,并未急着表态,相反,一副凝重的表情,让韩琦捉摸不透。

过了一段时间,正当韩琦想着再去仁宗那里老话重提时,冬月中旬,欧阳修枢密副使的任命书下来了,韩琦如愿以偿。

这次提拔,欧阳修显然不似当初那般志得意满,但他初心不改,一旦在官,竭忠尽智,履行一位宰执重臣的使命。

嘉祐六年(公元1061年)八月,富弼由于母亲去世辞去宰相职位,朝廷又进行了一次重大的人事调整,韩琦为首相,曾公亮为次相,欧阳修被任命为参知政事。从此,成为一名显赫的宰执大臣,与宰相韩琦同心辅政。

而此时,有件事情,一直盘桓在韩琦、曾公亮、欧阳修等大臣心里,挥之不去。

中秋过后的一天,欧阳修在中书省值班,收到一叠奏章,打开一看,其中有两封是谏官司马光和江州知州吕诲请求立皇子的奏札。欧阳修阅过,将奏札放在一旁。当晚,便与韩琦、曾公亮商量此事。很快,三个人达成共识:只要皇上一有此意,立马促成。

翌日早朝,两封奏章刚宣完,不等大臣们开口,仁宗便说:"朕亦有此意多时,但未得其人。"说完,仁宗扫视一眼大臣,问:众爱卿以为孰可堪选?

朝堂里顿时鸦雀无声,寂静一片。

仁宗将目光投向韩琦。

韩琦知道回避不了,便试探着回答:"此事,陛下从未与大臣们交流过,臣无从知晓;再则,此等大事,臣岂敢妄议,还是请陛下自己拿主意吧。"

仁宗思忖片刻,索性说出自己的意思:"宫中曾养二子,小者近来不惠,大者尚可。"

朝堂顿时炸天了锅,一片叽叽喳喳的议论声。

欧阳修总是比别人心直口快,大声问:"请问圣上何名?"

仁宗笑宣:"此名宗实,年方正好三十。"

众臣便齐声吆喝："吾皇圣明！吾皇圣明！"

欧阳修怕仁宗反悔，希望此事尽早明确下来，便上前一步说："请陛下尽快，微臣明日来取圣旨。"

翌日，仁宗态度仍旧鲜明，犹如给宰执们吃了一颗定心丸。宰执们便提议，安排新皇子一个合适的职位。

思来想去，最后，给出泰州防御使、判宗正寺职位。

但事不凑巧，此时，恰逢赵宗实生父濮安懿王逝世不久，赵宗实得知，便推辞再三。仁宗只好准许服丧期满再说。

嘉祐七年（公元 1062 年）二月，服丧期满，赵宗实又声称患病不受。如此这般，一拖再拖，挨到七月，三位宰执大臣只好商量对策，反复斟酌。韩琦说："如今，人人皆知宗实必为皇子，不如干脆挑明直言，使宗实明白朝廷之命不可违。"欧阳修和曾公亮随即点头说："只好如此。"

翌日，早朝刚结束，韩琦、欧阳修和曾公亮三人便来到仁宗面前，不得不将赵宗实近来写的十几封辞职书面呈仁宗。

仁宗瞥了一眼，不愠不火地问："咋办？"

于是，欧阳修上前一步，一马当先，把韩琦昨天对他们说的观点，向仁宗重复了一遍。

欧阳修说："宗实可以推辞防御使判宗正寺的任命，但太子一事，陛下只需下一个诏书，诏告天下，由不得宗实不受。"

仁宗沉思片刻，用眼睛问韩琦："妥否？"

韩琦颔首说："妥也。"

于是，嘉祐七年八月五日，仁宗颁诏，立濮安懿王之子赵宗实为皇子，改名赵曙。至此，困扰了朝廷十年的一桩大事终于石头落地。

三

　　说来也怪,嘉祐八年(公元 1063 年)初,立储一事刚结束,仁宗就感到身体不适。按惯例,上元节许多活动都该皇帝亲自出席。而这一年的上元节,仁宗几乎没出寝宫一步,直至夜晚才去慈孝寺、相国寺逛了一圈,不等宴席散伙就回去了。二月,仁宗的病情日趋严重,朝廷奏事不得不改在福宁寝宫。御医会诊多次,也不见好转。三月三十日深夜,仁宗的病情突然恶化,立即召曹皇后面见。当曹皇后赶到时,仁宗只能用手指心,说不出一句话来。皇宫顿时乱成一锅粥。曹皇后当机立断,命侍臣将各大宫门的钥匙收拢来,然后派侍臣出宫召宰执大臣即刻进宫。

　　黎明时分,天将亮未亮之时,韩琦、曾公亮、欧阳修等大臣来到宫中,立即与曹皇后商量皇子即位事宜。

　　过了好一阵,赵曙姗姗来迟。听说"即位"二字,赵曙转身就跑,嘴里还连连说:"某不敢! 某不敢!"

　　情急之下,宰执们上前拽住他,给他戴上皇冠披上龙袍,原地就开始宣读仁宗遗诏。同时立马召翰林学士王珪起草遗制。

　　下午两点,文武百官们才从四面八方聚拢来。得知仁宗驾崩的消息,大臣们来不及换去官服解除腰带和官服上的金银鱼袋,像湖水般,纷纷涌入福宁宫哭丧。

　　接着,韩琦就地宣读遗制,英宗赵曙即位。

　　于是,刚哭过仁宗的大臣们,又涌入福宁宫东楹,泪痕未干的眉眼上又挂满笑,拜见新皇帝。

　　至此,皇帝更替结束。

　　但事不凑巧,英宗即位不久,无缘无故,忽然就犯了病,新皇帝语无伦次,精神失常。宰执们个个忧心忡忡,权衡利弊,只好请出皇太后垂帘听政,与英宗共同处理政务。

此时,富弼正好赴母丧期满,被朝廷任命为枢密使。

经过一段时间的磨合,朝政终于步入正轨。

为皇位的平稳过渡,欧阳修立下汗马功劳。朝廷给欧阳修又是进阶又是嘉奖。一段时期,欧阳修仕途顺畅,官运亨通。但不知为什么,欧阳修的心境却越发孤寂苍凉。一早一晚,迎着晨曦披着星月,一个人走在通往朝廷的路上,突然就会无缘无故地想起自己这一生的过往岁月和那些已逝的老友。他发觉自己越来越爱回忆过去,一种念旧的情绪时常裹挟着他,让他无比感伤。他想自己大概真的是老了,老了的不光是年华,还有心境。

最大的特点是,欧阳修越来越珍惜时光了。很多人都唤他"三上欧公"。他喜欢在厕上、马上、枕上思考问题,琢磨学问。这一段,他正着手整理积攒下来的古文碑帖。从年轻开始,欧阳修就留心搜集,十多年下来,搜集的金石铭文越来越多,加之好友刘敞近几年的寄赠,使欧阳修的收藏更加完善。三年前,刘敞出知永兴军,治所在汉唐故都长安。刘敞博学通古,每有所得,必寄拓本给欧阳修。经过一段时间的潜心整理和考证,欧阳修撰写出《集古录跋尾》,收集《集古录》,开创了我国古代金石学的先河。

十月底,韩琦组织人马在永昭陵刚葬下仁宗返京,便收到太后派人送来的密信。韩琦拆开一看,里面罗列的尽是英宗几个月来的种种过失,废立之辞闪烁其间。

韩琦看后,脊背上顿时起来一层冷汗。他知道两宫不和,但没料到如此不和。韩琦思忖片刻,当着差使的面,将信一把火烧掉。扭头对使者说:"回去转告太后,她不是常说皇上常常犯病心神不宁乎?既然如此,言谈举止有失分寸,亦就不必怪焉。"

翌日,宰执们去帘前奏完事,太后将话锋一转,数落起英宗对她的冒犯来。

说完,太后咳了一声,怨嗔说:"老身简直忍无可忍,宰执们,要为老身伸张正义呐。"

韩琦淡淡一笑,隔着帘子,举重若轻地说:"一切皆因皇上生病不起也。如今,儿有疾,母当谅之。"

不等韩琦再往下说,太后打断韩琦,拖着哭腔说:"听汝之意思,反而是老身的不是。"

站在一旁的欧阳修,看阵势不妙,忙上前和稀泥说:"太后侍奉仁宗数载,仁德宽厚,天下人尽知。当年张贵妃恃宠妄为,太后尚能宽容,处之若素,何况母与子乎。"

太后听欧阳修给自己戴高帽子,不好再怨嗔,便借坡下驴说:"若能像欧公这般理解老身,老身受点气也就罢了。"

韩琦瞥一眼曾公亮,曾公亮接过韩琦的眼光,会意地说:"太后放心,大臣们个个知晓太后善心呐。"

太后这才破涕为笑,怒气顿消。

欧阳修又乘胜追击说:"仁宗在位,品德言行皆为天下人所赞,所立子嗣,无一人敢异议。如今,太后垂帘听政,吾辈宰执,岂敢不遵从仁宗遗诏冒天下之大不韪?"

太后是个聪明人,凡事只需点到为止。心中虽有不悦,但嘴巴上还是嗯嗯地应着。欧阳修的一番话,彻底打消了太后废立的念头。

秋去冬来,英宗的病情有了很大的转机,几乎每隔一天,就可以上朝听政了。翌年,改年号治平,史称英宗治平元年(公元1064年)。到春天,英宗像变了一个人似的,彻底清醒了,完全能够独立处理国事。太后见状,两次手诏还政。大臣们便将太后手诏呈交英宗,英宗抿嘴笑笑,不置可否。

五月的一天,艳阳高照,韩琦冒着暑热去崇政殿,将近来的十几桩大事逐一向英宗禀报。英宗听后,对答如流,处置妥当。韩琦暗自思量,觉得英宗思路清晰,独当一面毫无问题。便找来曾公亮、欧阳修商议,决定暗示太后尽快还政。

翌日,宰执三人来到太后帘前,将前一天英宗处理的政务,向太后复述了一遍。太后听后,挑不出一星半点毛病。韩琦便向曾公亮、欧阳修眨眨眼睛,示意他们退下,说自己还有一点私事要向太后禀报。曾公亮和欧阳修当然明白韩琦的用意,当即退下。

韩琦说:"禀报太后,先帝下葬后,臣就当退,只因皇上龙体欠安,故拖延至今日。如今,皇上身体完全康复,臣请求辞去相位,出知州郡。"

太后一听,心里一咯噔,即刻明白了韩琦的用意,冷笑两声说:"相公岂是求退? 到是老身当退。"

韩琦掩饰不住内心的激动,连忙引经据典说:"东汉时期,马皇后和邓皇后,皆系名垂千古的贤德后妃,也不免贪恋权势。而当下,太后激流勇退,不贪权势,天下该大赞矣。"

说完,出乎意料,韩琦摸出一叠奏札,递给太后,冷不丁来一句:"不知太后何时撤帘?"

太后愣了一下。先头以为只是说说而已,未料,韩琦动起真格来。于是,太后用鼻孔哼哼两声,啥也没说,转身便走。

"撤帘!"韩琦猛喝一声。当即,帘子撤下。起落间,太后的身影还隐约可见。从这一刻起,太后再也没参加过朝廷议政。

又一个多事之秋来临,欧阳修再次遭遇不幸,唯一的女儿患病夭折,离他而去。

这是欧阳修这一生失去的第四个孩子。

再一次遭受人生打击,快到花甲之年的欧阳修痛不欲生,白发人送黑发人,欧阳修老泪纵横,情何以堪。

刚过几天,欧阳修又收到哥哥欧阳晒的来信,得知其中一个侄儿也在几天前病逝。欧阳修的身体一阵发颤。给韩琦的信中,他悲不自胜地写道:"衰晚感痛,情实难胜。"接踵而来的不幸,令欧阳修的身体备受摧残,健康状态每况愈下。

秋冬一来,他的眼疾更加严重,头晕目眩,看东西模糊一片。治平二年(公元 1065 年)初,欧阳修又患消渴症(糖尿病),人愈发羸弱。

正月里,欧阳修上奏朝廷,请求辞去参知政事职务,出知州郡。无奈,英宗根本不同意。欧阳修又连上《乞外任第二表》《乞外任第三表》。英宗依然不允。无可奈何,欧阳修只好强打精神,继续为江山社稷竭忠尽力。

四

但就在此时,一场朝政之争,又将欧阳修卷入到矛盾的旋涡之中。

治平二年四月的一天,天清气爽,晓风和畅。本来,欧阳修打算在这个好天气里去郊外逛逛,看看花,感受一下春天的气息。哪知刚要出门,忽闻圣旨下诏,命三省和御史台官员讨论,详议英宗生父濮安懿王的名分问题。

欧阳修不敢怠慢,立即返回去,脱去麻鞋,套上夹袍,复又坐回书房,查阅起史料来。欧阳修心想,自己必需认真对待这桩看似不起眼却不可小觑的政务。

其实,早在英宗当上皇帝之时,就涉及濮王的称谓和追封尊号的问题。朝廷当时惠泽存亡,给百官加封晋爵,对已故的宗室诸王也不例外。如此这般,对濮王如何称谓,怎么追封,便提到议事日程上来。中书省对此一点不敢马虎,宰相韩琦立即上奏,建议英宗下诏朝廷,让大臣们讨论。经过一番思考,英宗觉得时机不成熟,便批示等仁宗去世两周年大祥祭礼后再议。

于是,这个悬而未决的问题,随时都有可能掉下来,成为朝廷纷争的事端。

因为这不仅仅是皇帝自家屋里的事,其中涉及一些敏感问题。就儒学政体而信,英宗已嗣位仁宗,便与濮王的关系不再是父子,而系君臣;事实上,英宗笃孝,不忍心以列侯之礼祀奉生父,一心想追封濮王为皇考。

否则,他干吗兴师动众,下诏详议。欧阳修思忖着,眉头紧蹙。

很快,事情得到了知谏院司马光的回应。司马光直言不讳地说:“为人后者为之子,不得顾私亲。”司马光觉得对濮王尊以高官大国,对他的三位妃子封为太夫人即可。话语一出,司马光的主张立即受到王珪、贾黯、吕诲、吕大防、范纯仁等一大批台谏官们的热捧。他们引经据典,抬出宗法制度来束缚皇帝,认为英宗是小宗继大宗,只能称濮王为皇伯而非皇考。

但是,台谏官们的意见却遭到韩琦、欧阳修、曾公亮等宰执大臣的反对。宰执们大权在握,也寻古籍找依据,不拘泥儒家正统思想,认为英宗以孝道诏示天下,称濮王为皇考无可厚非自然而然。

由此,朝廷形成泾渭分明的两派。

面对两派完全不同的主张,六月,英宗再次下诏,再议。不料,事情很快传到太后的耳朵里。太后十分震惊,斥责中书省关于皇考的不当称谓。英宗得知,吓得脸色发青,连忙降诏,暂停讨论。

又过了一段时间,台谏官吕诲、吕大防、范纯仁等不死心,再次上奏行皇伯之议。英宗读过奏札,不理不睬,给他们吃了个软钉子。除此之外,台谏官们的其他奏札也遭到英宗冷落。台谏官们积怨日深,不知不觉,他们把对朝廷的不满,迁怒于宰执大臣们身上。

年底,吕诲再次上奏,抨击韩琦,说韩琦的皇考之议是谄媚邀宠行为,是导致天下怨怒的罪魁祸首。

接着,翌年正月,吕诲又和范纯仁、吕大防联名上奏,这一次,他们将目标对准欧阳修,言辞愈加激烈,要求皇帝罢黜韩琦、曾公亮、欧阳修和参知政事赵概。

宰执们也纷纷上奏,为自己分辩。

双方争议愈演愈烈,各执一词,毫不妥协,毫不退让,完全陷入死磕的局面。正当两派争得你死我活时,太后传出手诏。这次太后一反常态,这又不得不令台谏官们产生种种猜疑。

于是,司马光、吕诲、范纯仁、吕大防等台谏官们又纷纷上奏,请太后、英宗收回诏命。除此之外,侮辱人格的言辞,在奏章中随处可见。以致后来,韩琦在读到范纯仁的奏章后,人一下子傻掉了,他万万没有想到,他与范仲淹情同手足,一向视范纯仁亲如子侄,此次却遭到范纯仁的如此攻击。

显然,奏章已经不仅仅是奏章,而成为人身攻击的利剑。

见英宗不收回诏命,吕诲便不惜牺牲仕途为代价,力抗英宗和宰执,要求辞去台谏之职。

接着,台谏官们又以集体辞职相要挟,一副不达目的誓不休的态势。

犹豫再三,二月下旬,英宗将吕诲、范纯仁、吕大防等台谏官或贬官外任,或逐出京师。

至此,历经十八个月的论战终于平息,这就是历史上著名的"濮议之争"。

"濮议之争",两败俱伤。由此,力主濮王之议的欧阳修,也遭受到无端的指责和侮辱。纷扰之中,欧阳修感到意气萧索,兴味阑珊。

的确厌倦了。欧阳修不想再关心宦海沉浮,他对官场仿佛失去了兴趣。不知不觉,他总是沉溺于往事的回忆之中。想念老朋友梅尧臣、苏舜钦的时候,他的嘴里会情不自禁地蹦出他们的诗句。骤然间,他觉得多么孤独,多么落寞。在他的心里,忽然就冒出归隐的念头。归隐归隐,一天天,他的愿望变得如此强烈,做梦都想驾着小车,在颍州田野,自由自在无忧无虑地生活。他再也忍不住了,治平三年(公元 1066 年)春天,他一鼓作气连上八道奏札,乞求外任。但英宗仍然不同意。欧阳修只好把心愿写进诗里,在《秋怀》一诗中,他吟诵道:

节物岂不好,秋怀何黯然!

西风酒旗市,细雨菊花天。

感事悲双鬓,包羞食万钱。

鹿车何日驾?归去颍东田。

四月,天气刚刚转热,欧阳修的消渴症又犯了。在家养病没几天,便得知苏洵病逝的消息。

其实,从苏洵患病起,欧阳修就一直关心着苏洵的病情和医治情况。

此刻,噩耗传来,欧阳修仍然感到意外,心被刀锉了一下似的。苏洵的音容笑貌顿时浮现在眼前。快十年了,欧阳修心想,这辈子再也听不到苏老泉爽朗的笑声了,再也见不到苏老泉憨厚的笑模样了。苏老泉总是乍一见,憨憨的,多接触几回,你就会感到他的精灵和深邃,以及他言谈中的奇思妙想,你会发觉这个家伙多么有趣!想到这些,一颗浑浊的老泪从欧阳修的眼角溢出,顺着眼角的鱼尾纹滚进欧阳修的耳朵里。

欧阳修想静静地待一会儿。走进书房,欧阳修从书架上取下苏洵的文章和那套墨绿色的茶皿,那套多次给苏家三父子泡过茶的瓷器。欧阳修摩挲着,睹物思人,书稿尚好,茶具犹在,人却不在了。送走梅尧臣,冥冥中,欧阳修隐约感到属于自己的这个时代结束了;送走苏洵,或许就是送走自己这个年龄段最后的一位文学大家。欧阳修想不下去了,眼泪再一次夺眶而出。

眨眼间,冬至来临。至平三年的冬至,对于宋朝廷来说,似乎比哪一个冬至都阴冷,都慌张。朝廷上下,文武百官们,赶着趟儿地处理政务,一个个身影在宫殿前后进进出出,毫无两样。但他们的内心却有着不小的变化。英宗皇帝又病倒了,来势凶猛,说不出话,不能上朝,只能用笔写在纸上。御医们一次次会诊,没有一点好的迹象。大臣们忧心忡忡,宰执们更似热锅上的蚂蚁,惶惶不安。

治平四年(公元1067年)正月初八,当了五年皇帝的英宗病逝,年仅三十六岁。当天,二十岁的太子赵顼即位,史称神宗。

五

天有不测风云,人有旦夕祸福。经历了跌宕起伏的人生,欧阳修本以为可以风平浪静地度过余生,但不幸,有人盯上了他,给他设圈套、下埋伏。神宗刚即位,欧阳修就遇到一件意想不到的麻烦事。

治平四年(公元 1067 年)二月,朝廷举行英宗大丧祭奠,欧阳修麻痹大意,在白色的丧服里面,穿了一件紫色的袍子,被监察御史刘庠一眼瞥见。

机会终于来了。刘庠抓住欧阳修的辫子不放。

"濮议之争"后,不少台谏官对欧阳修早就恨得牙痒痒,一直想觊机会扳倒他。

不假思索,刘庠立即上奏,呵斥欧阳修穿的紫袍闪亮,刺眼,大伤礼数,要求弹劾他。

欧阳修自知礼亏,二话不说,直接回家听候发落。谁叫自己粗枝大叶呢!

读罢刘庠的奏章,神宗怜惜老臣,将奏章硬压下来,还立即派人催促欧阳修换掉紫袍,回中书省继续上班。

事态终归平息下来,欧阳修躲过一劫。

福不双降,祸不单行。

欧阳修太过正气凛然,咬牙切齿恨他的人哪里肯放过他。于是,又有人编排出一个花边新闻,攻击他。一场意想不到的风暴,正以排山倒海之势向欧阳修袭来。

事情还得从薛宗孺和蒋之奇两人说起。

薛宗孺,欧阳修的夫人薛氏的堂弟,欧阳修和薛夫人婚姻的介绍人。任淄州知州期间,曾推荐过一个叫崔庠的人出任京官。崔庠贪赃枉法,东窗事发,薛宗孺受到牵连,被京东路转运司官员弹劾。薛宗孺本来想,倚仗当参知政事的堂姐夫欧阳修可尽快恢复官职。谁知,欧阳修不但不替他说话,反而公开申明,不能因为是他亲戚而免于弹劾。薛宗孺为此恼羞成怒,对欧阳修恨之入骨。于是,薛宗孺开始造谣滋事,吊起下巴颏乱说一气,散布说欧阳修老不知耻,与大儿媳妇不干不净。

再说蒋之奇。治平年间,"濮议之争"如火如荼时,蒋之奇去欧阳修府上拜访,伺机投其所好,大谈一番追封濮王为皇考的合理性,获得欧阳修的好感。治平三年二月,一批台谏官员遭贬谪后,欧阳修鼎力推荐,蒋之奇被任命为监察御史里行。"濮议之争"后,宰执们看似占了上风,但朝廷的呼声大多同情台谏官们。在这个节骨眼上,蒋之奇因欧阳修的推荐,不招人待见,自然而然。一段时期,蒋之奇被朝臣们称为奸邪。为此,蒋之奇十分苦恼。

一个阴雨连绵的下午,蒋之奇和他的上司御史中丞彭思永站在堂檐下避雨,忽然,就说起欧阳修的闲话来。

彭思永弹了一下官服上溅起的泥水,撇撇嘴说:"吾观欧公君子样,其实此人老不正经,与大儿媳妇乱伦。"说毕,彭思永掩嘴哂笑。蒋之奇听后,惊得嘴巴张成了一个"口"字。毕竟,蒋之奇平时与欧阳修往来较多,也算半个师生,对欧阳修的人品还是了解几分。

蒋之奇一脸惊讶,问彭思永:"汝怎么知道?此事非大非小,不可诳语焉。"

本来,彭思永想告诉蒋之奇,他是听集贤校理刘瑾说的,刘瑾又是听欧阳修的夫人的堂弟薛宗孺说的。但转念一想,刘瑾与欧阳修素为仇家,如此说来,此事的真实性立马就会打折扣。经过一番深思熟虑,彭思永含而不露说:"吾听朝中大臣所言,信不信随你。"彭思永一脸不屑,一副不想再说的样子。但他脸上的意思十分清楚,你不就是老翁推荐的人嘛,你愿意沆瀣一气就沆瀣一气好啦。

这一下点到了蒋之奇的穴位。

蒋之奇想了好一会儿,半天才"哦"了一声。随着这声沉吟,一个恶毒的阴谋,倏忽飘进蒋之奇的脑海。

蒋之奇的嘴角牵起一丝笑纹。

踏破铁鞋无觅处,得来全不费功夫。自己不是一直想与欧阳修撇清关系,脱掉奸邪的帽子吗?男子汉一不做二不休。欧老夫子,蒋某对不住了。蒋之奇眯起一双斗鸡小眼,恶毒地想。

翌日,蒋之奇手执笏板,上奏神宗,欧阳修帷薄不修,请求朝廷严处。

神宗听得半懂不懂的,眨眨眼睛,要蒋之奇细细道来。

蒋之奇便把从彭思永那里听来的话,一五一十说了一遍。

随后,蒋之奇"咚"的一声,叩首伏地说:"启禀陛下,欧阳修系朝廷宰执重臣,为老不尊,乱伦无耻,理应斩首,暴尸示众,以正视听。"

蒋之奇说完,自己都倒抽了一口冷气,显然这几句是他临时发挥加进去的。

神宗瞅着蒋之奇,眼睛瞪得溜圆。乱伦,斩首,暴尸,全都是些令人脊背发冷的词。

见神宗半天不语,蒋之奇决绝地伏在地上,硬撑着不起来。

神宗见状,问他为何这样。

蒋之奇竟厚颜无耻地对神宗说,微臣忠心可鉴,微臣这是效仿汉代忠臣史丹,伏于青蒲上纳谏。

神宗斜睨一眼蒋之奇,不悦地说:"臣不必东施效颦,快快起身,事关重大,待朕细查后才能处置。"此时,神宗对蒋之奇已有看法,觉得他也忒急了点。欧阳修属三朝元老了,朕总不能只听你一面之词吧。

谁知蒋之奇下堂后,仍不死心,立马又撺掇彭思永上书声援。奏章中,彭思永还提到,除乱伦外,欧阳修力推濮王之议,亦触犯众怒。

神宗阅后，将奏章转给了枢密院。

早年，社会上就疯传过欧阳修与外甥女有染，此事闹得沸沸扬扬，致使欧阳修贬官他乡；现在，又相传与大儿媳妇乱伦。很快，事情传到欧阳修耳朵里，欧阳修快气炸了。他一跺脚，心想，荐书墨迹未干，居然恩将仇报，置人死地，小人也；推荐如此小人，自己真是看走了眼。

不在沉默中爆发，就在沉默中死亡。欧阳修当然不能沉默，只能选择爆发。连夜，欧阳修在《乞根究蒋之奇弹疏》札子中写道："横被侮辱，情实难堪，出付外庭，公行推究，以辨虚实。"欧阳修请求罢去参知政事，以便朝廷秉公执法。又过了两三天，欧阳修看朝廷还没动静，又连续上奏《再乞根究蒋之奇弹疏》札子。这一次，欧阳修毫不含糊，要求朝廷明辨是非，还他清白，他愤愤写道："乃是禽兽不为丑行，天地不容之大恶，臣若有之，万死不足以塞责。臣若无之，岂得含糊隐忍，不乞辨明。"

神宗阅后，深感是非重大，一边手诏欧阳修，告知他已调查此事，一边又派人从枢密院取走蒋之奇、彭思永两人的弹劾奏章，和欧阳修的奏折一起，交给中书省调查处理。

在朝廷的再三追查下，彭思永承认此事是他告诉蒋之奇的，但他不承认他的消息来源于刘瑾，并一口咬定，说自己道听途说，年老糊涂，不记得听谁说的了。

此外，吴充，欧阳修的大儿媳妇吴氏的父亲，为使门庭不受污辱，也呼吁朝廷明辨真伪，昭示天下。

针对空穴来风无稽之谣言，朝廷张榜批评蒋之奇、彭思永二人，宣布御史中丞彭思永贬知黄州，御史里行蒋之奇降级太常博士，监道州酒税。

接着，神宗派人前往欧阳修府邸，又是赐手诏安抚，又是劝欧阳修回中书省上班。

但是这一次,和以往完全不同,欧阳修连上三表三札,坚决要走人,一副不达目的誓不休的态势。

显然是伤心了。

这一次,神宗拗不过他,终于答应解除参知政事,调知亳州(今安徽亳县)。

接着,枢密院又颁发统辖亳州戍兵军令。

接到命令,欧阳修一刻也没迟疑,便去朝廷辞别。

黄昏时分,欧阳修从朝廷出来,站在宋廷的大门口,他深情地回望了一眼他工作了十四年的朝廷,既眷恋又倦怠。这一刻,夕阳西下,宫殿弥漫在一层镀金的蜜一样的光芒中,欧阳修感慨万千。

闰三月三日,欧阳修伫立船头,望着汴河两岸的青山绿水,以及前来送行的亲朋好友,一种复杂难言的心情,顿时化成一首七言绝句《明妃小引》,口占出来:

> 汉宫诸女严妆罢,共送明妃沟水头。
> 沟上水声来不断,花随水去不回流。
> 上马即知无返日,不须出塞始堪愁。

花随水去不回流。欧阳修比谁都清楚,这一走,他将永不回头。

第 七 章

一

上任亳州前,欧阳修借道来到颍州。因为心心念念,欧阳修稍作停留,来落实未来的住宅和田产,为日后的归隐做准备。在欧阳修的心里,亳州不过是仕途生涯的最后一站,是宦海到归隐的一个过渡,颍州才是他最后的归属地。

颍州,不愧是欧阳修一生钟情的地方。一到颍州,欧阳修立马就感受到铺天盖地的春天的气息。

三月的颍州,像一块五彩斑斓的调色板,姹紫嫣红,一扫欧阳修心中的阴霾。黄莺儿在小树林里啁啾;阳光下,一嘟噜一嘟噜的桑葚,透着乌黑油亮的光;红樱桃缀满枝头,在风中摇曳;黄澄澄的麦穗,在微风的吹拂下,翻起一层一层的麦浪。

即使短暂停留,欧阳修也倍感欣慰。

五月底,欧阳修抵达亳州。亳州,北宋名郡,属清要之地,政务轻松,百姓安居乐业。特别适合欧阳修此时的心境。

任上不到一年,欧阳修就迫不及待地安排归隐的事。写信给大儿子欧阳发说,只做一年的计划,不等宅子建成,只要买到材料,便自己去建。朝廷这边,欧阳修连上五表四札,反复请求。但好事多磨,朝廷不仅不允,反而再次下诏,转兵部尚书,改知青州(今山东益都),充京东东路安抚使。

安抚使是何职?安抚使是负责各路军务治安的长官。京东东路安抚使,管辖八州一军的军务治安。何谓八州一军?除青州外,还有齐、密、沂、登、淮、淄七州以及淮阳军。欧阳修责任更加重大了。欧阳修深感不安,觉得自己无功不受禄,加上求退心切,欧阳修又连上三道奏札,请求免去青州知州。但无论怎样,朝廷仍然不允,归隐的愿望再次落空。

初冬来临,欧阳修又只好启程赶往青州。

北方就是北方,跟亳州迥然不同。此时的青州,已经是一片寒冬景象,天地间,莽莽苍苍,仿佛远了好多,连太阳都显得有气无力似的,白晃晃地挂在天边,没有热度。

一天晌午,一个剽悍威武的猎户牵着一只鹿,走进府衙,来到欧阳修面前。欧阳修知道,按照本地习俗,这是当地老百姓为表示对他这个新来的知州的欢迎,特送来的猎物。这已经是第三只猎物了,前两天,还有人送来过一头豹子和一条狼。盯着花白色的鹿,欧阳修凝视了好一阵,怎么看怎么都舍不得杀它。欧阳修愣怔了半天,觉得自己的处境跟眼前这头落网的鹿差不多。欧阳修叹息一声,决定将鹿养在府中,等明年春天放归山林。

青州任上,跟其他州郡一样,欧阳修继续实施宽简政治。从政以来,欧阳修时刻牢记母训,不曾忘记父亲建"救生堂"的故事。

一天擦黑,登州知州马默跟跟跄跄赶到府衙,差点就和走到门口的欧阳修撞了一个趔趄。

马默对欧阳修说:"欧公稍等,属下有急事禀报。"

欧阳修看马默满头大汗,便立即踅回府衙。

公廨内,马默便把登州沙门岛(今山东长岛县庙岛)将犯人投入大海,滥杀的事说了一遍。

当听说掌管罪犯的寨主李庆两年内将七百多犯人投入大海时,欧阳修吓了一跳,腾的一声站起来,呵斥道:"孰唤他干的? 令人震惊耳!"

"此人自作主张。"马默也随之站起身,回答道。

"为何胡来?"欧阳修一双眼睛瞪得溜圆。沙门岛,历来是北宋死囚赦免的流放地。如此这般,不该死的都死了。欧阳修的心为之一颤。

马默摆摆头,长长地叹了一口气,说,近年来,岛上罪犯越来越多,而官府供给的口粮非常有限,仅够三百人食用。于是,掌管罪犯的寨主恣意妄为,活生生将罪犯投入大海。

这显然不是解决问题之办法。欧阳修一脸凝重地呵斥说。心想,汉代以来,量刑本来就过重,死刑又多,现在还把已赦免的滥杀掉,何其冤枉也。

欧阳修便当机立断说,迄今往后,孰敢趁机滥杀,严惩不贷。

当夜,欧阳修一想到沙门岛冤死的魂灵,一分钟也睡不着,翻身下床,来到书案边,连夜上奏朝廷,乞求减少发配到沙门岛的罪犯人数;建议朝廷将新的罪犯发配到其他地方;对于那些在沙门岛流放多年罪行较轻的囚犯,建议朝廷酌情量刑。既保全囚犯性命,又缓减沙门岛供给压力。

很快,朝廷同意了欧阳修的意见。从此,沙门岛再没发生过一桩将犯人投入大海的事情。

二

正当欧阳修把青州治理得有条不紊时,千里之外的京城,一场变革滚滚而来。很快,这场变革席卷到北宋的每一个角落。而变革的领袖,正是欧阳修十分赏识并竭力推荐过的王安石。

长时间担任地方官,使王安石对现实社会、北宋的吏治和社会底层有更加深刻的认识。在地方州郡时,王安石就试行过一些改革,获得了一定成效。嘉祐三年,王安石上奏仁宗,言论改革,没被采纳。但王安石的远见卓识,却在朝廷上下得到公认。朝廷接二连三地提拔他,嘉祐四年、五年、六年共四次给他晋升的机会,而每一次,他都婉言谢绝,仿佛越是谢绝,朝廷越委以重任。

直到治平四年神宗继位,王安石才入北宋的核心决策层。

风华正茂的神宗,年仅二十岁,面对北宋的内忧外患,积贫积弱,深感屈辱不安,眼睁睁看着朝廷每年向西夏和辽捐赠银两、绢帛,却换不来边境的安宁,年轻的神宗心急如焚,忧心忡忡。

于是,神宗试图寻求革新之路。

前前后后,神宗一次又一次向当政大臣们征求意见。而大臣们不是因循守旧、碌碌无为,就是蝇营狗苟,从里到外,透出一股空洞、迂腐老暮之气,令神宗非常失望。

正在这当口,神宗遭遇到王安石。

熙宁元年(公元 1068 年)四月的一天下午,神宗翻阅旧札,忽然读到嘉祐三年,王安石受诏回京任三司度支判官时写的一篇奏札——《上仁宗皇帝言事书》洋洋洒洒,上万言的改革意见,神宗读起来,很过瘾。神宗内心一热,立马唤来王安石面议。

从下午两三点钟到傍晚时分,君臣二人讨论热烈,从国策到方略,都达到高度一致。神宗的心里像揣了一只小兔子,扑扑跳着,面色红润,心潮起伏。王安石像预感到什么似的,鼓着一双又大又圆的眼睛,嘴里不停地絮叨,陛下将大有作为也。

时间进入到倒计时。熙宁二年(公元1069年)初,朝廷任命王安石为参知政事。王安石一上任,就大刀阔斧地干起来,先是建立了一个变法的新机构,取名"制置三司条例司",负责制定户部(掌管户口、赋税和榷酒等事)、度支(掌管财政收支和粮食漕运等)、盐铁(掌管工商收入和兵器制造等)三司条例。紧接着,一系列新法出台,包括理财和整军两大类。理财类有青苗法、免疫法、均输法、市易法等;整军类有减兵并营、将兵法、保马法、保甲法等。目的只有一个:富国强兵。

变法声势如雷震耳,朝野上下议论纷纷,众说不一。

作为一名快到离退年龄的老臣,欧阳修的内心复杂难言。经历了太多的风风雨雨,世事沧桑,目睹了太多的社会问题和底层疾苦,对时势政事,欧阳修自有独特的见解和看法。青州离朝廷虽然遥远,但胸怀天下的欧阳修,一直默默地关注着这场变革,直到熙宁三年(公元1070年)初,朝廷颁布强制推行青苗法。

青苗法是王安石变法的一项重要内容。以往,每到青黄不接时,地主富豪都会乘人之危,放高利贷给农民,牟取暴利。青苗法的实施,直接剥夺了地主富豪放贷的权利,农民从向私家借贷,变成了向官府借贷。秋收后,农民直接按规定向官府偿还本息。利息统一按百分之二十计算。如此一来,既增加了宋朝的财政收入,又使老百姓免遭高利贷的盘剥。初衷不错,但实施过程却走了样。

欧阳修敏感地意识到,一些地方官吏为了多收利息,邀功请赏,便在规定的利息之外,无厘头地增设名目,巧取豪夺;更为严重的是,一旦遭遇天灾,农民无力偿还贷款,而官府却丝毫不减本息,严催紧逼,迫使农民又向富豪借贷来偿还官债。经过一番观察和思考,欧阳修发现,青苗法的实施,的确使官府获利不少,但老百姓却深受其苦,不仅没有减轻负担,反而加重了负担。

欧阳修不愿意再沉默了。仅仅关注不能解决问题,不愧为诤谏之臣的欧阳修,一点不顾及个人的安危得失,全然不看权贵的脸色,连上两札,指出青苗法的弊端。更为严重的是,欧阳修不等朝廷批复,便擅作主张,命令下属停发"青苗钱"。

由此引起朝廷不满。碍于声望,朝廷才处理得柔和些,下诏批评一番了事。但正是对青苗法的反对,使王安石觉得,欧阳修与他在政治上不同道。以至于神宗提出欧阳修出任宰相时,王安石不是缄口不言,就是劝说神宗,竭力阻止。

一天下午,神宗在大殿一边喝茶一边和王安石讨论人事问题。

神宗朝茶盏里的热茶吹了吹,抿了一小口茶水,说:"这一段,朕反复斟酌,以为宰相人选,非欧阳永叔莫属也。"

王安石听神宗说得如此肯定,咯噔一下,假装咳了一声,问:"难道陛下忘了说过召欧公进京后再议的话吗?"神宗没有马上答复,对王安石翻了一个白眼。

态度果然坚定。

神宗嘴角微微上翘,心想,你哪里懂得朕的心思,朕实施的,平衡术也。朕是看重欧阳永叔与你们的政见不同,才更想用他。用政见不一者,既可博采众家之长,又可避免受制于一方。

当然,这一理由神宗是不能说出嘴的。

神宗说的是宰相曾公亮年老体衰,多次向他求退,他想成全他。

哦,王安石沉吟一声。心想,陛下,您也忒急了点,欧公刚上两札,反对青苗法,使您我下不了台,您却猴急猴急地要重用别人,让我怎么说您呢？

王安石的内心躁动起来，像十五只水桶打水——七上八下。

王安石明白，皇帝想重用欧阳修当宰相，已经不是一天两天的事了。这期间，皇帝多次询问王安石，反复比较宰相人选，还拿欧阳修和赵抃、司马光等人比较。而以前每一次，王安石一口咬定的都是欧阳修比其他人强。

然而，自从欧阳修两次上书反对青苗法，王安石清醒地意识到，政治上，欧阳修和他不是一路人。

经过一番深思，王安石说出的话，与当初截然不同了。

王安石凝视着神宗，目光炯炯，声音洪钟般铿锵，说："陛下若用欧公主政，微臣担心他将妨碍陛下成就大事业。"

神宗一脸无奈，说："除欧阳永叔外，朕难寻到更加合适的人选呐。"

王安石用鼻孔哼一声，不屑地说："陛下宁用平庸，也不可用从中作梗之人。"

神宗端起茶盏，猛吸一口，愣愣地盯着王安石，反诘道："从中作梗？爱卿小题大做了。"

王安石一脸凝重，说："陛下不可小觑，凭欧公的声望，微臣以为，一旦主政，在他周围势必形成一股反对革新的势力，如此一来，于政无补，反而添乱。"

说完，王安石再也不说话了。神宗心想，看来，还得仔细琢磨一番再说。

而另一端，欧阳修本人却一点不知道。王安石的新法，一切以富国强兵、增加财政收入为目标，强调国计，忽略民生；而欧阳修的变法主张，更加强调民生，以整顿吏治、宽简爱民为核心。道不同，不与谋。为此，欧阳修求退心情更加迫切，不仅不肯进京，反而连上五道奏札,请求朝廷免除诏令,改知与颍州毗邻的小郡蔡州(今河南汝南)。

熙宁四年(公元 1071 年)春天,欧阳修到蔡州刚小半年,开春就遇风寒,咳嗽一个多月,嗓子都咳哑了,服了十多服中药,也不见好转。接着,消渴症又发作,眼疾更加严重。一时间,仿佛全身的毛病都找上门来了。待到四月中旬,边境局势稍微缓解,欧阳修便上一表一札,请求朝廷同意他解职归田。五月一到,不等批复,欧阳修又上两表一札,表明心迹。

按规定,宋朝大臣七十岁退休。但欧阳修的确厌倦了,早在六十一岁知亳州时,就历上数表,请求归隐,安度晚年。

直到熙宁四年六月,欧阳修六十五岁,神宗才终于批准了他以太子少师、观文殿学士致仕。

三

无官一身轻。七月,欧阳修告老还乡,回到他魂牵梦萦的地方——颍州,开始了晚年的归隐生活。

离开了宦海沉浮的官场,欧阳修感到浑身舒坦。归去来兮,终于,欧阳修可以按自己的愿望生活了。

这是一段妙不可言的生活。

除操心必要的房屋修缮外,天气好的时候,欧阳修不负光阴,或邀朋结伴,或独来独往,一身道服羽衣,徜徉于西湖之畔,颍水之滨,素心山水,吟咏美景;天气不好的时候,欧阳修就窝在家里,翻旧辞,写新调,编集整理旧作。其间,欧阳修最为得意的,把以往写的以"西湖好"起句的十首《采桑子》修改完善,叫人用笙箫伴奏出来,成为流行一时的说唱艺术:连章鼓子词。

一年多的归隐生活,最使欧阳修难忘的,就是苏轼、苏辙两兄弟的拜访。

那是九月的一天,天湛蓝湛蓝的,像一汪湖水,悠悠的白云在空中飘着。如此好的天气,本该出去逛逛的,但不知为何,欧阳修像有预感似的,喝完一碗白粥,便哪里都没去,坐在书房,泡了一壶好茶,一边读书一边喝起茶来。

半晌午,院子里传来熟悉的声音:"请问童子,这是欧公的家吗?"话音刚落,欧阳修就知道是苏东坡来了。欧阳修一边往外走,一边急呼:"苏子苏子!是苏子乎?"

因为激动,欧阳修的声音有点颤抖。

看老先生跌跌撞撞迎出来,苏轼、苏辙连忙拱手上前,说:"欧公,弟子前来拜谒先生。"说毕,双膝跪下,俯首叩地,行稽首礼。

欧阳修一看同来的还有苏辙,便一手拉起一个说:"老夫今晨就听窗外喜鹊叫,果然贵客临门。"

原来,苏轼也因为反对新法上书,遭到御史弹劾,离京出任杭州通判。赴任途中,来到陈州,与在陈州出任学官的弟弟苏辙结伴来到颍州,拜访欧阳修。

欧阳修看看站在他左边的苏轼,又看看站在他右边的苏辙,眼睛不停地忙活着,不够用似的。

兄弟俩穿着一身粗布褙子,斜挎布囊,软底布鞋,衫子上没有纽扣,两根带子宽宽松松地系着。

从治平三年(公元1066年)苏洵逝世,兄弟俩扶柩回眉州后,一晃五年过去,今日才得以相见。

五年的变化实在太大。兄弟俩凝视着须发皆白的恩师,一阵心痛。欧公的面色愈发差了,人又小又瘦,两颗兔牙龅得更加厉害了,笑起来,嘴皮完全包不拢了。

听院子里传来说话声,薛夫人赶忙从厢房钻出来,一看是苏家两弟兄,连忙上前打招呼。

一见薛夫人,两弟兄便规规矩矩地鞠了一个大躬。

薛夫人笑着说:"昨日,老妪出门去肉铺,买回一只猪蹄髈,欧公还念叨苏子擅长烧蹄髈呢。这不,说曹操,曹操到。"

"那是。"欧阳修一旁补充说。

"吾去准备一下。待会儿,苏子来露一手如何?让老妪也解解馋。"

"遵命,夫人。"苏轼一口答应下来。

"欧公的院子雅致呢。"苏辙扫视一眼院子,收回目光,赞叹说。

"如果再栽些竹子,岂不更妙?"苏轼直言不讳地建议。

"是的,'宁可食无肉,不可居无竹'。"薛夫人会心一笑说,欧公吩咐老妪栽竹子,需待翌年春上才能安排。

"苏子,不简单矣,汝之文章,天下人皆知。"欧阳修听夫人引用苏轼的话,乐得呵呵一笑说。

听欧阳修夫妇如此说,苏轼脸微微泛红,说:"弟子让欧公和夫人见笑了。"

欧阳修摸摸胡须,略一思忖,说:"居要有竹,食亦要有肉,不然,肘子从何食来?"说完,欧阳修嘎嘎笑起来。

"欧公,说了半天的话,请客人们进屋喝茶吧。"说完,薛夫人就去厨房了。

苏家兄弟便跟着欧阳修进了书房。只见书房已将茶水摆好,搁在几案上。

苏轼猛喝一大口热茶,抬头逡巡一周,说:"曾几何时,读先生文章,署名'六一居士'。以前,弟子只知先生自号醉翁,不知'六一居士'有何用意?"

不等欧阳修回答,苏辙插话说:"吾以往听先父说过,先生年轻时还叫过'达老'呢。"

望着眼前这位六十五岁的老翁,苏轼想知道,从"达老"到"醉翁",再到"六一居士",欧公走过怎样的心路历程。

是的,欧阳修一脸凝重的表情,说:"年轻时,老夫自称过'达老',其实,当初并不老,只道是一番士大夫情怀,一番青春之梦想。后贬谪滁州,写下《醉翁亭记》,寄情山水,以民同乐,自号'醉翁'。如今,老翁既老而衰且病,归隐颍州,又更号'六一居士'。"

接着,欧阳修娓娓道来,说出更号"六一居士"的缘由来。

吾藏书一万卷,集金石遗文一千卷,琴一张,棋一局,常置酒一壶。

三个人对视着,三分钟的目光交会。苏轼掰着手指头也没有算出六个一来。

于是,心直口快的苏轼脱口说道,仅五个尔,为何"六一"乎?

欧阳修挺直身板,气宇轩昂地说,吾一老翁于五物间,岂不为"六一"乎?

两兄弟愣了一下,过了一小会儿,才反应过来。

作为弟子,他们知道欧阳修这一生太不容易,三度贬谪,人生起起落落。但无论身处江湖之远,还是庙堂之高,他都直言敢谏,忧国辅君;文学上,更是一代宗师,写诗作文,堪称大家。而如今,他与物相融,与物平等,这是何等的胸襟,何等的情怀。

正聊着,薛夫人进来,唤走苏轼去厨房做厨。

不愧为生活大家。苏轼一进厨房,犹如鱼儿到了水里,活脱脱一个大厨样。

苏轼先用温水将蹄髈洗净,然后抡起菜刀,在蹄髈的骨缝处划拉一刀,将蹄髈放入铜釜中,丢进几粒花椒和生姜片,舀上一瓢水,放在火上炖。约莫半小时后,捞出蹄髈,剔其肘骨,放入瓷钵里,倒入先前炖蹄髈的肉汤,浅浅淹上,然后端进铜甑里去蒸。先大火,再文火。同时,着手准备配料,锅烧热后,舀上两勺清油于铁锅中,油热后,将备好的姜粒、蒜粒、豆瓣酱放于锅中爆炒,再放入酱油、醋、盐、糖,最后烹上葱节和一小勺黄酒,配料就算做好了。接下来,苏轼掀开铜甑,用竹筷戳了戳蹄髈,皮肉立即就烂了。苏轼一边将蒸好的蹄髈从甑子中端出,一边对站在一旁的薛夫人说:"这道菜,除配料外,炖、蒸是要领。一定要两次脱脂,直到把蹄髈蒸炝为止,这样才会肥而不腻,炝而不烂。"最后,刺啦一声,苏轼将炒好的作料浇上。顿时,一道油汪汪、黄亮亮的红烧肘子便大功告成了。厨房里弥漫着一股浓郁的肉香味。

嚼着可口的饭菜,身着舒适宽大的布衣,谈论着古之圣贤。动情处,师生三人诗歌唱和,对答如流。"布衣暖,菜羹香,诗书滋味长",欧阳修喃喃自语,一双眼睛须臾不离苏轼。

就在刚才,欧阳修站在窗外瞧着在厨房里忙乎的苏轼的身影,更加坚定了由来已久的愿望。

看欧公一直盯着自己看,苏轼的内心一阵激动。

忽然,欧阳修说起当初读苏轼的文章的感受来。

欧阳修眯缝着双眼,陷入回忆说:"刚读苏轼的文章,令吾不觉汗颜,的确是好,老夫觉得应当给你让路,让你尽快出人头地。可喜,可喜!汝不知,当初老夫有多欣喜呀!"

其实,这则故事,苏轼以前曾听梅尧臣说起过。不料,欧公现在讲来,如此坦诚,如此直截了当。

"老夫果然好眼力,"欧阳修接着说,"如今十五载过去,轼的文笔愈加有筋骨,有劲道,人活得也愈发有风骨,有滋味。其实,在老夫眼里,文学如此,做人和生活亦要如此。"

苏轼心里一热,眼眶顿时潮湿起来,忙站起身,说:"恩师对弟子评价太高,弟子受之有愧。恩师的知遇之恩,弟子终身难报,日后弟子当勉力为之。"说完,苏轼走到欧阳修面前,双膝跪下,俯身叩地,再拜稽首礼。

"人有悲欢离合,月有阴晴圆缺。"苏轼万万没料到,与欧公的这次会晤,竟成为永诀。

此后的岁月中,苏轼不忘初心,砥砺前行,用其一生实践了自己的人生诺言,成为宋代文学的一代宗师。

四

翌年七月的一天,酷暑难挨,热风摇曳着竹林发出飒飒的声音,夏蝉铆足劲,高亢地吼着。欧阳修平静地躺在床上,凝视着床头上那一摞摞心血铸成的文稿,嘴巴咧开缝,牵起一丝笑纹。

事情来得很突然,就在整理、编辑完文稿的第二天,欧阳修就病倒了。这一次,他有一种预感,一种生命即将走到尽头的预感。

欧阳修把儿子们叫到床前,说了好一阵话,直到喉咙里发不出一丝声音。最后,他打着手势,向儿子们要来到纸、笔,挣扎着匍匐床头,写下他一生最后的绝唱:

> 冷雨涨焦陂,人去陂寂寞。
>
> 唯有霜前花,鲜鲜对高阁。

生命真的累了。

一代文豪欧阳修,于熙宁五年(公元 1072 年)闰七月二十三日病逝颍州家中,享年六十六岁。